चुने हुए निबंध

हजारीप्रसाद द्विवेदी

किताबघर

किताबघर प्रकाशन

नयी दिल्ली

चुने हुए निबंध

हजारीप्रसाद द्विवेदी

संपादक
मुकुन्द द्विवेदी

ISBN—978-81-7016-358-9

प्रकाशक
किताबघर प्रकाशन
4855-56/24, अंसारी रोड, दरियागंज
नयी दिल्ली-110002

संस्करण
2024

मूल्य
तीन सौ पचास रुपये

मुद्रक
आर. के. ऑफसेट
शाहदरा, दिल्ली-110095

CHUNE HUYE NIBANDH
HAZARI PRASAD DWIVEDI *(Hindi)*
Ed. by Mukund Dwivedi
Price : ₹ 350

भूमिका

हिन्दी निबंध-साहित्य आधुनिक युग की देन है। हिन्दी साहित्य का आधुनिक काल सन् ईसवी की उन्नीसवीं शताब्दी के आरम्भ से माना जाता है। "हिन्दी में गद्य लेखन की वास्तविक शुरुआत भी इसी काल से होती है। भारत में प्रिंटिंग प्रेस का आगमन हो गया था। वस्तुतः साहित्य में आधुनिकता का वाहन प्रेस है और उसके प्रचार के सहायक साधन हैं—यातायात के समुन्नत साधन। पुराने साहित्य से नये साहित्य का प्रधान अन्तर यह है कि पुराने साहित्यकारों की पुस्तकें प्रचारित होने का अवसर कम पाती थीं। राजाओं की कृपा, विद्वानों की गुणग्राहिता, विद्यार्थियों के अध्ययन में उपयोगिता आदि अनेक बातें उनके प्रचार की सफलता का निर्धारण करती थीं। प्रेस के आ जाने से साहित्य की उपयोगिता बढ़ गई और विविध विषयों की जानकारी देने वाली पुस्तकें प्रकाशित होने लगीं। निबंध, कहानियाँ, उपन्यास, समाचार-पत्र इन सबका लेखन प्रेस के आने के बाद अधिक मात्रा में होने लगा। अब साहित्य के केन्द्र में कोई राजा या रईस नहीं रहा बल्कि अपने घरों में बैठी असंख्य अज्ञात जनता आ गई।"[1] सन् 1870 ई० के आसपास हिन्दी में अनेक पत्र-पत्रिकाओं का प्रकाशन प्रारम्भ हुआ। इससे लेखकों और पाठकों को नजदीक आने का मौका मिला, एक-दूसरे को पहचानने और समझने का रास्ता खुला। इस प्रकार लेखक और पाठक के बीच की दूरी कम होती चली गई।

इन पत्र-पत्रिकाओं में बड़ी संख्या में निबंधों का प्रकाशन होने लगा। "निबंध-साहित्य, लेखकों और पाठकों के निकट परिचय का साहित्य है, जिसमें लेखक स्वयं प्रत्यक्ष रूप से पाठकों के सम्मुख आकर अपनी बात कहता है। साहित्य के अन्य सभी रूपों में लेखक स्वयं प्रत्यक्ष रूप से पाठकों के सम्मुख आकर अपनी बात यदि कहना भी चाहे तो नहीं कह सकता—महाकाव्य, खण्डकाव्य, नाटक, कथा, आख्यायिका आदि सभी में लेखक को किसी चरित्र अथवा पात्र की ओट लेनी पड़ती है। चाहे वह अपने संबंध में कुछ कहना चाहता हो अथवा युग और समाज, परिवार और व्यक्ति के—जिस किसी के बारे में उसे कुछ कहना होता है, उसे किसी पात्र की ओट लेनी ही पड़ती है।"[2]

भारतेन्दु-युग में इस निबंध विधा का विकास तेजी से हुआ। स्वयं भारतेन्दु ने निबंध लिखे और अपने समकालीन साहित्यकारों को निबध लिखने के लिए प्रेरित किया। भारतेन्दु हरिश्चन्द्र के अतिरिक्त पं० बालकृष्ण भट्ट, ठाकुर जगमोहन सिंह, श्री बदरी नारायण चौधरी 'प्रेमधन', श्री

---

1. हिन्दी साहित्य : उद्‌भव और विकास—हजारीप्रसाद द्विवेदी, पृ०208, संस्करण 1982
2. निबंध-संग्रह (सं० हजारीप्रसाद द्विवेदी एवं श्री कृष्णलाल), भूमिका से।

राधाचरण गोस्वामी, मुंशी ज्वालाप्रसाद, श्री प्रताप नारायण मिश्र, बाबू काशीप्रसाद ने इस विधा को समृद्ध किया। आचार्य महावीरप्रसाद द्विवेदी ने सन् 1903 में सरस्वती का सम्पादन सम्हाला। इस समय तक खड़ी बोली हिन्दी गद्य का एक रूप बन चुका था—पर एकरूपता का अभाव था। आचार्य महावीरप्रसाद द्विवेदी ने हिन्दी गद्य को सजाया-सँवारा, उसे व्यवस्था दी। नये-नये विषयों पर निबंध लिखे गए। विषयों की विविधता के साथ परिमार्जित भाषा ने अनेक श्रेष्ठ निबंध दिए। आचार्य महावीरप्रसाद द्विवेदी के अतिरिक्त श्री माधवप्रसाद मिश्र, डॉ० श्यामसुन्दर दास, सरदार पूर्ण सिंह, पं० पद्म सिंह शर्मा, श्री गोविन्द नारायण मिश्र, आचार्य रामचन्द्र शुक्ल, श्री पदुमलाल पन्नालाल बक्शी, बाबू गुलाब राय जैसे उत्कृष्ट निबंधकारों ने हिन्दी निबंध को दृढ़ आधार दिया। इसी क्रम में हिन्दी का निबंध साहित्य निरन्तर विकसित होता रहा। सन् 1930 के बाद हिन्दी निबंध को जिन निबंधकारों का व्यापक योगदान रहा है उनमें आचार्य हज़ारीप्रसाद द्विवेदी का योगदान अन्यतम है।

आचार्य हज़ारीप्रसाद द्विवेदी ने प्रायः साहित्य की सभी विधाओं पर अपनी लेखनी चलाई है। इनके उपन्यास हों या निबंध, समीक्षा हो या इतिहास लेखन, कहानी हो या कविता, पत्र हों या एकांकी—सभी में मनुष्य की दुर्दम शक्ति पर अपनी अटूट आस्था को रेखांकित किया है। द्विवेदी जी के साहित्य का मूल केन्द्र है—मनुष्य ही साहित्य का लक्ष्य है। साहित्य, धर्म, समाज, दर्शन, कला, इतिहास, संस्कृति मनुष्य के बिना व्यर्थ है। मनुष्य ही इसका निर्माता है, पालक है और संहारक भी है। अतः मनुष्य की उपेक्षा नहीं की जा सकती है। "मैं साहित्य को मनुष्य की दृष्टि से देखने का पक्षपाती हूँ। जो वाग्जाल मनुष्य को दुर्गति, हीनता और परमुखापेक्षिता से बचा न सके, जो उसकी आत्मा को तेजोदीप्त न बना सके, जो उसके हृदय को परदुःखकातर और संवेदन न बना सके, उसे साहित्य कहने में मुझे संकोच होता है।" द्विवेदी जी के निबंधों का अध्ययन करते समय द्विवेदी जी के इस मूल मन्त्र को हमेशा याद रखना चाहिए। "मनुष्य के सांस्कृतिक जीवन का कदाचित् ही कोई पक्ष हो, जिसके संबंध में उन्होंने कुछ न कुछ न कहा।"[1]

मनुष्य और मनुष्य में भेद करने वाला—चाहे वह समाज हो या व्यक्ति, चाहे वह धर्म हो या परम्परा—उसका विरोध करते हैं। यदि मनुष्य की महान् शक्ति पर साहित्यकार विश्वास नहीं करेगा तो उसका साहित्यकार होना ही व्यर्थ है। जीवन का 'शाश्वत स्वर' यही है, मनुष्य की उपेक्षा मत करो। किसी मनुष्य को छोटा मत समझो। यही द्विवेदी जी की आधुनिक दृष्टि है, जिसे परम्परा के साथ जोड़कर उन्होंने अपने निबंधों में स्वर दिया है—"जो ठाकुर जाति विशेष की पूजा ग्रहण करके ही पवित्र रह सकते हैं, जो दूसरी जाति की पूजा ग्रहण करके अग्राह्य चरणोदक हो जाते हैं, वे मेरी पूजा ग्रहण नहीं कर सकते। मेरे भगवान दीन और पतितों के भगवान हैं, जाति और वर्ण से परे के भगवान हैं। धर्म और सम्प्रदाय के ऊपर के भगवान हैं। वे सबकी पूजा ग्रहण कर सकते हैं और पूजा ग्रहण करके अब्राह्मण, चाण्डाल सबको पूज्य बना सकते हैं।"[2]

1. हिन्दी का गद्य साहित्य—डा० रामचन्द्र तिवारी, पृ० 598
2. ठाकुर जी की बटोर नामक निबंध से।

मानव-गरिमा की इस अमूल्य धरोहर को वे पाठकों तक पहुँचाने का प्रयास करते हैं। इसके साथ अपनी सांस्कृतिक एवं ऐतिहासिक थाती से भी पाठकों को परिचित कराते चलते हैं। इस क्रम में लोक-तत्त्व की भी अवहेलना नहीं करते हैं। स्थान-स्थान पर अपने निबंधों में उसे इस खूबसूरती के साथ पिरोया है कि पाठक को अपनी भूली-बिसरी विरासत का भी ज्ञान होता रहता है। यह सब करते समय द्विवेदी जी अपने निबंधों में पाण्डित्य का प्रदर्शन करके पाठकों को भयभीत नहीं करते हैं और न ही उसकी अज्ञता का मज़ाक उड़ाते हैं। धीरे-धीरे एक विश्वस्त मित्र की भाँति उसे अपने साथ-साथ लेकर चलते हैं। "हमारे यहाँ निबंधकारों में जो एक आडम्बरप्रियता और स्थान-अस्थान पर अपने वाक्वैदग्ध्य का प्रदर्शन करते चलने का आग्रह दिखाई देता है, उसका आभास तक आचार्य द्विवेदी में नहीं मिलता।"[1] द्विवेदी जी के निबंधों में उनके सहज और सरल जीवन की गहरी छाप है। जैसा उनका अपना व्यक्तित्व था—वैसा ही उनका साहित्य।

द्विवेदी जी को भारतीय संस्कृति का आख्याता और व्याख्याता कहा गया है। संस्कृति, परम्परा, समाज, धर्म सभी की अपने निबंधों में पुनर्व्याख्या प्रस्तुत की है। जहाँ सहमति नहीं होती वे अपनी असहमति व्यक्त करते चलते हैं। "एक ओर प्राचीन शास्त्र और परम्परा के प्रति श्रद्धा और दूसरी ओर निरपेक्ष विचारशीलता, उनके व्यक्तित्व में इन दोनों का समन्वय हुआ।"[2] निबंध की मौलकिता निबंधकार के जीवनानुभूत अनुभवों पर आधारित होती है। निबंधकार अपने अनुभव ज्ञान और शैली से पाठकों को जितना बाँध सकेगा, उतना ही सफल निबंधकार सिद्ध होगा। डॉ० विद्यानिवास मिश्र निबंधकार की इस खूबी/विशेषता को रेखांकित करके कहते हैं—"निबंधकार के लिए इसलिए आवश्यक है कि वह बहुश्रुत हो, बहुश्रुत का अर्थ किताबी कीड़ा या पढ़ीस नहीं। बहुश्रुत का अर्थ है वह ज्ञान के विविध स्रोतों से रस ग्रहण करने वाला हो और उन विभिन्न प्रकार के रसों में एक प्रवाहशीलता देखने वाला हो। कोरे पाण्डित्य से निबंध नहीं लिखा जा सकता···। निबंध में अनुभव की यात्राओं के सन्दर्भ में अपरिहार्य सूत्र है।"[3]

आचार्य द्विवेदी का प्रारम्भिक जीवन कठिनाइयों और संघर्षों के बीच गुजरा है। बचपन से ही आर्थिक संकटों का सामना करना पड़ा। घर की अवस्था दयनीय थी। जीवन में आगे बढ़ने की ललक ही एकमात्र सम्बल था। पं० बनारसीदास चतुर्वेदी को सन् 1945 ई० में उन्होंने एक पत्र लिखा था—"मेरे घर की आर्थिक अवस्था की बात न कहना ही ठीक है। मुझे याद आता है कि पिताजी ने बड़ी कठिनाई के बाद गाँव के व्यक्ति से 40 रुपये उधार लिए थे। यह मेरी इण्डरमीडिएट की भर्ती कराई की प्रथम बलि थी। मैं इसके बाद केवल क्लास में बैठता और फीस नहीं देता। हिन्दू विश्वविद्यालय में उन दिनों बहुत-से गरीब विद्यार्थी जबरदस्ती क्लास में बैठा करते थे। साल के अन्त में ध्रुवजी और मालवीय जी की कृपा से उनका उद्धार हो जाता था। मैं भी उसी श्रेणी में था। कई बार चेतावनी मिली, पर मेरे पास एक कौड़ी नहीं थी। संस्कृत कालेज

1. आचार्य द्विवेदी के निबंध—रमेशचन्द्र शाह—शान्ति निकेतन से शिवालिक, पृ० 37
2. पण्डित जी—प्रो० उपेन्द्रकुमार दास, विश्वभारती पत्रिका, अप्रैल, सितम्बर, 1979
3. स्तबक की भूमिका—साहित्य अकादमी का प्रकाशन।

में 15 रु० की वृत्ति मिलती थी और 5 रुपये का एक ट्यूशन करता था। कुछ खाता था, कुछ बचाकर घर भेज देता था।"[1] यही द्विवेदी जी के अनुभवों की पाठशाला थी, जिसने उन्हें मानव की विजय-यात्रा की महानता का विश्वास दिलाया। गणित ज्योतिष में शास्त्राचार्य की उपाधि हासिल करने के साथ जीवन के ज्योतिष का भी गहन अध्ययन किया। जीवन की कठिनाइयों को हँसते-हँसते झेला।

इन 'अनुभव की यात्राओं' ने द्विवेदी जी को जीवन के प्रति एक आस्था प्रदान की। दूसरों पर हँसने के स्थान पर स्वयं पर हँसना सिखाया। उन्मुक्त अट्टहास द्वारा कठिनाइयों पर विजय प्राप्त करते गए। इनके निबंधों पर यह छाप स्पष्ट है। द्विवेदी जी व्यंग्य करने में अद्वितीय हैं। यह व्यंग्य और हास्य उनके सारे साहित्य में सर्वत्र बिखरा पड़ा है। यह सूक्ष्म व्यंग्य कभी-कभी पाठक को स्मित मुस्कान से भर देता तो कभी-कभी रुककर इस पर सोचने के लिए बाध्य हो जाता है। देशज शब्दों के माध्यम से तो यह और भी आकर्षक बन जाता है। देवदारु के वृक्षों के मध्य बैठकर सोचते हैं—"लाख-लाख मुड़कट्टों को गुलाम बना सकता हूँ। भूतों में जैसे मुड़कट्टे होते हैं, आदमियों में भी कुछ होते हैं। मस्तक नाम की चीज उनके पास होती ही नहीं। मस्तक ही नहीं तो मस्तिष्क कहाँ, लता ही कट गई तो फूल की संभावना कहाँ रही····।" इसी प्रकार कुटज नामक निबंध में जब लिखते हैं—"कुटज क्या केवल जी रहा है ? वह दूसरे के द्वार पर भीख माँगने नहीं जाता, कोई निकट आ गया तो भय के मारे अधमरा नहीं हो जाता, नीति और धर्म का उपदेश नहीं देता फिरता, दूसरों को अपमानित करने के लिए ग्रहों की खुशामद नहीं करता, आत्मोन्नति के लिए नीलम नहीं धारण करता, अँगूठियों की लड़ी नहीं पहनता, दाँत नहीं निपोरता, बगलें नहीं झाँकता। जीता है और शान से जीता है।"[2] पर यह मात्र व्यंग्य नहीं है—यह द्विवेदी जी का आत्मपरक अनुभव है जो माध्यम के रूप में व्यंग्य द्वारा उभरकर सामने आता है। इन व्यंग्यों और हास-परिहासों के पीछे द्विवेदी जी के कष्ट, पीड़ा, अपमान, अवसाद छिपे हुए हैं। नीलकण्ठ की तरह जहर पीने वाला साहित्यकार कहीं-न-कहीं, किसी-न-किसी रूप में अपने को अभिव्यक्त तो करता ही है।

सी 2 बी/53ए, जनकपुरी
नयी दिल्ली-110058

—मुकुन्द द्विवेदी

---

1. हजारीप्रसाद द्विवेदी के पत्र—सं० डॉ० मुकुन्द द्विवेदी, पृ० 116
2. कुटज नामक निबंध से 'कुटज' निबंध-संग्रह।

क्रम

अशोक के फूल

अशोक में फिर फूल आ गए हैं । इन छोटे-छोटे, लाल-लाल पुष्पों के मनोहर स्तबकों में कैसा मोहन भाव है ! बहुत सोच-समझकर कन्दर्प-देवता ने लाखों मनोहर पुष्पों को छोड़कर सिर्फ पाँच को ही अपने तूणीर में स्थान देने योग्य समझा था । एक यह अशोक ही है ।

लेकिन पुष्पित अशोक को देखकर मेरा मन उदास हो जाता है । इसलिए नहीं कि सुन्दर वस्तुओं को हतभाग्य समझने में मुझे कोई विशेष रस मिलता है । कुछ लोगों को मिलता है । वे बहुत दूरदर्शी होते हैं । जो भी सामने पड़ गया, उसके जीवन के अन्तिम मुहूर्त तक का हिसाब वे लगा लेते हैं । मेरी दृष्टि इतनी दूर तक नहीं जाती । फिर भी मेरा मन इस फूल को देखकर उदास हो जाता है । असली कारण तो मेरे अन्तर्यामी ही जानते होंगे, कुछ थोड़ा-सा मैं भी अनुमान कर सका हूँ । बताता हूँ ।

भारतीय साहित्य में, और इसलिए जीवन में भी, इस पुष्प का प्रवेश और निर्गम दोनों ही विचित्र नाटकीय व्यापार हैं । ऐसा तो कोई नहीं कह सकेगा कि कालिदास के पूर्व भारतवर्ष में इस पुष्प का कोई नाम ही नहीं जानता था; परन्तु कालिदास के काव्यों में यह जिस शोभा और सौकुमार्य का भार लेकर प्रवेश करता है वह पहले कहाँ था ! उस प्रवेश में नववधू के गृह-प्रवेश की भाँति शोभा है, गरिमा है, पवित्रता है और सुकुमारता है । फिर एकाएक मुसलमानी सल्तनत की प्रतिष्ठा के साथ ही साथ यह मनोहर पुष्प साहित्य के सिंहासन से चुपचाप उतार दिया गया । नाम तो लोग बाद में लेते थे, पर उसी प्रकार जिस प्रकार बुद्ध, विक्रमादित्य का । अशोक को जो सम्मान कालिदास से मिला वह अपूर्व था । सुन्दरियों के आसिंजनकारी नूपुरवाले चरणों के मृदु आघात से वह फूलता था, कोमल कपोलों पर कर्णावतंस के रूप में झूलता था और चंचल नील अलकों की अचंचल शोभा को सौ गुना बढ़ा देता था । वह महादेव के मन में क्षोभ पैदा करता था, मर्यादा-पुरुषोत्तम के चित्त में सीता का भ्रम पैदा करता था और मनोजन्मा देवता के एक इशारे पर कन्धे पर से ही फूट पड़ता था । अशोक किसी कुशल अभिनेता के समान झम से रंगमंच पर आता है और दर्शकों को अभिभूत करके खप से निकल जाता है । क्यों ऐसा हुआ ? कन्दर्प-देवता के अन्य बाणों की कदर तो आज भी कवियों की दुनिया में ज्यों-की-त्यों है । अरविन्द को किसने भुलाया, आम कहाँ छोड़ा गया और नीलोत्पल की माया को कौन काट सका ? नवमल्लिका की अवश्य ही अब विशेष पूछ नहीं है; किन्तु उसकी इससे अधिक कदर कभी थी भी नहीं । भुलाया गया है अशोक । मेरा मन उमड़-घुमड़कर भारतीय रस-साधना के पिछले हजारों वर्षों पर बरस जाना चाहता है । क्या यह मनोहर पुष्प भुलाने की चीज थी ? सहृदयता क्या लुप्त हो गयी

थी ? कविता क्या सो गई थी ? ना, मेरा मन यह सब मानने को तैयार नहीं है । जले पर नमक तो यह है कि एक तरंगायित पत्रवाले निफूले पेड़ को सारे उत्तर भारत में अशोक कहा जाने लगा । याद भी किया तो अपमान करके ।

लेकिन मेरे मानने न मानने से होता क्या है ? ईसवी सन् के आरंभ के आस-पास अशोक का शानदार पुष्प भारतीय धर्म, साहित्य और शिल्प में अद्भुत महिमा के साथ आया था । उसी समय शताब्दियों के परिचित यक्षों और गन्धर्वों ने भारतीय धर्म-साधना को एकदम नवीन रूप में बदल दिया था । पण्डितों ने शायद ठीक ही सुझाया है कि गन्धर्व और कन्दर्प वस्तुतः एक ही शब्द के भिन्न-भिन्न उच्चारण हैं । कन्दर्प-देवता ने यदि अशोक को चुना है तो यह निश्चित रूप से एक आर्येतर सभ्यता की देन है । इन आर्येतर जातियों के उपास्य वरुण थे, कुबेर थे, वज्रपाणि यक्ष-थे । कन्दर्प यद्यपि कामदेवता का नाम हो गया है, तथापि है वह गन्धर्व का ही पर्याय । शिव से भिड़ने जाकर एक बार यह पिट चुके थे, विष्णु से डरते रहते थे और बुद्धदेव से भी टक्कर लेकर लौट आये थे । लेकिन कन्दर्प-देवता हार मानने वाले जीव न थे । बार-बार हारने पर भी वह झुके नहीं । नये-नये अस्त्रों का प्रयोग करते रहे । अशोक शायद अन्तिम अस्त्र था । बौद्ध-धर्म को इस नये अस्त्र से उन्होंने घायल कर दिया, शैवमार्ग को अभिभूत कर दिया और शाक्त-साधना को झुका दिया । वज्रयान इसका सबूत है, कौल-साधना इसका प्रमाण है और कापालिक मत इसका गवाह है ।

रवीन्द्रनाथ ने इस भारतवर्ष को 'महामानवसमुद्र' कहा है । विचित्र देश है यह ! असुर आये, आर्य आये, शक आये, हूण आये, नाग आये, यक्ष आये, गन्धर्व आये—न जाने कितनी मानव जातियाँ यहाँ आयीं और आज के भारतवर्ष को बनाने में अपने हाथ लगा गयीं । जिसे हम हिन्दू-रीति-नीति कहते हैं, वह अनेक आर्य और आर्येतर उपादानों का अद्भुत मिश्रण है । एक-एक पशु, एक-एक पक्षी न जाने कितनी स्मृतियों का भार लेकर हमारे सामने उपस्थित हैं । अशोक की भी अपनी स्मृति-परम्परा है । आम की भी है, बकुल की भी है, चम्पे की भी है । सब क्या हमें मालूम हैं ? जितना मालूम है, उसी का अर्थ क्या स्पष्ट हो सका है ? न जाने किस बुरे मुहूर्त में मनोजन्मा देवता ने शिव पर बाण फेंका था ? शरीर जलकर राख हो गया और 'वामन-पुराण' (षष्ठ अध्याय) की गवाही पर हमें मालूम है कि उनका रत्नमय धनुष टूटकर खण्ड-खण्ड हो धरती पर गिर गया । जहाँ मूठ थी, वह स्थान रुक्म मणि से बना था, वह टूटकर धरती पर गिरा और चम्पे का फूल बन गया ! हीरे का बना हुआ जो नाह-स्थान था वह टूटकर गिरा और मौलसिरी के मनोहर पुष्पों में बदल गया ! अच्छा ही हुआ । इन्द्रनील मणियों का बना हुआ कोटि-देश भी टूट गया और सुन्दर पाटल-पुष्पों में परिवर्तित हो गया । यह भी बुरा नहीं हुआ । लेकिन सबसे सुन्दर बात यह हुई कि चन्द्रकान्त मणियों का बना हुआ मध्यदेश टूटकर चमेली बन गया और विद्रुम की बनी निम्नतर कोटि बेला बन गई । स्वर्ग को जीतने वाला कठोर धनुष जो धरती पर गिरा तो कोमल फूलों में बदल गया ! स्वर्गीय वस्तुएँ धरती से मिले बिना मनोहर नहीं होतीं !

परन्तु मैं दूसरी बात सोच रहा हूँ । इस कथा का रहस्य क्या है ? यह क्या पुराणकार की

सुकुमार कल्पना है या सचमुच ये फूल भारतीय संसार में गन्धर्वों की देन हैं ? एक निश्चित काल के पूर्व इन फूलों की चर्चा हमारे साहित्य में मिलती भी नहीं। सोम तो निश्चित रूप से गन्धर्वों से खरीदा जाता था। ब्राह्मण-ग्रन्थों में यज्ञ की विधि में यह विधान सुरक्षित रह गया है। ये फूल भी क्या उन्हीं से मिले ?

कुछ बातें तो मेरे मस्तिष्क में बिना सोचे ही उपस्थित हो रही हैं। यक्षों और गन्धर्वों के देवता—कुबेर, सोम, अप्सराएँ—यद्यपि बाद के ब्राह्मण-ग्रन्थों में भी स्वीकृत हैं, तथापि पुराने साहित्य में अपदेवता के रूप में ही मिलते हैं। बौद्ध-साहित्य में तो बुद्धदेव को ये कई बार बाधा देते हुए बताए गए हैं। महाभारत में ऐसी अनेक कथाएँ आती हैं जिनमें सन्तानार्थिनी स्त्रियाँ वृक्षों के अपदेवता यक्षों के पास सन्तान-कामिनी होकर जाया करती थीं ! यक्ष और यक्षिणी साधारणतः विलासी और उर्वरता-जनक देवता समझे जाते थे। कुबेर तो अक्षय निधि के अधीश्वर भी हैं। 'यक्ष्मा' नामक रोग के साथ भी इन लोगों का संबंध जोड़ा जाता था। भरहुत, बोधगया, साँची आदि में उत्कीर्ण मूर्तियों में सन्तानार्थिनी स्त्रियों का यक्षों के सान्निध्य के लिए वृक्षों के पास जाना अंकित है। इन वृक्षों के पास अंकित मूर्तियों की स्त्रियाँ प्रायः नग्न हैं, केवल कटिदेश में एक चौड़ी मेखला पहने हैं। अशोक इन वृक्षों में सर्वाधिक रहस्यमय है। सुन्दरियों के चरण-ताड़न से उनमें दोहद का संचार होता है और परवर्ती धर्म-ग्रन्थों से यह भी पता चलता है कि चैत्रशुक्ल अष्टमी को व्रत करने और अशोक की आठ पत्तियों के भक्षण से स्त्री की सन्तान-कामना फलवती होती है। 'अशोक-कल्प' में बताया गया है कि अशोक के फूल दो प्रकार के होते हैं—सफेद और लाल। सफेद तो तान्त्रिक क्रियाओं में सिद्धिप्रद समझकर व्यवहृत होता है और लाल स्मरवर्धक होता है। इन सारी बातों का रहस्य क्या है ? मेरा मन प्राचीन काल के कुंझटिकाच्छन्न आकाश में दूर तक उड़ना चाहता है। हाय, पंख कहाँ हैं ?

यह मुझे प्राचीन युग की बात मालूम होती है। आर्यों का लिखा हुआ साहित्य ही हमारे पास बचा है। उसमें सब कुछ आर्य-दृष्टिकोण से ही देखा गया है। आर्यों से अनेक जातियों का संघर्ष हुआ। कुछ ने उनकी अधीनता नहीं मानी, वे कुछ ज्यादा गर्वीली थीं। संघर्ष खूब हुआ। पुराणों में इसके प्रमाण हैं। यह इतनी पुरानी बात है कि सभी संघर्षकारी शक्तियाँ बाद में देवयोनि-जात मान ली गयीं। पहला संघर्ष शायद असुरों से हुआ। यह बड़ी गर्वीली जाति थी। आर्यों का प्रभुत्व इसने कभी नहीं माना। फिर दानवों, दैत्यों और राक्षसों से संघर्ष हुआ। गन्धर्वों और यक्षों से कोई संघर्ष नहीं हुआ। वे शायद शान्तिप्रिय जातियाँ थीं। भरहुत, साँची, मथुरा आदि में प्राप्त यक्षिणी मूर्तियों की गठन और बनावट देखने से यह स्पष्ट हो जाता है कि ये जातियाँ पहाड़ी थीं। हिमालय का प्रदेश ही गन्धर्व, यक्ष और अप्सराओं की निवास-भूमि है। इनका समाज सम्भवतः उस स्तर पर था, जिसे आजकल के पण्डित 'पुनालुअन सोसाइटी' कहते हैं। शायद इससे भी अधिक आदिम ! परन्तु वे नाच-गान में कुशल थे। यक्ष तो धनी भी थे। वे लोग वानरों और भालुओं की भाँति कृतिपूर्व स्थिति में भी नहीं थे और राक्षसों एवं असुरों की भाँति व्यापार-वाणिज्य वाली स्थिति में भी नहीं। वे मणियों और रत्नों का सन्धान जानते थे, पृथ्वी के नीचे गड़ी हुई निधियों की

जानकारी रखते थे और अनायास ही धनी हो जाते थे। सम्भवतः इसी कारण उनमें विलासिता की मात्रा अधिक थी। परवर्ती काल में यह बहुत सुखी जाति मानी जाती थी। यक्ष और गन्धर्व एक ही श्रेणी के थे, परन्तु आर्थिक स्थिति दोनों की थोड़ी भिन्न थी। किस प्रकार कन्दर्प-देवता को अपनी गन्धर्व सेना के साथ इन्द्र का मुसाहिब बनना पड़ा। वह मनोरजंक कथा है। पर यहाँ वह सब पुरानी बातें क्यों रटी जाएँ ? प्रकृत यह है कि बहुत पुराने जमाने में आर्य लोगों को अनेक जातियों से निपटना पड़ा था। जो गर्वीली थीं, हार मानने को प्रस्तुनत नहीं थीं। परवर्ती साहित्य में उनका स्मरण घृणा के साथ किया गया और जो सहज ही मित्र बन गयीं, उनके प्रति अवज्ञा और उपेक्षा का भाव नहीं रहा। असुर, राक्षस, दानव और दैत्य पहली श्रेणी में तथा यक्ष, गन्धर्व, किन्नर, सिद्ध, विद्याधर, वानर, भालू आदि दूसरी श्रेणी में आते हैं। परवर्ती हिन्दू-समाज इन सबको बड़ी अद्‌भुत शक्तियों का आश्रय मानता है, सबमें देवता-बुद्धि का पोषण करता है।

अशोक-वृक्ष की पूजा इन्हीं गन्धर्वों और यक्षों की देन है। प्राचीन साहित्य में इस वृक्ष की पूजा के उत्सवों का बड़ा सरस वर्णन मिलता है। असल पूजा अशोक की नहीं, बल्कि उसके अधिष्ठाता कन्दर्प-देवता की होती थी। इसे 'मदनोत्सव' कहते थे। महाराजा भोज के 'सरस्वती-कण्ठाभरण' से जान पड़ता है कि यह उत्सव त्रयोदशी के दिन होता था। 'मालविकग्निमित्र' और 'रत्नावली' में इस उत्सव का बड़ा सरस-मनोहर वर्णन मिलता है। मैं जब अशोक के लाल स्तबकों को देखता हूँ तो मुझे वह पुराना वातावरण प्रत्यक्ष दिखायी दे जाता है। राजघरानों में साधारणतः रानी ही अपने सनूपुर चरणों के आघात से इस रहस्यमय वृक्ष को पुष्पित किया करती थीं। कभी-कभी रानी अपने स्थान पर किसी अन्य सुन्दरी को नियुक्त कर दिया करती थीं। कोमल हाथों में अशोक-पल्लवों का कोमलतर गुच्छ आया, अलक्तक से रंजित नूपुरमय चरणों के मृदु आघात से अशोक का पाददेश आहत हुआ—नीचे हल्की रुनझुन और ऊपर लाल फूलों का उल्लास ! किसलयों और कुसुम-स्तबकों की मनोहर छाया के नीचे स्फटिक के आसन पर अपने प्रिय को बैठाकर सुन्दरियाँ अबीर, कुंकुम, चन्दन और पुष्प-सम्भार से पहले कन्दर्प देवता की पूजा करती थीं और बाद में सुकुमार भंगिमा से पति के चरणों पर वसन्त-पुष्पों की अंजलि बिखेर देती थीं। मैं सचमुच इस उत्सव को मादक मानता हूँ। अशोक के स्तबकों में वह मादकता आज भी है, पर पूछता कौन है ? इन फूलों के साथ क्या मामूली स्मृति जुड़ी हुई है ? भारतवर्ष का सुवर्ण-युग इस पुष्प के प्रत्येक दल में लहरा रहा है।

कहते हैं, दुनिया बड़ी भुलक्कड़ है। केवला उतना ही याद रखती है, जितने से उसका स्वार्थ सधता है। बाकी को फेंककर आगे बढ़ जाती है। शायद अशोक से उसका स्वार्थ नहीं सधा। क्यों उसे वह याद रखती ? सारा संसार स्वार्थ का अखाड़ा ही तो है !

अशोक का वृक्ष जितना भी मनोहर हो, जितना भी रहस्यमय हो, जितना भी अलंकारमय हो, परन्तु है वह उस विशाल सामन्त-सभ्यता की परिष्कृत रुचि का ही प्रतीक, जो साधारण प्रजा के परिश्रमों पर-पली थी, उसके रक्त के स-सार कणों को खाकर बड़ी हुई थी और लाखों-करोड़ों की उपेक्षा से समृद्ध हुई थी। वे सामन्त उखड़ गए, समाज ढह गए और मदनोत्सव की धूमधाम भी

मिट गयी । सन्तान-कामिनियों को गन्धर्वों से अधिक शक्तिशाली देवताओं का वरदान मिलने लगा—पीरों ने, भूत-भैरवों ने, काली-दुर्गा ने यक्षों की इज्जत घटा दी । दुनिया अपने रास्ते चली गयी, अशोक पीछे छूट गया !

मुझे मानव-जाति की दुर्दम-निर्मम धारा के हजारों वर्ष का रूप साफ दिखाई दे रहा है । मनुष्य की जीवनी-शक्ति बड़ी निर्मम है, वह सभ्यता और संस्कृति के वृथा मोहों को रौंदती चली आ रही है । न जाने कितने धर्माचारों, विश्वासों, उत्सवों और व्रतों को धोती-बहाती यह जीवन-धारा आगे बढ़ी है । संघर्षों से मनुष्य ने नयी शक्ति पायी है । हमारे सामने समाज का आज जो रूप है, वह न जाने कितने ग्रहण और त्याग का रूप है । देश और जाति की विशुद्ध संस्कृति केवल बाद की बात है । सब कुछ में मिलावट है, सब कुछ अविशुद्ध है । शुद्ध है केवल मनुष्य की दुर्दम जिजीविषा (जीने की इच्छा) । वह गंगा की अबाधित-अनाहत धारा के समान सब कुछ को हजम करने के बाद भी पवित्र है ! सभ्यता और संस्कृति का मोह क्षण-भर बाधा उपस्थित करता है, धर्माचार का संस्कार थोड़ी देर तक इस धारा से टक्कर लेता है, पर इस दुर्दम धारा में सब कुछ बह जाते हैं । जितना कुछ इस जीवनी-शक्ति को समर्थ बनाता है, उतना उसका अंग बन जाता है, बाकी फेंक दिया जाता है । धन्य हो महाकाल, तुमने कितनी बार मदनदेवता का गर्व-खण्डन किया है, धर्मराज के कारागार में क्रान्ति मचायी है, यमराज के निर्दय तारल्य को पी लिया है, विधाता के सर्वकर्तृत्व के अभिमान को चूर्ण किया है ! आज हमारे भीतर जो मोह है, संस्कृति और कला के नाम पर जो आसक्ति है, धर्माचार और सत्यनिष्ठा के नाम पर जो जड़िमा है, उसमें का कितना भाग तुम्हारे कुण्ठनृत्य से ध्वस्त हो जाएगा, कौन जानता है ! मनुष्य की जीवन-धारा फिर भी अपनी मस्तानी चाल से चलती जाएगी । आज अशोक के पुष्प-स्तबकों को देखकर मेरा मन उदास हो गया है, कल न जाने किस वस्तु को देखकर किस सहृदय के हृदय में उदासी की रेखा खेल उठेगी ! जिन बातों को मैं अत्यन्त मूल्यवान समझ रहा हूँ और जिनके प्रचार के लिए चिल्ला-चिल्लाकर गला सुखा रहा हूँ, उनमें क़ितनी जियेंगी, कितनी बह जायेंगी; कौन जानता है ! मैं क्या शौक से उदास हुआ हूँ ? माया काटे कटती नहीं । उस युग के साहित्य और शिल्प मन को मसले दे रहे हैं । अशोक के फूल ही नहीं, किसलय भी हृदय को कुरेद रहे हैं । कालिदास जैसे कल्पकवि ने अशोक के पुष्प को ही नहीं, किसलयों को भी मदमत्त करने वाला बताया था—अवश्य ही शर्त यह थी कि वह दयिता (प्रिया) के कानों में झूम रहा हो : 'किसलयप्रसवोऽपि विलासिनां मदयिता दयिता श्रवणार्पितः !'—परन्तु शाखाओं में लम्बित, वायुलुलित किसलयों में भी मादकता है । मेरी नस-नस में आज अरुण उल्लास की झंझा उत्थित हो रही है । मैं सचमुच उदास हूँ ।

आज जिसे हम बहुमूल्य संस्कृति मान रहे हैं, क्या ऐसी ही बनी रहेगी ? सम्राटों-सामन्तों ने जिस आचार-निष्ठा को इतना मोहक और मादक रूप दिया था, वह लुप्त हो गयी; धर्माचार्यों ने जिस ज्ञान और वैराग्य को इतना महार्घ समझा था, वह लुप्त हो गया; मध्ययुग के मुसलमान रईसों के अनुकरण पर जो रस-राशि उमड़ी थी, वह वाष्प की भाँति उड़ गयी, क्या यह मध्ययुग के कंकाल में लिखा हुआ व्यावसायिक युग का कमल ऐसा ही बना रहेगा ? महाकाल के प्रत्येक

पदाघात में धरती धसकेगी । उसके कुण्ठनृत्य की प्रत्येक चारिका कुछ-न-कुछ लपेटकर ले जायेगी । सब बदलेगा, सब विकृत होगा—सब नवीन बनेगा ।

भगवान् बुद्ध ने मार-विजय के बाद वैरागियों की पलटन खड़ी की थी । असल में 'मार' मदन का ही नामान्तर है । कैसा मधुर और मोहक साहित्य उन्होंने दिया ! पर न जाने कब यक्षों के वज्रपाणि नामक देवता इस वैराग्यप्रवण धर्म में घुसे और बोधिसत्वों के शिरोमणि बन गए । फिर वज्रसान का अपूर्व धर्म-मार्ग प्रचलित हुआ । त्रिरत्नों में मदन देवता ने आसन पाया । वह एक अजीब आँधी थी । इसमें बौद्ध बह गए, शैव बह गए, शाक्त बह गए । उन दिनों 'श्री सुन्दरीसाधनतत्पराणां योगश्च भोगश्च करस्थ एव' की महिमा प्रतिष्ठित हुई । काव्य और शिल्प के मोहक अशोक ने अभिचार में सहायता दी ! मैं अचरज से इस योग और भोग की मिलन-लीला को देख रहा हूँ । यह भी क्या जीवनी-शक्ति का दुर्दम अभियान था ! कौन बतायेगा कि कितने विध्वंस के बाद इस अपूर्व धर्म-मत की सृष्टि हुई थी ? अशोक-स्तबक का हर फूल और हर दल इस विभिन्न परिणति की परम्परा ढोये आ रहा है । कैसा झबरा-सा गुल्म है !

मगर उदास होना भी बेकार है । अशोक आज भी उसी मौज में है, जिसमें आज से दो हजार वर्ष पहले था । कहीं भी तो कुछ नहीं बिगड़ा है, कुछ भी तो नहीं बदला है । बदली है मनुष्य की मनोवृत्ति । यदि बदले बिना वह आगे बढ़ सकती तो शायद वह भी नहीं बदलती । और यदि वह न बदलती और व्यावसायिक संघर्ष आरम्भ हो जाता—मशीन का रथ घर्घर चल पड़ता—विज्ञान का सवेग धावन चल निकलता, तो बड़ा बुरा होता । हम पिस जाते । अच्छा ही हुआ जो वह बदल गयी । पूरी कहाँ बदली है ? पर बदल तो रही है । अशोक का फूल तो उसी मस्ती में हँस रहा है । पुराने चित्त से इसको देखने वाला उदास होता है । वह अपने को पण्डित समझता है । पण्डिताई भी एक बोझ है—जितनी ही भारी होती है, उतनी ही तेजी से डुबाती है । जब वह जीवन का अंग बन जाती है, तो सहज हो जाती है । तब वह बोझ नहीं रहती । वह उस अवस्था में उदास भी नहीं करती । कहाँ ! अशोक का कुछ भी तो नहीं बिगड़ा है । कितनी मस्ती से झूम रहा है ! कालिदास इसका रस ले सके थे—अपने ढंग से । मैं भी ले सकता हूँ, अपने ढंग से । उदास होना बेकार है ।

कुटज

कहते हैं, पर्वत शोभा-निकेतन होते हैं। फिर हिमालय का तो कहना ही क्या! पूर्व और अपर समुद्र—महोदधि और रत्नाकर—दोनों को दोनों भुजाओं से थाहता हुआ हिमालय 'पृथ्वी का मानदण्ड' कहा जाए तो गलत क्या है? कालिदास ने ऐसा ही कहा था। इसी के पाद-देश में यह श्रृंखला दूर तक लोटी हुई है, लोग इसे शिवालिक श्रृंखला कहते हैं। 'शिवालिक' का क्या अर्थ है? 'शिवालिक' या शिव के जटाजूट का निचला हिस्सा तो नहीं है। लगता तो ऐसा ही है। शिव की लटियायी जटा ही इतनी सूखी, नीरस और कठोर हो सकती है। वैसे, अलकनन्दा का स्रोत यहाँ से काफी दूरी पर है, लेकिन शिव का अलक तो दूर-दूर तक छितराया ही रहता होगा। सम्पूर्ण हिमालय को देखकर ही किसी के मन में समाधिस्थ महादेव की मूर्ति स्पष्ट हुई होगी। उसी समाधिस्थ महादेव के अलक-जाल के निचले हिस्से का प्रतिनिधित्व यह गिरि-श्रृंखला कर रही होगी। कहीं-कहीं अज्ञात-नाम-गोत्र, झाड़-झंखाड़ और बेहया-से पेड़ खड़े अवश्य दिख जाते हैं, पर और कोई हरियाली नहीं। दूब तक सूख गयी है। काली-काली चट्टानें और बीच-बीच में शुष्कता की अन्तर्निरुद्ध सत्ता का इजहार करने वाली रक्ताभ रेती! रस कहाँ है? ये जो ठिंगने-से लेकिन शानदार दरख्त गर्मी की भयंकर मार खा-खाकर और भूख-प्यास की निरन्तर चोट सह-सहकर भी जी रहे हैं, इन्हें क्या कहूँ? सिर्फ जी ही नहीं रहे हैं, हँस भी रहे हैं! बेहया हैं क्या? या मस्तमौला हैं? कभी-कभी जो लोग ऊपर से बेहया दिखते हैं, उनकी जड़ें काफी गहरी पैठी रहती हैं। ये भी पाषाण की छाती फाड़कर न जाने किस अतल गह्वर से अपना भोग्य खींच लाते हैं।

शिवालिक की सूखी नीरस पहाड़ियों पर मुस्कराते हुए ये वृक्ष द्वन्द्वातीत हैं, अलमस्त हैं। मैं किसी का नाम नहीं जानता, कुल नहीं जानता, शील नहीं जानता, पर लगता है, ये जैसे मुझे अनादि काल से जानते हैं। इन्हीं में एक छोटा-सा—बहुत ही ठिंगना—पेड़ है, पत्ते चौड़े भी हैं, बड़े भी हैं। फूलों से तो ऐसा लदा है कि कुछ पूछिए नहीं। अजीब-सी अदा है, मुस्कराता जान पड़ता है। लगता है, पूछ रहा है कि क्या तुम मुझे भी नहीं पहचानते? पहचानता तो हूँ, अवश्य पहचानता हूँ। लगता है, बहुत बार देख चुका हूँ। पहचानता हूँ उजाड़ के साथी, तुम्हें अच्छी तरह पहचानता हूँ। नाम भूल रहा हूँ। प्रायः भूल जाता हूँ। रूप देखकर प्रायः पहचान जाता हूँ, नाम नहीं याद आता। पर नाम ऐसा है कि जब तक रूप के पहले ही हाजिर न हो जाय तब तक रूप की पहचान अधूरी रह जाती है। भारतीय पण्डितों का सैकड़ों बार का कचारा-निचोड़ा प्रश्न सामने आ गया—रूप मुख्य है या नाम? नाम बड़ा है या रूप? पद पहले है या पदार्थ? पदार्थ सामने

है, पद नहीं सूझ रहा है। मन व्याकुल हो गया। स्मृतियों के पंख फैलाकर सुदूर अतीत के कोनों में झाँकता रहा। सोचता हूँ इसमें व्याकुल होने की क्या बात है ? नाम में क्या रखा है—ह्वाट्स देअर इन ए नेम ! नाम की जरूरत ही हो तो सौ दिये जा सकते हैं। सुस्मिता, गिरिकान्ता, वनप्रभा, शुभ्रकिरीटिनी, मदोद्धता, विजितातपा, अलकावतंसा, बहुत-से नाम हैं ! या फिर पौरुष-व्यंजक नाम भी दिये जा सकते हैं—अकुतोभय, गिरिगौरव, कूटोल्लास, अपराजित, धरतीधकेल, पहाड़फोड़, पातालभेद ! पर मन नहीं मानता। नाम इसलिए बड़ा नहीं है कि वह नाम है। वह इसलिए बड़ा होता है कि उसे सामाजिक स्वीकृति मिली होती है। रूप व्यक्ति-सत्य है, नाम समाज-सत्य। नाम उस पद को कहते हैं जिस पर समाज की मुहर लगी होती है। आधुनिक शिक्षित लोग जिसे 'सोशल सैंक्सन' कहा करते हैं। मेरा मन नाम के लिए व्याकुल है, समाज द्वारा स्वीकृत, इतिहास द्वारा प्रमाणित, समष्टि-मानव की चित्त-गंगा में स्नात !

इस गिरिकूट-बिहारी का नाम क्या है ? मन दूर-दूर तक उड़ रहा है—देश में और काल में—मनोरथानामगतिर्नविद्यते ! अचानक याद आया—अरे, यह तो कुटज है ! संस्कृत साहित्य का बहुत परिचित, किन्तु कवियों द्वारा अवमानित, यह छोटा-सा शानदार वृक्ष 'कुटज' है। 'कूटज' कहा गया होता तो कदाचित् ज्यादा अच्छा होता। पर नाम इसका चाहे कुटज ही हो, विरुद तो निस्सन्देह 'कूटज' होगा। गिरिकूट पर उत्पन्न होने वाले इस वृक्ष को 'कूटज' कहने में विशेष आनन्द मिलता है। बहरहाल, यह कूटज-कुटज है, मनोहर कुसुम-स्तबकों से झबराया, उल्लास-लोल चारुस्मित कुटज ! जी भर आया। कालिदास ने 'आषाढ़स्य प्रथम-दिवसे' रामगिरि पर यक्ष को जब मेघ की अभ्यर्थना के लिए नियोजित किया तो कम्बख्त को ताजे कुटज पुष्पों की अंजलि देकर ही सन्तोष करना पड़ा—चम्पक नहीं, बकुल नहीं, नीलोत्पल नहीं, मल्लिका नहीं, अरविन्द नहीं—फकत कुटज के फूल ! यह और बात है कि आज आषाढ़ का नहीं, जुलाई का पहला दिन है। मगर फर्क भी कितना है ! बार-बार मन विश्वास करने को उतारू हो जाता है कि यक्ष बहाना मात्र है, कालिदास ही कभी 'शापेनास्तंगमितमहिमा' होकर रामगिरि पहुँचे थे, अपने ही हाथों इस कुटज पुष्प का अर्घ्य देकर उन्होंने मेघ की अभ्यर्थना की थी। शिवालिक की इस अनत्युच्च पर्वत-शृंखला की भाँति रामगिरि पर भी उस समय और कोई फूल नहीं मिला होगा। कुटज ने उनके सन्तप्त चित्त को सहारा दिया था—बड़भागी फूल है यह ! धन्य हो कुटज, तुम 'गाढ़े के साथी' हो। उत्तर की ओर सिर उठाकर देखता हूँ, सुदूर तक ऊँची काली पर्वत-शृंखला छायी हुई है और एकाध सफेद बादल के बच्चे उससे लिपटे खेल रहे हैं। मैं भी इन पुष्पों का अर्घ्य उन्हें चढ़ा दूँ। पर काहे वास्ते ? लेकिन बुरा भी क्या है ?

कुटज के ये सुन्दर फूल बहुत बुरे तो नहीं हैं। जो कालिदास के काम आया हो उसे ज्यादा इज्जत मिलनी चाहिए। मिली कम है। पर इज्जत तो नसीब की बात है। रहीम को मैं बड़े आदर के साथ स्मरण करता हूँ। दरियादिल आदमी थे, पाया सो लुटाया। लेकिन दुनिया है कि मतलब से मतलब है, रस चूस लेती है, छिलका और गुठली फेंक देती है। सुना है, रस चूस लेने के बाद रहीम को भी फेंक दिया गया था। एक बादशाह ने आदर के साथ बुलाया, दूसरे ने फेंक

दिया ! हुआ ही करता है । इससे रहीम का मोल घट नहीं जाता । उनकी फक्कड़ाना मस्ती कहीं गयी नहीं । अच्छे-भले कद्रदान थे । लेकिन बड़े लोगों पर भी कभी-कभी ऐसी वितृष्णा सवार होती है कि गलती कर बैठते हैं । मन खराब रहा होगा, लोगों की बेरुखी और बेकद्रदानी से मुरझा गए होंगे—ऐसी ही मनःस्थिति में उन्होंने बिचारे कुटज को भी एक चपत लगा दी । झुँझलाए थे, कह दिया :

वे रहीम अब बिरछ कहँ, जिनकर छाँह गँभीर;
बागन बिच-बिच देखियत, सेंहुड़ कुटज करीर ।

गोया कुटज अदना-सा 'बिरछ' हो । 'छाँह' ही क्या बड़ी बात है, फूल क्या कुछ भी नहीं ? छाया के लिए न सही, फूल के लिए तो कुछ सम्मान होना चाहिए । मगर कभी-कभी कवियों का भी 'मूड' खराब हो जाया करता है । वे भी गलत-बयानी के शिकार हो जाया करते हैं । फिर बागों से गिरिकूट-बिहारी कुटज का क्या तुक है ?

कुटज अर्थात् जो कुट से पैदा हुआ हो । 'कुट' घड़े को भी कहते हैं, घर को भी कहते हैं । कुट अर्थात् घड़े से उत्पन्न होने के कारण प्रतापी अगस्त्य मुनि भी 'कुटज' कहे जाते हैं । घड़े से तो क्या उत्पन्न हुए होंगे । कोई और बात होगी । संस्कृत में 'कुटहारिका' और 'कुटकारिका' दासी को कहते हैं । क्यों कहते हैं ? 'कुटिया' या 'कुटीर' शब्द भी कदाचित् इसी शब्द से संबद्ध हैं । क्या इस शब्द का अर्थ घर ही है । घर में काम-काज करने वाली दासी कुटकारिका और कुटहारिका कही ही जा सकती है । एक जरा गलत ढंग की दासी 'कुटनी' भी कही जा सकती है । संस्कृत में उसकी गलतियों को थोड़ा अधिक मुखर बनाने के लिए उसे 'कुट्टनी' कह दिया गया है । अगस्त्य मुनि भी नारदजी की तरह दासी के पुत्र थे क्या ? घड़े में पैदा होने का तो कोई तुक नहीं है, न मुनि कुटज के सिलसिले में, न फूल कुटज के । फूल गमले में होते अवश्य हैं, पर कुटज तो जंगल का सैलानी है । उसे घड़े या गमले से क्या लेना-देना ? शब्द विचारोत्तेजक अवश्य हैं । कहाँ से आया ? मुझे तो इसी में सन्देह है कि यह आर्यभाषाओं का शब्द है भी या नहीं । एक भाषाशास्त्री किसी संस्कृत शब्द को एक से अधिक रूप में प्रचलित पाते थे तो तुरन्त उसकी कुलीनता पर शक कर बैठते थे । संस्कृत में 'कुटज' रूप भी मिलता है और 'कुटच' भी । मिलने को तो 'कूटज' भी मिल जाता है । तो यह शब्द किस जाति का है ? आर्य जाति का तो नहीं जान पड़ता । सिलवाँ लेवी कह गए हैं कि संस्कृत भाषा में फूलों, वृक्षों और खेत-बागबानी के अधिकांश शब्द आग्नेय भाषा-परिवार के हैं । यह भी वहीं का तो नहीं है । एक जमाना था जब आस्ट्रेलिया और एशिया के महाद्वीप मिले हुए थे, फिर कोई भयंकर प्राकृतिक विस्फोट हुआ और ये दोनों अलग हो गये । उन्नीसवीं शताब्दी के भाषा-विज्ञानी पण्डितों को यह देखकर आश्चर्य हुआ कि आस्ट्रेलिया के सुदूर जंगलों में बसी जातियों की भाषा एशिया में बसी हुई कुछ जातियों की भाषा से सम्बद्ध है । भारत की अनेक जातियाँ वह भाषा बोलती हैं, जिनमें सन्थाल, मुण्डा आदि भी शामिल हैं । शुरू-शुरू में इस भाषा का नाम आस्ट्रो-एशियाटिक दिया गया था । दक्षिण-पूर्व या अग्निकोण की भाषा होने के कारण इसे आग्नेय-परिवार भी कहा जाने

लगा है। अब हम लोग भारतीय जनता के वर्ग-विशेष को ध्यान में रखकर और पुराने साहित्य का स्मरण करके इसे कोल-परिवार की भाषा कहने लगे हैं। पण्डितों ने बताया है कि संस्कृत भाषा के अनेक शब्द, जो अब भारतीय संस्कृति के अविच्छेद्य अंग बन गए हैं, इसी श्रेणी की भाषा के हैं। कमल, कुड्मल, कम्बु, कम्बल, ताम्बूल आदि शब्द ऐसे ही बताए जाते हैं। पेड़-पौधों, खेती के उपकरणों और औजारों के नाम भी ऐसे ही हैं। 'कुटज' भी हो तो क्या आश्चर्य ? संस्कृत भाषा ने शब्दों के संग्रह में कभी छूत नहीं मानी। न जाने किस-किस नस्ल के कितने शब्द उसमें आकर अपने बन गए हैं। पण्डित लोग उसकी छान-बीन करके हैरान होते हैं। संस्कृत सर्वग्रासी भाषा है।

यह जो मेरे सामने कुटज का लहराता पौधा खड़ा है वह नाम और रूप दोनों में अपनी अपराजेय जीवनी-शक्ति की घोषणा कर रहा है। इसीलिए यह इतना आकर्षक है। नाम है कि हजारों वर्ष से जीता चला आ रहा है। कितने नाम आये और गये। दुनिया उनको भूल गयी, वे दुनिया को भूल गये। मगर कुटज है कि संस्कृत की निरन्तर स्फीयमान शब्दराशि में जो जमके बैठा सो बैठा ही है। और रूप की तो बात ही क्या है ! बलिहारी है इस मादक शोभा की। चारों ओर कुपित यमराज के दारुण निःश्वास के समान धधकती लू में यह हरा भी है और भरा भी है, दुर्जन के चित्त से भी अधिक कठोर पाषाण की कारा में रुद्ध अज्ञात जलस्रोत से बरबस रस खींचकर सरस बना हुआ है। और मूर्ख के मस्तिष्क से भी अधिक सूने गिरि कान्तार में भी ऐसा मस्त बना है कि ईर्ष्या होती है। कितनी कठिन जीवनी-शक्ति है ! प्राण ही प्राण को पुलकित करता है, जीवनी-शक्ति ही जीवनी-शक्ति को प्रेरणा देती है। दूर पर्वतराज हिमालय की हिमाच्छादित चोटियाँ हैं, वहीं कहीं भगवान् महादेव समाधि लगाकर बैठे होंगे; नीचे सपाट पथरीली जमीन का मैदान है, कहीं-कहीं पर्वतनन्दिनी सरिताएँ आगे बढ़ने का रास्ता खोज रही होंगी—बीच में यह चट्टानों की ऊबड़-खाबड़ जटाभूमि है—सूखी, नीरस, कठोर ! यहीं आसन मारकर बैठे हैं मेरे चिरपरिचित दोस्त कुटज। एक बार अपने झबरीले मूर्धा को हिलाकर समाधिनिष्ठ महादेव को पुष्पस्तबक का उपहार चढ़ा देते हैं और एक बार नीचे की ओर अपनी पाताल-भेदी जड़ों को दबाकर गिरिनन्दिनी सरिताओं को संकेत से बता देते हैं कि रस का स्रोत कहाँ है। जीना चाहते हो ? कठोर पाषाण को भेदकर, पाताल की छाती चीरकर अपना भोग्य संग्रह करो; वायुमण्डल को चूसकर, झंझा-तूफान को रगड़कर, अपना प्राप्य वसूल लो; आकाश को चूमकर अवकाश की लहरी में झूमकर उल्लास खींच लो। कुटज का यही उपदेश है :

भित्त्वा पाषाणपिठरं छित्त्वा प्राभञ्जनी व्यथाम्
पीत्वा पातालपानीयं कुटजश्चुम्बते नभः !

दुरन्त जीवन-शक्ति है। कठिन उपदेश है। जीना भी एक कला है। लेकिन कला ही नहीं, तपस्या है। जियो तो प्राण ढाल दो जिन्दगी में, मन ढाल दो जीवनरस के उपकरणों में ! ठीक है। लेकिन क्यों ? क्या जीने के लिए जीना ही बड़ी बात है ? सारा संसार अपने मतलब के लिए ही तो जी रहा है। याज्ञवल्क्य बहुत बड़े ब्रह्मवादी ऋषि थे। उन्होंने अपनी पत्नी को विचित्र भाव

से समझाने की कोशिश की कि सब कुछ स्वार्थ के लिए है । पुत्र के लिए पुत्र प्रिय नहीं होता, पत्नी के लिए पत्नी प्रिया नहीं होती—सब अपने मतलब के लिए प्रिय होते हैं—'आत्मनस्तु कामाय सर्व प्रियं भवति !' विचित्र नहीं है यह तर्क ? संसार में जहाँ कहीं प्रेम है, सब मतलब के लिए । सुना है, पश्चिम के हॉब्स और हेल्वेशियस जैसे विचारकों ने भी ऐसी ही बात कही है । सुन के हैरानी होती है । दुनिया में त्याग नहीं है, प्रेम नहीं है, परार्थ नहीं है, परमार्थ नहीं है—है केवल प्रचण्ड स्वार्थ । भीतर की जिजीविषा—जीते रहने की प्रचण्ड इच्छा—ही अगर बड़ी बात हो तो फिर यह सारी बड़ी-बड़ी बोलियाँ, जिनके बल पर दल बनाये जाते हैं, शत्रुमर्दन का अभिनय किया जाता है, देशोद्धार का नारा लगाया जाता है, साहित्य और कला की महिमा गायी जाती है, झूठ है । इसके द्वारा कोई-न-कोई अपना बड़ा स्वार्थ सिद्ध करता है । लेकिन अन्तरतर से कोई कह रहा है, ऐसा सोचना गलत ढंग से सोचना है । स्वार्थ से भी बड़ी कोई-न-कोई बात अवश्य है, जिजीविषा से भी प्रचण्ड कोई-न-कोई शक्ति अवश्य है । क्या है ?

याज्ञवल्क्य ने जो बात धक्कामार ढंग से कह दी थी वह अन्तिम नहीं थी । वे 'आत्मनः' का अर्थ कुछ और बड़ा करना चाहते थे । व्यक्ति की 'आत्मा' केवल व्यक्ति तक सीमित नहीं है, वह व्यापक है । अपने में सब और सबमें आप—इस प्रकार की एक समष्टि-बुद्धि जब तक नहीं आती तब तक पूर्ण सुख का आनन्द भी नहीं मिलता । अपने-आपको दलित द्राक्षा की भाँति निचोड़कर जब तक 'सर्व' के लिए निछावर नहीं कर दिया जाता तब तक 'स्वार्थ' खण्ड-सत्य है, वह मोह को बढ़ावा देता है, तृष्णा को उत्पन्न करता है और मनुष्य को दयनीय—कृपण—बना देता है । कार्पण्य दोष से जिसका स्वभाव उपहत हो गया है, उसकी दृष्टि म्लान हो जाती है । वह स्पष्ट नहीं देख पाता । वह स्वार्थ भी नहीं समझ पाता, परमार्थ तो दूर की बात है ।

कुटज क्या केवल जी रहा है । वह दूसरे के द्वार पर भीख माँगने नहीं जाता, कोई निकट आ गया तो भय के मारे अधमरा नहीं हो जाता, नीति और धर्म का उपदेश नहीं देता फिरता, अपनी उन्नति के लिए अफसरों का जूता नहीं चाटता फिरता, दूसरों को अवमानित करने के लिए ग्रहों की खुशामद नहीं करता । आत्मोन्नति हेतु नीलम नहीं धारण करता, अँगूठियों की लड़ी नहीं पहनता, दाँत नहीं निपोरता, बगलें नहीं झाँकता । जीता है और शान से जीता है—काहे वास्ते, किस उद्देश्य से ? कोई नहीं जानता । मगर कुछ बड़ी बात है । स्वार्थ के दायरे से बाहर की बात है । भीष्म पितामह की भाँति अवधूत की भाषा में कह रहा है : 'चाहे सुख हो या दुख, प्रिय हो या अप्रिय, जो मिल जाय उसे शान के साथ, हृदय से बिल्कुल अपराजित होकर, सोल्लास ग्रहण करो । हार मत मानो !'

सुखं वा यदि वा दुःखं प्रियं वा यदि वाऽप्रियम्
प्राप्तं प्राप्तमुपासीतं हृदयेनपराजितः ।

—शान्तिपर्व, 25 1 26

हृदयेनापराजितः ! कितना विशाल वह हृदय होगा जो सुख से, दुःख से, प्रिय से, अप्रिय

से विचलित न होता होगा ! कुटज को देखकर रोमांच हो आता है । कहाँ से मिली है यह अकुतोभया वृत्ति, अपराजित स्वभाव, अविचल जीवन-दृष्टि !

जो समझता है कि वह दूसरों का उपकार कर रहा है वह अबोध है, जो समझता है कि दूसरे उसका अपकार कर रहे हैं वह भी बुद्धिहीन है । कौन किसका उपकार करता है, कौन किसका अपकार कर रहा है ? मनुष्य जी रहा है, केवल जी रहा है; अपनी इच्छा से नहीं, इतिहास-विधाता की योजना के अनुसार । किसी को उससे सुख मिल जाये, बहुत अच्छी बात है; नहीं मिल सका, कोई बात नहीं; परन्तु उसे अभिमान नहीं होना चाहिए । सुख पहुँचाने का अभिमान यदि गलत है, तो दुःख पहुँचाने का अभिमान तो नितरां गलत है ।

दुख और सुख तो मन के विकल्प हैं । सुखी वह है जिसका मन वश में है, दुःखी वह है जिसका मन परवश है । परवश होने का अर्थ है खुशामद करना, दाँत निपोरना, चाटुकारिता, हाँ-हजूरी । जिसका मन अपने वश में नहीं है वही दूसरे के मन का छन्दावर्त्तन करता है, अपने को छिपाने के लिए मिथ्या आडम्बर रचता है, दूसरों को फँसाने के लिए जाल बिछाता है । कुटज इन सब मिथ्याचारों से मुक्त है । वह वशी है । वह वैरागी है । राजा जनक की तरह संसार में रहकर, सम्पूर्ण भोगों को भोगकर भी उनसे मुक्त है । जनक की ही भाँति वह घोषणा करता है : 'मैं स्वार्थ के लिए अपने मन को सदा दूसरे के मन में घुसाता नहीं फिरता, इसलिए मैं मन को जीत सका हूँ, उसे वश में कर सका हूँ' :

नाहमात्मार्थमिच्छामि मनोनित्यं मनोन्तरे ।
मनो मे निर्जितं तस्मात् वशे तिष्ठति सर्वदा ।

कुटज अपने मन पर सवारी करता है, मन को अपने पर सवार नहीं होने देता । मनस्वी मित्र, तुम धन्य हो !

देवदारु

पता नहीं किसने इस पेड़ का नाम 'देवदारु' रख दिया था। नाम निश्चय ही पुराना है, कालिदास से भी पुराना, महाभारत से भी पुराना। सीधे ऊपर की ओर उठता है, इतना ऊपर कि पासवाली चोटी के भी ऊपर उठ जाता है, एकदम द्युलोक को भेद करने की लालसा से। नीचे शाखाएँ मर्त्यलोक को अभयदान देने की मुद्रा में फैलती चली जाती हैं, मानो कह रही हों, 'भय नहीं, मैं जो हूँ!' प्रत्येक शाखा की झबरीली टहनियाँ कँटीले पत्तों के ऐसे लहरदार छन्दों का वितान तानती हैं कि छाया चेरी-सी अनुगमन करती है। जिस आचार्य ने परिपाटीविहित शिष्टजनानुमोदित 'सज्जा' को 'छाया' नाम दिया था, वह जरूर इस पेड़ की शोभा से प्रभावित हुआ था। पेड़ क्या है, किसी सुलझे हुए कवि के चित्त का मूर्तिमान् छन्द है। धरती के आकर्षण को अभिभूत करके लहरदार वितानों की श्रृंखला को सावधानी से सम्हालता हुआ, विपुल व्योम की ओर एकाग्रीभूत मनोहर छन्द! कैसी शान है, गुरुत्वाकर्षण के जड़-वेग को अभिभूत करने की कैसी स्पर्द्धा है—प्राण के आवेग की कैसी उल्लासकर अभिव्यक्ति है! देवताओं का दुलारा पेड़ नहीं तो यह क्या है? क्या यों ही समाधि लगाने के लिए महादेव ने 'देवदारु-द्रुम-वेदिका' को ही पसन्द किया था? कुछ बात होनी चाहिए। कोई नहीं बता सकता कि महादेव समाधि लगाकर क्या पाना चाहते थे? उन्हें कमी किस बात की थी? कालिदास ने बताया है कि उन्होंने इस प्रयोजनातीत (निष्प्रयोजन तो कैसे कहें) समाधि के लिए देवदारु-द्रुम के नीचे वेदिका बनायी थी। शायद इसलिए कि देवदारु भी अर्थातीत छन्द है—प्राणों का उल्लासनर्त्तन, जड़शक्ति के दुर्वार आकर्षण को पराभूत करके विपुल व्योममण्डल में विहार करने का अर्थातीत आनन्द!

कहते हैं शिव ने जब उल्लासातिरेक में उद्दाम नर्त्तन किया था तो उनके शिष्य तण्डु मुनि ने उसे याद कर लिया था। उन्होंने जिस नृत्य का प्रवर्त्तन किया उसे 'ताण्डव' कहा जाता है। 'ताण्डव' अर्थात 'तण्डु' मुनि द्वारा प्रवर्त्तित 'रस-भाव विवर्जित' नृत्य! रस भी अर्थ है, भाव भी अर्थ है, परन्तु ताण्डव ऐसा नाच है जिसमें रस भी नहीं, भाव भी नहीं। नाचने वाले का कोई उद्देश्य नहीं, मतलब नहीं, 'अर्थ' नहीं। केवल जड़ता के दुर्वार आकर्षण को छिन्न करके एकमात्र चैतन्य की अनुभूति का उल्लास! यह 'एकमात्र' लक्ष्य ही उसमें छन्द भरता है, इसी से उसमें ताल पर नियन्त्रण बना रहता है। एकाग्रभाव, छन्द की आत्मा है। अगर यह न होता तो शिव का ताण्डव बेमेल धमाचौकड़ी और लस्टम-पस्टम उछल-कूद के सिवा और कुछ न होता। ताण्डव की महिमा आनन्दोन्मुखी एकाग्रता में है। समाधि भी एकाग्रता चाहती है। ध्यान, धारणा और समाधि की एकाग्रता से ही 'योग' सिद्ध होता है। ब्राह्म प्रकृति के दुर्वार आकर्षण को छिन्न करने

का उल्लास ताण्डव है। अन्तःप्रकृति के असंयत फिंकाव को नियन्त्रित करने के उल्लास का नाम समाधि है। देवदारु वृक्ष पहले प्रकार के उल्लास को सूचित करता है, शिव का 'निवात-निष्कम्प-इव-प्रदीपः' रूप दूसरे प्रकार के। दोनों में एक ही छन्द है। शिव ने समझ-बूझकर ही देवदारु-द्रुम की वेदिका को पसन्द किया होगा। देवदारु के नीचे समाधिस्थ महादेव ! तुक मिल रहा है, शानदार तुक ! कौन कहता है कि कालिदास ने तुक मिलाने की परवा नहीं की। मेरा मन कहता है कि कालिदास भी तुकाराम थे, तुक मिलाने के मौजी वाग्विलासी। मगर ये तुक भौंडे किस्म के नहीं होते थे, यह तो निश्चित है। 'झगरे-रगरे, बगरे-डगरे' ये भी कोई तुक है ! मगर सारी दुनिया इसी को तुक कहती आ रही है। कुछ-न-कुछ तो होगा ही, सारी दुनिया यों ही पागल नहीं हो सकती। लेकिन यह भी सही है कि 'बात-बात' में तुक मिला करता है। अगर ऐसा न होता तो 'बेतुकी' हाँकने वालों को बुरा न माना जाता। जो लोग 'तुक की बात करते हैं' वे शब्द की ध्वनियों का तुक तो नहीं मिलाते। फिर तुक है क्या ?

तुक वह है जो देवदारु की गगनचुम्बी शिखा और समाधिस्थ महादेव की निवात-निष्कम्प-प्रदीप की ऊर्ध्वगामिनी ज्योति में है। अर्थात् तुक अर्थ में रहता है। ध्वनि-साम्य के तुक में कुछ-न-कुछ अर्थचारुता होनी चाहिए। ध्वनि-साम्य साधन है, तुक अर्थ का धर्म होना चाहिए। मगर ऐसा कहना खतरे से खाली नहीं है। किसी नये आलोचक ने अर्थ की लय की वकालत की है। मैं अच्छी तरह जानता हूँ कि सारी पण्डितमण्डली उस गरीब पर बरस पड़ी है। अगर तुक अर्थ में मिल सकता है तो लय क्यों नहीं मिल सकता। मेरे अन्तर्यामी कहते हैं कि तुक तो अर्थ में रहता है, लय नहीं रहता। बहुत-से लोग अन्तर की आवाज को आँख मूँदकर मान लेते हैं, मैं नहीं मान पाता। आँख खोलने पर भी यदि अन्तर की आवाज ठीक जँचे तो मान लेनी चाहिए; क्योंकि उस अवस्था में भीतर और बाहर का तुक मिल जाता है। शिवजी ने अन्तर और बाहर का तुक मिलाने के लिए ही तो देवदारु को चुना था। अन्तर्यामी भी बहिर्यामी के साथ ताल मिलाते रहें, यही उचित है। महादेव ने आँखें मूँद ली थीं, देवदारु ने खोल रखी थीं। महादेव ने भी जब आँख खोल दी तो तुक बिगड़ गया; छन्दोभंग हो गया, त्रैलोक्य को मदविह्वल करने वाला देवता भस्म हो गया। उसका फूलों का तूणीर जल गया, रत्नजटित धनुष टूट गया। सब गड़बड़ हो गया। सोचता हूँ—उस समय देवदारु की क्या हालत हुई होगी ? क्या इतनी ही फक्कड़ाना मस्ती में झूम रहा होगा ? क्या ऐसा ही बेलौस खड़ा होगा ? शायद हाँ, क्योंकि शिव की समाधि टूटी थी, देवदारु का ताण्डव—रसभावविवर्जित महानृत्त—नहीं टूटा था। देवता की तुलना में वह निर्विकार रहा—काठ बना हुआ। कौन जाने इसी कहानी को सुनकर किसी ने इसे 'देवता का काठ' (देव-दारु) नाम दे दिया हो ! फक्कड़ हो तो अपने लिए हो बाबा, मनुष्य के लिए तो निरे काठ हो; दया नहीं, माया नहीं, मोह नहीं, आसक्ति नहीं, निरे काठ ! ऐसों से तो देवता ही भला ! कहीं-न-कहीं उसमें दिल तो है ! मगर यह भी कैसे कहा जाये ! देवता के दिल होता तो लाज-शरम भी होती, लाज-शरम होती तो आँखों की पलकें भी झँपतीं। लेकिन देवता है कि ताकता रहता है, पलकें उसकी झँपतीं ही नहीं। एक क्षण के लिए उसने आँखें मूँदीं कि अनर्थ हुआ ! बहुत सावधान, सदा जाग्रत।

अलबत्त, महादेव इन देवताओं से भिन्न थे। जहाँ आँखें झुकनी चाहिए, वहाँ उनकी आँखें झुकती थीं, जहाँ टकटकी बँधनी चाहिए थी वहाँ बँध जाती थीं। पार्वती जब पुष्पों के आभरण से सजी हुई सञ्चारिणी पल्लविनी लता की भाँति उनके सामने आयीं, तो उनके (पार्वती के) बिम्बफल के समान अधरोष्ठवाले मोहक मुख पर उनकी टकटकी बँध गयी। फिर उनकी आँखें झुकीं भी। वे मनुष्य के समान विकारग्रस्त हुए। वे देवताओं में मनुष्य थे—महादेव ! उस दिन देवदारु चूक गया। वह सब देखता रहा। इतना बड़ा अनर्थ हो गया और आपने अवधूतपन का बाना नहीं छोड़ा। वह महावृक्ष नहीं बन सका, 'देवदारु' बन गया। आँखें खोले रहना भी कोई तुक की बात है ! महावृक्ष वनस्पति होते हैं, जिनमें भावुकता तो नहीं सार्थकता होती है, जो फूल तो नहीं देते पर फल देते हैं—'अपुष्पा फलवन्तो ये।' देवदारु चूक गया, 'वनस्पति' की मर्यादा से वंचित रह गया।

तो क्या हुआ ? यह सब मनुष्य की आत्म-केन्द्रित दृष्टि का प्रसाद है। देवदारु को इससे क्या लेना-देना ! वह तो जैसा है वैसा बना हुआ है। तुम उसे वनस्पति कहो या देवता का काठ कहो। तुम्हें अच्छा लगता है तो अच्छा नाम देते हो, बुरा लगता है तो बुरा नाम देते हो। नाम में क्या धरा है ? मुमकिन है, इसका पुराना नाम देवतरु हो, देवता का तरु नहीं, देवता भी और तरु भी। देव होकर वह छन्द है तरु होकर अर्थ है। छन्द, समष्टिव्यापिनी जीवनगति के समानान्तर चलने वाले व्यष्टिगत प्राणवेग का नाम है; अर्थ, समाज-स्वीकृति-प्राप्त संकेत हुआ करता है।

जहाँ बैठकर लिख रहा हूँ, वहाँ से ऊपर और नीचे पर्वतपृष्ठ पर देवदारु वृक्षों की सोपान-परम्परा-सी दीख रही है। कैसी मोहक शोभा है ! वृक्ष और भी हैं, लोगों ने नाम भी बताए हैं, पर सब छिप गए हैं। दिखते हैं आकाशचुम्बी देवदारु। ऐसा लगता है कि ऊपर वाले देवदारु वृक्षों की फुनगी पर से लुढ़का दिया जाऊँ तो फुनगियों पर ही लोटता हुआ हजारों फीट नीचे तक जा सकता हूँ, अनायास ! पर ऐसा लगता ही भर है। भगवान् न करे कोई सचमुच लुढ़का दे। हड्डी-पसली चूर हो जायेगी। जो कुछ लगता है वह सचमुच हो जाये तो अनर्थ हो जाये। लगने में बहुत-सी बातें गलत लगती हैं। इसीलिए कहता हूँ कि लगना अर्थ नहीं होता, कई बार अनर्थ होता है। अर्थ वास्तविकता है, वास्तविक जगत् की सच्चाई है; लगता है सो मन का विकल्प है, अन्तर्जगत् की स्पृहा मात्र है, छन्द है। दोनों में कहीं ताल-तुक मिल जाता तो काम की बात होती। नहीं मिलता, यह खेद की बात है। ताल-तुक मिलना अर्थ है, न मिलना अनर्थ है।

प्रत्येक व्यक्ति के मन में कुछ-न-कुछ लगता रहता है। मजेदार बात यह है कि व्यक्ति का लगना अलग-अलग होता है। 'अ-लग' अर्थात् जो न लगे। लगता है पर नहीं लगता, यह भी कोई तुक की बात हुई ? तुक की बात तब होती जब लगना 'अलग' लगना न होता। इसीलिए कहता हूँ कि तुक अर्थ में होता है। जिसने इस पेड़ का नाम देवदारु दिया था उसे क्या लगा था, कह नहीं सकता। बात औरों को भी कमोबेश लगी होगी, तभी सबने मान लिया। जो सबको लगे सो अर्थ; एक को लगे, बाकी को न लगे तो अनर्थ ! अलगाव को ही पुराने आचार्यों ने पृथक्त्व

बुद्धि का नाम दिया है । और भी समझाकर कहा है कि यह अलगाव 'मैं-पन' है, 'अहंकार' है । इधर कवि लोग हैं कि उन्हें हमेशा कुछ देखकर कुछ-न-कुछ लगता ही रहता है । खुलेआम कहते हैं कि मुझे ऐसा लग रहा है । क्यों कहते हो बाबा कि 'मुझे' ऐसा लग रहा है । दुनिया की ओर भी देखो । वह तुम्हें पागल कहेगी । पागल को भी तो कुछ-न-कुछ लगता रहता है । मगर दुनिया को देखता हूँ तो हैरत में पड़ जाता हूँ । कवि को जो कुछ लगता है उसके लिए 'वाह-वाह' कहके उसे सिर उठा लेती है । कुछ समझ में नहीं आता—'हौं ही बौरी विरह बस कै बौरो सब गाँव ।'

बिहारी अच्छे-खासे कवि माने जाते हैं । उन्हीं की बात याद आ गयी थी । बात इतनी ही-सी थी कि कोई विरह की मारी स्त्री कह रही है कि मैं ही पागल हो गयी हूँ या सारा गाँव ही पागल हो गया है ? क्या समझकर ये लोग चाँद को ठण्डी किरण वाला कहते हैं—'कहा जाने ये कहत हैं ससिहिं सीतकर नाँव ।' विरह की मारी महिला का दिमाग बिगड़ गया है, जो सबको ठण्डा लग रहा है उसे वह दाहक मान रही है । पागलपन ही तो है । मगर जब बिहारी ने उसे दोहा छन्द में बाँध दिया तो बात बिल्कुल बदल गयी । हाय-हाय, कैसी विरह-वेदना है कि उस सुकुमार बालिका को चाँद भी गरम मालूम होता है ! हृदय के भीतर जलने वाली विरहाग्नि ने उसे किसी काम का नहीं छोड़ा । हे भगवान् ! तुम ऐसा कुछ नहीं कर सकते कि सारे गाँव के समान इस बालिका को भी चन्द्रमा उतना ही शीतल लगे जितना औरों को लगता है ! अर्थात् विरहिणी की दारुण व्यथा अब सबके चित्त की सामान्य अनुभूति के साथ ताल मिलाकर चलने लगी । पागल का 'लगना' एक का लगना होता है, कवि का लगना सबको लगने लगता है । बात उलटकर कही जाय तो इस प्रकार होगी—जिसका लगना सबको लगे वह कवि है; जिसका लगना सिर्फ उसे ही लगे, औरों को नहीं, वह पागल है । लगने-लगने में भी भेद है । जो सबको लगे वह अर्थ है, जो एक को ही लगे वह अनर्थ है । अर्थ सामाजिक होता है ।

मगर देवदारु नाम केवल नाम ही नहीं है । मैंने अपने गाँव के एक महान् भूत-भगवान् ओझा को देवदारु की लकड़ी से भूत भगाते देखा है । आजकल के शिक्षित लोग भूत में विश्वास नहीं करते । वे भूत को मन का वहम मानते हैं । पर गाँव में भूत लगते मैंने देखा है । भूत भगाते भी देखा है । भूत भी 'लगता' है । सब लगालगी वहम ही होती होगी । आँखों की भी । बिहारी जानते थे । कह गये हैं—'लगालगी लोचन करें, नाहक मन बँधि जाय ।' नाहक अर्थात् बेमतलब, निरर्थक ।

हमारे गाँव में एक पण्डित जी थे । अपने को महाविद्वान् मानते थे । विद्या उनके मुँह से फचाफच निकला करती थी । शास्त्रार्थ में वे बड़े-बड़े दिग्गजों को हरा देते थे । विद्या के जोर से नहीं, फचफचाहट के आघात से । प्रतिपक्षी मुँह पोंछता हुआ भागता था । अगर कुछ कैंडे का हुआ तो दैहिक बल से जय-पराजय का निश्चय होता था । मेरे सामने ही एक बार खासी गुत्थमगुत्था हो गयी । गाँव-जवार के लोगों को पण्डितजी की विद्या पर भरोसा नहीं था, पर उनकी फचाफच वाणी और भीमकाया पर विश्वास अवश्य था । शास्त्रार्थ में पण्डितजी कभी नहीं हारे । कम लोग जानते हैं कि शास्त्रार्थ में कोई हारता नहीं, हराया जाता है ! पण्डितजी के यजमान जमके उनके

पीछे लाठी लेकर खड़े हो जाते थे, तो उनकी विजय निश्चित हो जाती थी। पण्डितजी केवल बड़े दिग्गज विद्वानों को ही नहीं, आसपास के भूतों को भी पराजित करने में अपना प्रतिद्वन्द्वी नहीं जानते थे। गायत्री का मन्त्र (जो उनके मुँह से आल्हा-जैसा सुनाई देता था) और देवदारु की लकड़ी—उनके अस्त्र थे। एक बार वे बगीचे से गुजर रहे थे, घोर अंधकार, भयंकर सुनसान ! क्या देखते हैं कि आगे दनादन ढेले गिर रहे हैं। पण्डितजी का अनुभवी मन तुरन्त ताड़ गया कि कुछ दाल में काला है। मनुष्य इतनी तेजी से नहीं फेंक सकता। पण्डितजी डरने वाले नहीं थे। पीछे मुड़कर ललकारा—'अरे केवन है !' केवन अर्थात् कौन ? पीछे मुड़कट्टा, घोड़े पर चढ़ा चला आ रहा था, टप्प-टप्प-टप्प ! (यहाँ पाठकों की जानकारी के लिए बता दूँ कि एक बार मैंने अपने गाँव में भूतों के जाति-भेद की जाँच की थी। कुल तेईस किस्म के हैं। मुड़कट्टा एक भूत ही है। मूँड़ नहीं है। छाती पर दो आँखें मशाल की तरह जलती रहती हैं। घोड़े पर चढ़कर चलता है।) सो, पण्डितजी से उलझने की हिमाकत की इस दुरन्त मुड़कट्टे ने। डरनेवाला कोई और होता है। पण्डितजी ने जूता उतार दिया, वह गायत्री मन्त्र के पाठ में बाधक था। झमाझम गायत्री मन्त्र मढ़ने लगे। देवदारु की लकड़ी मुट्ठी में थी। दे रद्दे पर रद्दा। बिचारा मुड़कट्टा त्राहि-त्राहि कर उठा—'अबकी बार छोड़ दो पण्डितजी, पहचान नहीं सका था। अब फिर यह गलती नहीं होगी। आज से मैं तुम्हारा गुलाम हुआ।' पण्डितजी का ब्राह्मण मन पसीज गया। नहीं तो यह सारे गाँव-जवार का कण्टक समाप्त ही हो गया होता। मैंने यह कहानी स्वयं पण्डितजी के मुँह से सुनी थी। अविश्वास करने का कोई उपाय नहीं था—'फर्स्टहैण्ड इन्फर्मेशन' था। उस दिन मेरे बालचित्त पर देवदारु की धाक जम गयी थी। अब भी क्या दूर हुई है !

आज देवदारु के जंगल में बैठा हूँ। लाख-लाख मुड़कट्टों को गुलाम बना सकता हूँ। भूतों में जैसे मुड़कट्टे होते हैं, आदमियों में भी कुछ होते हैं। मस्तक नाम की चीज उनके पास होती ही नहीं, मस्तक ही नहीं तो मस्तिष्क कहाँ, लता ही कट गयी तो फूल की सम्भावना ही कहाँ रही—'लतायां पूर्वलूनायां प्रसूनस्योद्भवः कुहः' ! क्या इन मुड़कट्टों को देवदारु की लकड़ी से पराभूत किया जा सकता है ? करने का प्रयत्न ही तो कर रहा हूँ। परन्तु पण्डितजी के पास तो फचफची गायत्री थी, वह कहाँ पाऊँ ?

मन की सारी भ्रान्ति को दूर करने वाले देवदारु, तुम्हें देखकर मन श्रद्धा से जो भर जाता है, वह अकारण नहीं है। तुम भूत भगवान हो, तुम वहम-मिटावन हो, तुम भ्रान्ति-नसावन हो। तुम्हें दीर्घकाल से जानता था, पर पहचानता नहीं था। अब पहचान भी रहा हूँ। तुम देवता के दुलारे हो, महादेव के प्यारे हो, तुम धन्य हो !

जानता हूँ कि बुद्धिमान् लोग कहेंगे कि यह महज गप्प है। यह भी जानता हूँ कि कदाचित् अन्तिम विश्लेषण पर पण्डितजी की कहानी 'पत्ता खड़का, बन्दा भड़का' से अधिक वजनदार न साबित हो। सम्भावना तो यहीं तक है कि पत्ता भी न खड़का हो और पण्डितजी ने आद्योपान्त पूरी कहानी बना ली हो। मगर बलिहारी है इस सर्जनाशक्ति की। क्या शानदार कहानी रची है पण्डितजी ने ! आदिकाल से मनुष्य गप्प रचता आ रहा है, अब भी रचे जा रहा है। आजकल

हम लोग ऐतिहासिक युग में जीने का दावा करते हैं। पुराना मनुष्य 'मिथकीय युग' में रहता था। जहाँ वे भाषा के माध्यम को अपूर्ण समझता था वहाँ मिथकीय तत्त्वों से काम लेता था। मिथक गप्पें—भाषा की अपूर्णता को भरने का प्रयास है। आज भी क्या हम मिथकीय तत्त्वों से प्रभावित नहीं हैं ? भाषा बुरी तरह अर्थ से बँधी हुई है। उसमें स्वच्छन्द संचार की शक्ति क्षीण से क्षीणतर होती जा रही है। मिथक स्वच्छन्द विचरण करता है। आश्चर्य होता है भाषा का, अभिव्यक्त करता है भाषातीत को। मिथकीय आवरणों को हटाकर उसे तथ्यानुयायी अर्थ देने वाले लोग मनोवैज्ञानिक कहलाते हैं, आवरणों की सार्वभौम रचनात्मकता को पहचानने वाले कला-समीक्षक कहलाते हैं। दोनों को भाषा का सहारा लेना पड़ता है, दोनों धोखा खा जाते हैं। भूत तो सरसों में है। जो सत्य है वह सर्जनाशक्ति के हिरण्य पात्र में मुँह बन्द किए ढँका ही रह जाता है। एक पर एक गप्पों की परतें जमती जा रही हैं। सारी चमक सीपी की चमक में चाँदी देखने की तरह मन का अभ्यासमात्र है। गप्प कहाँ नहीं है, क्या नहीं है ? मगर छोड़िए भी।

देवदारु भी सब एक-से नहीं होते। मेरे बिल्कुल पास जो है, वह जरठ भी है, खूँसट भी। जरा उसके नीचे की ओर जो है, वह सनकी-सा लगता है। एक मोटेराम खड्ड के एक प्रान्त पर उगे हैं, आधे जमीन में, आधे अधर में; आधा हिस्सा ठूँठ, आधा जगर-मगर; सारे कुनबे के पाधा जान पड़ते हैं। एक अल्हड़ किशोर है, सदा हँसता-सा; कवि-जैसा लगता है। जी करता है इसे प्यार किया जाए। सदा से ऐसा होता आया है। हर देवदारु का अपना व्यक्तित्व होता है। एक इतना कमनीय था कि बैल की ध्वजावाले महादेव ने उसे अपना बेटा मान लिया था। पार्वती माता की छाती से दूध ढरक पड़ा था। कालिदास खुद कह गए हैं। मगर कुछ लोग ऐसे होते हैं कि उन्हें 'सबै धान बाईस पसेरी' दिखते हैं। वे लोग सबको एक ही जैसा देखते हैं। उनके लिए वह खूँसट, पाधा, वह सूम, वह सनकी, वह झिंझोटा, वह झबरैला, वह चपरगेंगा, वह गदरौना, वह खिटखिटा, वह झक्की, वह झुमरैला, वह धोकरा, वह नटखटा, वह चुनमुन, वह बाँकुरा, वह चौरंगी, सब समान हैं। महादेवजी के प्यारे बेटे के कमनीय व्यक्तित्व को भी सब नहीं पहचान सकते थे। एक मदमत्त गजराज आये और अपने गण्डस्थल की खाज मिटाने के लिए उसी पर पिल पड़े। जड़ें हिल गईं, पत्ते झड़ गए, खाल छूट गयी और आप खाज मिटाते रहे।

महादेव जी को बड़ा क्रोध आया। आना ही था। उन्होंने उसकी रक्षा के लिए एक सिंह तैनात कर दिया। पर मेरे सामने जो अल्हड़ कवि है, इनका क्या होगा ? वह तो कहिए कि इधर हाथी आते ही नहीं। फिर भी डर तो लगता ही है। हाथी न सही, गधों और खच्चरों से तो शहर भरा पड़ा है। लेकिन मैं जिधर हूँ उधर वे भी कम ही आते हैं। गाहे-बेगाहे आ भी जाते हैं, पर उन्हें देवदारु की तरफ देखने की फुरसत नहीं होती। उन्हें देखने को और बहुत-सी चीजें मिल जाती हैं। बहरहाल कोई खास चिन्ता की बात नहीं है। इस देश के लोग पीढ़ियों से सिर्फ जाति देखते आ रहे हैं। व्यक्तित्व देखने की न उन्हें आदत है, न परवा है। सन्त लोग चिल्लाकर थक गये कि 'मोल करो तलवार को, पड़ा रहन दो म्यान' मगर तलवार बन्द ही रह गए, म्यान के मोल-भाव से बाजार गर्म है। व्यक्तित्व को यहाँ पूछता ही कौन है ! अर्थमात्र, जाति है; छन्दमात्र,

व्यक्तित्व है। अर्थ आसानी से पहचाना जा सकता है क्योंकि वह धरती पर चलता है; छन्द आसानी से पकड़ में नहीं आता, वह आसमान में उड़ा करता है।

बात यह है कि मैं कहता हूँ कि देवदारु सुन्दर है तो सुनने वाले सुन्दर का एक सामान्य अर्थ ही लेते हैं। हजार तरह के सुन्दर पदार्थों में रहने वाला, एक सामान्य सौन्दर्य-धर्म। सौन्दर्य का कौन-सा विशिष्ट रूप मेरे हृदय में उल्लास तरंगित कर रहा है यह बात बस मैं ही जानता हूँ। अगर मुझमें इस बात को कहने की शक्ति नहीं हुई तो यह गूँगे का गुड़ बनी रह जायेगी। जिसमें शक्ति होती है वह कवि कहलाता है। अनेक प्रकार के कौशल से वह इस बात को कहने का प्रयत्न करता है, फिर भी शब्दों का सहारा तो उसे लेना ही पड़ता है। शब्द सदा सामान्य अर्थ को प्रकट करते हैं, कवि विशिष्ट अर्थ देना चाहता है। वह छन्दों के सहारे, उपमान-योजना के बल पर, ध्वनि-साम्य के द्वारा विशिष्ट अर्थ का साधारणीकरण करता है। तो भी क्या सब उसके विशिष्ट अर्थ को समझ पाते हैं ? बिल्कुल नहीं। कोई बड़भागी होता है जिसके दिल की धड़कन कवि के दिल की धड़कन के साथ ताल मिला पाती है। कवि के हृदय के साथ जिसका हृदय मिल जाय उसे 'सहृदय' कहा जाता है। देवदारु की ऊर्ध्वशिखा-शोभा मेरे हृदय में एक विशेष उल्लास पैदा करती है। मेरे पास कवि-कौशल नाम की चीज नहीं है। मैं अपने विशिष्ट अनुभवों का साधारणीकरण नहीं कर पा रहा हूँ। कवि होता तो कर लेता। उपमानों की छटा खड़ी कर देता, सहृदय के चित्त को अपने चित्त के ताल पर नृत्य कराने योग्य छन्द ढूँढ़ लेता, ध्वनियों की नियत-संचारी समता का ऐसा समाँ बाँधता कि सुनने वाले का मन मयूर की भाँति नाच उठता, पर मेरे भाग्य में ये कुछ भी नहीं है। केवल आँख फाड़कर देखता हूँ, पाषाण की कठोर छाती भेदकर यह देवदारु न जाने किस पाताल से अपना रस खींच रहा है और क्रम-ह्रस्व छाया का वितान तानता हुआ ऊर्ध्वलोक की ओर किसी अज्ञात निर्देशक के तर्जनीसंकेत की भाँति कुछ दिखा रहा है। यह इतनी उँगलियाँ क्या यों ही उठी हुई हैं ? कुछ बात है, अवश्य कुछ रहस्य है। भीतर-ही-भीतर अनुभव कर रहा हूँ, पर बता सकूँ ऐसी भाषा कहाँ है ? हाय, मैं असमर्थ हूँ, मूक हूँ ! मीमांसकों का एक सम्प्रदाय मानता था कि शब्द का अर्थ वहाँ तक जाता है जहाँ तक वक्ता ले जाना चाहता है। वक्ता की इच्छा को विवक्षा कहते हैं। ये लोग कहते हैं कि जब जैमिनि मुनि ने कहा था कि 'यत्परः शब्दः सशब्दार्थः' तो उनका यही मतलब था। मेरा रोम-रोम अनुभव कर रहा है कि मुनि की बात का ऐसा अर्थ नहीं होना चाहिए। कहाँ विवक्षा इतनी दूर तक ले जाती है ? 'सुन्दर' शब्द का प्रयोग करके मैं जो कहना चाहता हूँ वह कहाँ प्रकट हो पा रहा है ? कहना तो बहुत चाहता हूँ, कोई समझे भी तो ! नहीं, शब्द उतना ही बता पाता है जितना लोग समझते हैं। वक्ता जो कहना चाहता है उतना कहाँ बता पाता है वह ? दुनिया में कवियों की जो कदर है, वह इसीलिए है कि वे जो अनुभव करते हैं उसे श्रोता के चित्त में प्रविष्ट भी करा सकते हैं। प्रेषणधर्मिता उनके कहे का एक प्रधान गुण है। मैं नहीं पहुँच पाता हूँ उस अर्थ को जिसे मेरा मन अनुभव कर रहा है, क्योंकि मैं शब्दों और छन्दों का ऐसा अस्त्र नहीं बना पाता हूँ जो मेरी अनुभूतियों को लेकर तीर की तरह श्रोता के हृदय में चुभ जाए। अर्थ निश्चय ही वक्ता की इच्छा के अधीन नहीं है। यह

सामाजिक स्वीकृति चाहता है । उसमें लय नहीं, संगीत नहीं, नाद नहीं, गीत नहीं । वह स्थिर है । शब्दों के गतिशील आवेग से वह हिलता है, भरभराता है, नये-नये परिवेश सजाता है और तब कहीं नया अर्थ पैदा करता है । अर्थ में लय नहीं होता, वह लय के सहारे नया अर्थ देता है ।

लेकिन देवदारु है शानदार वृक्ष । हवा के झोंकों से जब हिलता है तो इसका आभिजात्य झूम उठता है । कालिदास ने इसी हिमालय के उस भाग की, जहाँ से भागीरथी के निर्झर झरते हैं, शीतल-मन्द-सुगंध पवन की चर्चा की थी, उन्होंने शीतलता को भागीरथी के निर्झर-सीकरों की देन कहा, सुगन्धि को आसपास के वृक्षों के पुष्पों के सम्पर्क की बदौलत घोषित किया, लेकिन मन्दी के लिए मुहुःकम्पित देवदारु को उत्तरदायी ठहराया । देवदारु के बारम्बर कम्पित होते रहने में एक प्रकार की मस्ती अवश्य है । युग-युगान्त की संचित अनुभूति ने ही मानो यह मस्ती प्रदान की हो । जमाना बदलता रहा है, अनेक वृक्षों और लताओं ने वातावरण से समझौता किया है, कितने ही मैदान में जा बसे हैं, लेकिन देवदारु है कि नीचे नहीं उतरा, समझौते के रास्ते नहीं गया और उसने अपनी खानदानी चाल नहीं छोड़ी । झूमता है तो ऐसा मुस्कराता हुआ मानो कह रहा हो, मैं सब जानता हूँ, सब समझता हूँ । तुम्हारे करिश्मे मुझे मालूम हैं, मुझसे तुम क्या छिपा सकते हो—'मों ते दुरैहौ कहा सजनी, निहुरे-निहुरे कहुँ ऊँट की चोरी !' हजारों वर्ष के उतार-चढ़ाव का ऐसा निर्मम साथी दुर्लभ है ।

आम फिर बौरा गये !

वसन्त पञ्चमी में अभी देर है, पर आम अभी से बौरा गये । हर साल ही मेरी आँखें इन्हें खोजती हैं । बचपन में सुना था कि वसन्त पञ्चमी के पहले अगर आम्रमञ्जरी दिख जाये तो उसे हथेली पर रगड़ लेना चाहिए; क्योंकि ऐसी हथेली साल-भर तक बिच्छू के जहर को आसानी से उतार देती है । बचपन में कई बार आम की मञ्जरी हथेली पर रगड़ी है । अब नहीं रगड़ता, पर वसन्त पञ्चमी से पहले जब कभी आम्रमञ्जरी दिख जाती है तो बिच्छू की याद अवश्य आ जाती है । सोचता हूँ, आम और बिच्छू में क्या संबंध है ? बिच्छू ऐसा प्राणी है जो आदिम सृष्टि के समय जैसा था, आज भी प्रायः वैसा ही है । जलप्रलय के पहलेवाली चट्टानों की दरारों में इसका जैसा शरीर पाया गया है, आज भी वैसा ही है । कम जन्तु इतने अपरिवर्त्तनशील रहे होंगे । उधर आम में जितना परिवर्त्तन हुआ है, उतना बहुत कम वस्तुओं में हुआ होगा । पण्डित लोग कहते हैं कि 'आम' शब्द 'अम्र' या 'अम्ल' शब्द का रूपान्तर है । 'अम्र' अर्थात् खट्टा । आम शुरू-शुरू में अपनी खटाई के लिए ही प्रसिद्ध था । वैदिक आर्य लोगों में इस फल की कोई विशेष कद्र नहीं थी । वहाँ तो 'स्वाद उदुम्बरम्' या जायकेदार गूलर ही बड़ा फल था । लेकिन 'अमृत' शब्द कुछ इसी 'अम्र' का 'अम्रित' (खट्टा बना हुआ) से बना बिगड़ा होगा । बाद में 'आम्र' संसार का सबसे मीठा फल बन गया और 'अम्रित' अमृत बन गया । अपना-अपना भाग्य है । शब्दों के भी भाग्य होते हैं । परन्तु यह सब अनुमान ही अनुमान है । सच भी हो सकता है,, नहीं भी हो सकता है । पण्डितों से कौन लड़ता फिरे ! लेकिन बिच्छू के साथ आम का संबंध चक्कर में डाल देने वाला है अवश्य । मैं जब आम की मनोहर मञ्जरियों को देखता हूँ तब बिच्छू की याद आ जाती है, बिच्छू—जो संसार का सबसे पुराना, सबसे खूँसट, सबसे क्रोधी और सबसे दकियानूस प्राणी है ! प्रायः मोहक वस्तुओं को देखकर मनहूस लोगों की याद आ जाती है । सबको आती है क्या ?

ज़रा तुक मिलाइए । आम्रमञ्जरी मदनदेवता का अमोघ बाण है और बिच्छू मदनविध्वंसी महादेव का अचूक बाण है । योगी ने भोगी को भस्म कर दिया, पर भोगी का अस्त्र योगी के अस्त्र को व्यर्थ बना रहा है । कुछ ठिकाना है इस बेतुकेपन का ! परन्तु सारी दुनिया—यानी बच्चों की दुनिया—इस बात को सच मानती आ रही है ।

परसाल भी मैंने वसंत पञ्चमी के पहले आम्र-मुकुल देखे थे । पर बड़ी जल्दी वे मुरझा गए । उसी आम को दुबारा फूलना पड़ा । मुझे बड़ा अदभुत लगा । आगे-आगे क्यों फूलते हो बाबा, जरा रुकके ही फूलते ! कौन ऐसी यात्रा बिगड़ी जाती थी ! मेरे एक मित्र ने कहा था कि मुझे ऐसा लगता है कि नववधू के समान यह बिचारी आम्रमञ्जरी जरा-सा झाँकने बाहर निकली

और सामने हमारे-जैसे मनहूसों को देखकर लजा गयी। वस्तुतः यह मेरे मित्र की कल्पना थी। अगर सच होती तो मैं कहीं मुँह दिखाने लायक न रहता। पर मुझे इतिहास की बात याद आ गई। उससे मैं आश्वस्त हुआ, मनहूस कहाने की बदनामी से बच गया। वह इतिहास मनोरंजक है। सुनाता हूँ।

बहुत पहले कालिदास ने इसी प्रकार एक बार आम्रमञ्जरी को सकुचाते देखा था। 'शकुन्तला' नाटक में वे उसका कारण बताते हैं। दुष्यन्त पराक्रमी राजा थे। उनके हृदय में एक बार प्रिया-वियोग की विषम ज्वाला जल रही थी, तभी वसन्त का पदार्पण हुआ। राजा ने वसन्तोत्सव न करने की आज्ञा दी। आम बिचारा बुरी तरह छका। इसका स्वभाव थोड़ा चञ्चल है। वसन्त आया नहीं कि व्याकुल होकर फूट पड़ता है। उस बार भी हजरत पुलकित हो गए। तब तक राजा की आज्ञा हुई। बेवकूफ बनना पड़ा। इन मञ्जरियों के रूप में मदनदेवता ने अपना बाण चढ़ाया था। बिचारे अधखिंचे धनुष के बाण समेटने को बाध्य हुए— 'शंकं संहरति स्मरोऽपि चकितस्तूर्णार्धकृष्टं शरम्'। आजकल दुष्यन्त जैसे प्रतापी राजा नहीं हैं। पर पिछली बार भी जब मदनदेवता को अपना अर्धकृष्ट शर समेटना ही पड़ा था तो कैसे कहा जाय कि वैसे प्रतापी लोग अब नहीं हैं ? जरूर कोई-न-कोई पराक्रमी मनुष्य कहीं-न-कहीं विरहज्वाला में सन्तप्त हो रहा होगा। कार्य जब है, तो कारण भी होगा ही। इतिहास बदल थोड़े जायेगा ? और इस घटना के बाद जब कोई कालिदास को मनहूस नहीं कहता, तो मुझे ही क्यों कहेगा ?

आशा करता हूँ, इस बार आम्रमञ्जरी को मुरझाना नहीं पड़ेगा। आहा, कैसा मनोहर कोरक हैं। बलिहारी है इस 'आताम्रहरित-पाण्डुर' शोभा की ! अभी सुगन्धि नहीं फैली है, किन्तु देर भी नहीं है। कालिदास ने आम्र-कोरकों को वसन्तकाल का 'जीवितसर्वस्व' कहा था। उन दिनों भारतीय लोगों का हृदय अधिक संवेदनशील था। वे सुन्दर का सम्मान करना जानते थे। गृहदेवियाँ इस लाल-हरे-पीले आम्र-कोरक को देखकर आनन्द-विह्वल हो जाती थीं। वे इस 'ऋतुमंगल' पुष्प को श्रद्धा और प्रीति की दृष्टि से देखती थीं। आज हमारा संवेदन भोथा हो गया है। पुरानी बातें पढ़ने से ऐसा मालूम होता है जैसे कोई अधभूला पुराना सपना है। रस मिलता है, पर प्रतीति नहीं होती। एक अजब आवेश के साथ पढ़ता हूँ :

आत्ताम्महरियपाण्डुर जीवितसब्बं वसन्तमासस्स।
दिट्ठोसि चूदकोरअ उदुमंगल तुमं पसाएमि॥

आम्रकोरकों को प्रसन्न करने की बात भावोच्छ्‌वास की बहक के समान सुनायी देती है। मनुष्यचित्त इतना नहीं बदल गया है कि पहचान में ही न आये। पहले लोग अगर आम्रकोरक देखकर नाच उठते थे तो इन दिनों कम-से-कम उछल जरूर पड़ना चाहिए। पुष्प-भार से लदे हुए आम्र-वृक्ष को देखकर सहज भाव से निकल जाने वाले सैकड़ों मनुष्यों को मैंने अपनी आँखों से देखा है। कोई नाच नहीं उठता। परन्तु एक बार मैं भी थोड़ा विह्वल हुआ था और एक कविता लिख डाली थी। छपायी तो अब भी नहीं है, पर सोचता हूँ छपा देनी चाहिए। बहुत होगा, लोग

कहेंगे, कविता में कोई सार नहीं है । कौन बड़ा कवि हूँ, जो अकवि कहाने की बदनामी से डरूँ ? यह कविता आम्र-कोरकों की अद्‌भुत विह्वलकारिणी शक्ति का परिचायक होकर मेरे पास खड़ी हुई है ।

कामशास्त्र में 'सुवसन्तक' नामक उत्सव की चर्चा आती है । 'सरस्वती-कण्ठाभरण' में लिखा है कि सुवसन्तक वसन्तावतार के दिन को कहते हैं । वसन्तावतार अर्थात् जिस दिन वसन्त पृथ्वी पर अवतरित होता है । मेरा अनुमान है, वसन्त पञ्चमी ही वह वसन्तावतार की तिथि है । 'मात्स्यसूक्त' और 'हरिभक्तिविलास' आदि ग्रन्थों में इसी दिन को वसन्त का प्रादुर्भाव-दिवस माना गया है । इसी दिन मदनदेवता की पहली पूजा विहित है । यह भी अच्छा तमाशा है । जन्म हो वसन्त का और उत्सव मदनदेवता का । कुछ तुक नहीं मिलता । मेरा मन पुराने जमाने के उत्सवों को प्रत्यक्ष देखना चाहता है, पर हाय, देखना क्या सम्भव है ? 'सरस्वती-कण्ठाभरण' में महाराज भोजदेव ने सुवसन्तक की एक हल्की-सी झाँकी दी है । इस दिन उस युग की ललनाएँ कण्ठ में कुवलय की माला और कान में दुर्लभ आम्रमञ्जरियाँ धारण करके गाँव को जगमग कर देती थीं :

छणपिट्ठधूसरत्थणि, महुमअतम्मच्छि कुवलआहरणे ।
कण्णकअचूअमंजरि, पुत्तिं तुए मंडिओ गामो ॥

पर यह अपेक्षाकृत परवर्ती समाचार है । इसके पहले क्या होता था । क्या वसन्त के जन्मदिन को मदन का जन्मोत्सव मनाया जाता था ? धर्मशास्त्र की पोथियों में लिखा है कि वसन्त पञ्चमी के दिन मदनदेवता की पूजा करने से स्वयं श्रीकृष्णचन्द्रजी प्रसन्न होते हैं । यह और मजेदार बात निकली । तान्त्रिक आचार से विष्णु-भजन करने वाले बताते हैं कि 'काम-गायत्री' ही श्रीकृष्ण-गायत्री है । तो कामदेव और कृष्ण अभिन्न देवता हैं । पुराणों में लिखा है कि कामदेवता श्रीकृष्ण के घर पुत्र-रूप में उत्पन्न हुए थे । वह कथा भी कुछ अपने ढंग की अनोखी ही है । कामदेव प्रद्युम्न के रूप में पैदा हुए, और शम्बर नामक मायावी असुर उन्हें हर ले गया और समुद्र में फेंक दिया । मछली उन्हें खा गयी । संयोगवश वह मछली शम्बर की भोजनशाला में गयी और बालक फिर उसके पेट से बाहर निकला । कामदेवता की पत्नी रतिदेवी वहाँ पहले से ही मौजूद थीं । और ऐसे मौकों पर जिस व्यक्ति का पहुँचना नितान्त आवश्यक होता है, वे नारद मुनि भी वहाँ पहुँच गए । रति को सारी बात उन्हीं से मालूम हुई । प्रद्युम्न पाले गये, शम्बर मारा गया, श्रीकृष्ण के घर में पुत्र ही नहीं, पुत्र-वधू भी यथा-समय पहुँच गयी; इत्यादि-इत्यादि । पुराणों में असुर प्रायः ही शैव बताए गए हैं । कामदेव उनके दुश्मन हों यह तो समझ में आ जाता है, पर भागवतों से उनका संबंध कैसे स्थापित हुआ ? मेरा मन अधभूले इतिहास के आकाश में चील की तरह मँडरा रहा है, कहीं कुछ चमकती चीज नज़र आयी नहीं कि झपाटा मारा । पर कुछ दिख नहीं रहा है । सुदूर इतिहास के कुज्झटिकाच्छन्न नभोमण्डल में कुछ देख लेने की आशा पोसना ही मूर्खता है । पर आदत बुरी चीज है । आर्यों के साथ असुरों, दानवों और दैत्यों के संघर्ष से हमारा साहित्य भरा पड़ा है । रह-रहकर मेरा ध्यान मनुष्य की इस अद्‌भुत विजय-यात्रा की ओर खिंच जाता है, कितना भयंकर संघर्ष वह रहा होगा जब घर में पालने पर सोये हुए लड़के तक चुरा लिये जाते होंगे

और समुद्र में फेंक दिए जाते होंगे; पर हम किस प्रकार उसको भूल-भालकर दोनों विरोधी पक्षों के उपास्य देवताओं को समान श्रद्धा के साथ ग्रहण किए हुए हैं ? आज इस देश में हिन्दू और मुसलमान इसी प्रकार के लज्जाजनक संघर्ष में व्याप्त हैं। बच्चों और स्त्रियों को मार डालना, चलती गाड़ी से फेंक देना, मनोहर घरों में आग लगा देना मामूली बातें हो गयी हैं। मेरा मन कहता है कि ये सब बातें भुला दी जायेंगी। दोनों दलों की अच्छी बातें ले ली जायेंगी, बुरी बातें छोड़ दी जायेंगी। पुराने इतिहास की ओर दृष्टि ले जाता हूँ तो वर्त्तमान इतिहास निराशाजनक नहीं मालूम होता। कभी-कभी निकम्मी आदतों से भी आराम मिलता है।

तो यह जो 'भागवत पुराण' का शम्बर असुर है, इसका नाम अनेक तरह से पुराने साहित्य में लिखा मिलता है, शम्बर भी मिलता है, सम्बर भी और सावर या शाबर भी। कोई विदेशी भाषा का शब्द होगा, पण्डितों ने नाना भाव के सुधार कर लिख लिया होगा। यह इन्द्रजाल या जादू विद्या का आचार्य माना जाता है अर्थात् 'यातुधान' है। यातु और जादू शब्द एक ही शब्द के भिन्न-भिन्न रूप हैं। एक भारतवर्ष का है, दूसरा ईरान का। ऐसे अनेक शब्द हैं। ईरान में थोड़ा बदल गए हैं और हम लोग उन्हें विदेशी समझने लगे हैं। 'खुदा' शब्द असल में वैदिक 'स्वधा' शब्द का भाई है। 'नमाज' भी संस्कृत 'नमस्' का सगा-संबंधी है। 'यातुधान' को ठीक-ठीक फारसी वेश में सजा दें तो 'जादूदाँ' हो जायेगा। 'कालिका पुराण' में शाबर असुर के नाम पर होने वाले शाबरोत्सव का उल्लेख है, जिसमें अश्लील गाली देना और सुनना जरूरी हुआ करता था। यह उत्सव सावन में मनाया जाता था और वेश्याएँ प्रमुख रूप से उसमें भाग लिया करती थीं। संसार में सभी देशों में एक दिन साल में ऐसा जरूर मनाया जाता है जिसमें अश्लील गाली-गलौज आवश्यक माना जाता है। अपने यहाँ फागुन-चैत में इस प्रकार का उत्सव मनाया जाता है। इसी को मदनोत्सव कहते हैं। मैं सोचता हूँ कि क्या मदनोत्सव के समान एक और उत्सव इस देश में प्रचलित था जिसके मुख्य उद्योक्ता असुर लोग थे ? असुरों के साथ मदन देवता के संघर्ष से क्या इसीलिए दो विभिन्न संस्कृतियों का द्वन्द्व प्रकट होता है ? कौन बताएगा ?

आर्यों को इस देश में सबसे अधिक संघर्ष असुरों से ही करना पड़ा था। दैत्यों, दानवों और राक्षसों से भी उनकी बजी थी, पर असुरों से निपटने में उन्हें बड़ी शक्ति लगानी पड़ी थी। वे थे भी बहुत उन्नत। हर तरह से वे सभ्य थे। उन्होंने बड़े-बड़े नगर बसाये थे। महल बनाये थे। जल-स्थल पर अधिकार जमा लिया था। गन्धर्वों, यक्षों और किन्नरों से आर्यों को कभी विशेष नहीं लड़ना पड़ा। ये जातियाँ अधिक शान्तिप्रिय थीं। विलासिता की मात्रा इनमें कुछ अधिक थी। कामदेवता या कन्दर्प वस्तुतः गन्धर्व ही हैं। केवल उच्चारण बदल गया है। ये लोग आर्यों से मिल गये थे। असुरों ने इनसे बदला लिया था। पर अन्त तक असुर विजयी नहीं हुए। उनका संघर्ष असफल सिद्ध हुआ था।

लेकिन आम्र-मञ्जरी के साथ बिच्छू का संबंध अब भी मुझे चक्कर में डाले हुए है। पोथियाँ पढ़ता हूँ, उनका सम्मान भी करता हूँ, पर लोकप्रवादों को हँसकर उड़ा देने की शक्ति अभी सञ्चय नहीं कर सका हूँ। मुझे ऐसा लगता है कि इन प्रवादों में मनुष्य-समाज का जीवन्त इतिहास सुरक्षित

है। जब कभी लोक-परम्परा के साथ किसी पोथी का विरोध हो जाता है, तो मेरे मन में कुछ नवीन रहस्य पाने की आशा उमड़ पड़ती है। सब समय नई बात नहीं सूझती; पर हार मैं नहीं मानता। कभी-कभी तो बड़े-बड़े पण्डितों की बात में मुझे असंगति दिख जाती है। कहने में हिचकता हूँ, नये पण्डितों के क्रोध से डरता हूँ, पर मन से यह बात किसी प्रकार नहीं जाती कि पण्डित की बात की संगति लोक-परम्परा से ही लग सकती है। कहीं जैसे कुछ छूट रहा हो, कुछ भूल रहा हो। एक उदाहरण दूँ।

क्षेमेन्द्र बहुत बड़े सहृदय और बहुश्रुत आचार्य थे। उन्होंने बहुत-सी पोथियाँ लिखी हैं। एक का नाम है 'औचित्य-विचार-चर्चा'। उसमें उन्होंने संज्ञा शब्दों के औचित्य के प्रसंग में कालिदास के 'विक्रमोर्वशीय' नाटक का वह श्लोक उद्धृत किया है जिसमें राजा ने विरहातुर अवस्था में कहा है कि वैसे ही तो दुर्लभ वस्तुओं के लिए मचल पड़ने वाला पञ्चबाण (कामदेव) मेरे चित्त को छलनी किये डालता है, अब मलय-पवन से आन्दोलित इन आम्र-वृक्षों ने अंकुर दिखा दिए। अब तो बस भगवान् ही मालिक है :

इदमसुलभवस्तुप्रार्थनादुर्निवारः
प्रथममपि मनो मे पंचबाणः क्षिणोति।
किमुत मलयवातान्दोलितैः पाण्डुपत्रै
रुपवनसहकारैर्दर्शितेष्वंकुरेषु॥

अब सहृदय शिरोमणि क्षेमेन्द्र कहते हैं कि यह कामदेव को पञ्चबाण कहना उचित ही हुआ है। कामदेव के पञ्चबाणों में एक तो यही आम्र-मञ्जरी का अंकुर है। लेकिन मैं बिल्कुल उलटा सोच रहा हूँ। मैं कहता हूँ, पञ्चबाण कहने से ही तो आम्र-कोरक भी कह डाले गए, फिर दुबारा उनकी चर्चा करना कहाँ संगत है ? मैं अगर अच्छा पण्डित होता तो क्षेमेन्द्र की भी गलती निकालता और कालिदास का भी अनौचित्य सिद्ध करता, लेकिन खेद के साथ कहता हूँ कि मैं 'अच्छा' पण्डित नहीं हूँ। मेरा मन पूछता है कि क्या कालिदास आम्र-मुकुलों को मदनदेवता के पाँच बाणों में नहीं गिनते थे ? वैसे तो संसार के सभी फूल मदनदेवता के तूणीर में आ ही सकते हैं, पर कालिदास के युग में लोक-प्रचलित कोई विश्वास ऐसा अवश्य रहा होगा कि आम पाँच बाणों से अतिरिक्त है। ऐसा न होता तो कालिदास इस श्लोक में 'पञ्चबाण' शब्द का प्रयोग न करते। सबूत दे सकता हूँ। पर सुनता कौन है ? कालिदास ने एक जगह आम्र-कोरकों को यह आशीर्वाद दिलाया है कि तुम काम के पाँच बाणों से अभ्यधिक बाण बनो। इस 'अभ्यधिक' शब्द का सीधा अर्थ तो यही मालूम होता है कि पाँच से अधिक छठा बाण बनो। पर पण्डित लोग कहते हैं कि इसका सही अर्थ है पाँचों में सबसे अधिक तीक्ष्ण। होगा बाबा, कौन झमेले में पड़े। क्या अतीत के अन्धकार में झाँकने से कुछ दिख नहीं सकता ? मदनदेवता हमारे साहित्य में कब आये और उनके बाणों का भी क्या कोई इतिहास है ? और फिर बिच्छू से इसका कोई नाता-रिश्ता भी है क्या ?

पुराणों की गवाही पर मान लिया जा सकता है कि असुरों की आखिरी हार अनिरुद्ध और ऊषा के विवाह के अवसर पर हुई थी। असुरों की ओर भगवान् शंकर का समूचा दल लड़ रहा था।

शिवजी श्रीकृष्ण से गुँथे थे, प्रद्युम्न अर्थात् कामदेवता स्कन्द (देवसेनापति) से । शिवजी के दल में भूत थे, प्रमथ थे, यातुधान थे, बेताल थे, विनायक थे, डाकिनियाँ थीं, प्रेत थे, पिशाच थे, कूष्माण्ड थे, ब्रह्मराक्षस थे—यानी पूरी सेना थी, साँप-बिच्छू भी रहे होंगे । और तो और, मलेरिया का बुखार भी था । इस लड़ाई में असुर बुरी तरह हारे । शिवजी भी हारे । देवताओं के दुर्धर्ष सेनापति को कामावतार प्रद्युम्न से हारना पड़ा । मोर समेत बेचारे भाग खड़े हुए । भागवत् में यह कथा बड़े विस्तार से कही गयी है । इसके बाद इतिहास में कहीं असुरों ने सिर नहीं उठाया । शिवजी की सेना प्रथम बार पराजित हुई । कैसे और कब प्रद्युम्न ने आम्र-कोरकों का बाणसन्धान किया और बेचारा बिच्छू परास्त हुआ, यह कहानी इतिहास में दबी रह गयी । लेकिन लोग जान गए हैं और बच्चों की दुनिया को भी पता लग ही गया है ।

मैं दूसरी बात सोच रहा हूँ । फूल तो दुनिया में अनेक हैं । आम, लेकिन, फूल की अपेक्षा फल-रूप में अधिक विख्यात है । कवि लोगों की बात छोड़िए । वे लोग कभी-कभी बहुत बढ़ा-चढ़ाकर बोलते ही हैं । अपने भीतर जरा-सी सुड़सुड़ी हुई नहीं कि समझ लेते हैं कि सारी दुनिया इसी प्रकार पागल हो गयी है । हम लोग भी जानते हैं कि आम की मंजरी मादक होती है, लेकिन कवि तो कहता है कि जब दिगन्त सहकार-मंजरी के केसर से मूर्च्छमान हो और मधुपान के लिए व्याकुल बने हुए भौंरे गली-गली घूम रहे हों, तो ऐसे भरे वसन्त में किसके चित्त में उत्कण्ठा नहीं लहरा उठती ? :

सहकारकुसुमकेसर निकरभरामोदमूर्च्छितदिगन्ते ।
मधुरमधुविधुरमधुपे मधौ भवेत् कस्य नोत्कण्ठा ?

अब अगर किसी सभा में आप यही सवाल पूछ बैठें, तो प्रायः सौ फीसदी भले आदमी ही 'मम, मम' कहकर चिल्ला उठेंगे । पर कवि तो अपनी ही-सी कहे जाएगा । लेकिन बढ़िया लँगड़ा आम दिखाकर अगर आप पूछें कि इसे पाने की उत्कण्ठा किसे नहीं है, तो सारी सभा चुप रहेगी । बस मन-ही-मन कहेंगे, ऐसा भी पूछना क्या उचित है ? आम देखकर किसका जी नहीं ललचायेगा ? एक बार कविवर रवीन्द्रनाथ चीन गए थे । उन्हें आम खाने को नहीं मिला । उन्होंने अपने एक साथी विनोद से कहा, 'देखिए, मैं जितने दिन तक जियूँ उसका हिसाब कर लेने के बाद उसमें एक साल कम कर दीजिएगा, क्योंकि जिस साल में आम खाने को नहीं मिला उसको मैं व्यर्थ समझता हूँ ।' अब तक यह रिपोर्ट नहीं मिली कि किसी कवि ने आम्र-मञ्जरी की सुगन्धि न पाने के कारण अपने जीवन के किसी वर्ष को व्यर्थ समझा हो । तो, मेरा कहना यह है कि आम के फूलों का वर्णन इतना होना ही नहीं चाहिए । अरविन्द का हो, अशोक का हो, नवमल्लिका का हो, नीलोत्पल का हो, इनमें फल या तो आते ही नहीं या आते भी हैं तो नहीं आने के बराबर । ये कामदेवता के अस्त्र बन सकते हैं; क्योंकि ये अप्सरा जाति के पुष्प हैं । इनका सौन्दर्य केवल दिखावे का है । कामदेवता के ये दुलारे हो सकते हैं । पर आम को क्यों घसीटते हो बाबा ? यह अन्नपूर्णा का प्रसाद है । यह धन्वन्तरि का अमृत-कलश है । यह धरती माता का मधुर दुग्ध है ।

मेरा अनुमान है कि आम पहले इतना खट्टा होता था और इसका फल इतना छोटा होता था

कि इसके फल को कोई व्यवहार में नहीं लाता था । सम्भवतः यह भी हिमालय के पार्वत्य देश का जंगली वृक्ष था । इसके मनोहर कोरक और दिगन्त को मूर्च्छित कर देने वाला आमोद ही लोकचित्त को मोहित करते थे । धीरे-धीरे यह फल मैदान में आया । मनुष्य के हाथ-रूपी पारस से छूकर यह लोहा भी सोना बन गया है । गंगा की सुवर्णप्रसू मृत्तिका ने इसका कायाकल्प कर दिया है । मैं आश्चर्य से मनुष्य की अद्भुत शक्ति की बात सोचता हूँ । आलू क्या-से-क्या हो गया । बैंगन कण्टकारी से वार्ताकु बन गया । आम भी उसी प्रकार बदला है । न जाने मनुष्य के हाथों विधाता की सृष्टि में अभी क्या-क्या परिवर्तन होने वाले हैं ! आज जो दुर्भिक्ष और अन्न-संकट का हाहाकार चित्त को मथ रहा है, वह शाश्वत होकर नहीं आया है । मनुष्य उस पर विजयी होगा । कितने अव्यवहार्य पदार्थों को उसने व्यवहार्य बनाया है, कितनी खटाई उसके हाथों 'अमृत' बनी है । कौन जाने यह महान् 'गोधूम' लता (गेहूँ) किसी दिन सचमुच गायों को लगने वाले मच्छरों को भगाने के लिए धुआँ पैदा करने के काम आती हो ? निराश होने की कोई बात नहीं है । मनुष्य इस विश्व का दुर्जेय प्राणी है ।

हाँ, तो उसी बहुत पुराने जमाने में गन्धर्व या (जैसा कि इसका एक दूसरा उच्चारण संस्कृत में प्रचलित है) कन्दर्प देवता ने अपने तरकस में इस बाण को सजाया था । कवियों को उसी आदिम काल का सन्देश वसन्त में सुनायी देता है । लोग क्या गलत कहा करते हैं कि 'जहाँ न जाय रवि तहाँ जाय कवि' ? किस भूले युग की कथा वे आज भी गाये जा रहे हैं ? कालिदास जरूर कुछ झिझके थे । शायद उनके जमाने में सहृदय लोग आम को अरविन्द, अशोक, नवमालिका की पंगत में बिठाने में हिचकते थे । अच्छा करते थे । वात्स्यायन 'कामसूत्र' में जहाँ आम और माधवीलता के विवाह के विशुद्ध विनोद का उत्सव सुझा गये हैं, वहाँ नवाम्रखादनिका या आम के नये टिकोरों को खाने के उत्सव को भूले नहीं हैं । आम की मंजरी विधाता का वरदान है, पर आम का फल मनुष्य की बुद्धि का परिणाम है । मनुष्य प्रकृति को अनूकुल बना देने वाला अद्भुत प्राणी है । यह विशाल विश्व आश्चर्यजनक है, पर इसको समझने के लिए प्रयत्न करने वाला और इसे करतलगत करने के लिए जूझने वाला यह मनुष्य और भी आश्चर्यजनक है । आम्रमञ्जरी उसी अचरज का सन्देश लेकर आयी है । 'उदुमंगल तुमंपसाएमि' !!

नाखून क्यों बढ़ते हैं ?

बच्चे कभी-कभी चक्कर में डाल देने वाले प्रश्न कर बैठते हैं । अल्पज्ञ पिता बड़ा दयनीय जीव होता है । मेरी छोटी लड़की ने जब उस दिन पूछ दिया कि आदमी के नाखून क्यों बढ़ते हैं, तो मैं कुछ सोच ही नहीं सका । हर तीसरे दिन नाखून बढ़ जाते हैं, बच्चे कुछ दिन तक अगर उन्हें बढ़ने दें, तो माँ-बाप अक्सर उन्हें डाँटा करते हैं । पर कोई नहीं जानता कि ये अभागे नाखून क्यों इस प्रकार बढ़ा करते हैं ? काट दीजिए, वे चुपचाप दण्ड स्वीकार कर लेंगे; पर निर्लज्ज अपराधी की भाँति फिर छूटते ही सेंध पर हाजिर ! आखिर ये इतने बेहया क्यों हैं ?

कुछ लाख ही वर्षों की बात है, जब मनुष्य जंगली था; वनमानुष जैसा । उसे नाखून की जरूरत थी । उसकी जीवन-रक्षा के लिए नाखून बहुत जरूरी थे । असल में वही उसके अस्त्र थे । दाँत भी थे, पर नाखून के बाद ही उनका स्थान था । उन दिनों उसे जूझना पड़ता था, प्रतिद्वन्द्वियों को पछाड़ना पड़ता था, नाखून उसके लिए आवश्यक अंग था । फिर धीरे-धीरे वह अपने अंग से बाहर की वस्तुओं का सहारा लेने लगा । पत्थर के ढेले और पेड़ की डालें काम में लाने लगा (रामचन्द्रजी की वानरी सेना के पास ऐसे ही अस्त्र थे) । उसने हड्डियों के भी हथियार बनाये । इन हड्डी के हथियारों में सबसे मजबूत और सबसे ऐतिहासिक था देवताओं के राजा का वज्र, जो दधीचि मुनि की हड्डियों से बना था । मनुष्य और आगे बढ़ा । उसने धातु के हथियार बनाये । जिनके पास लोहे के अस्त्र और शस्त्र थे, वे विजयी हुए । देवताओं के राजा तक को मनुष्यों के राजा से इसीलिए सहायता लेनी पड़ती थी कि मनुष्यों के राजा के पास लोहे के अस्त्र थे । असुरों के पास अनेक विद्याएँ थीं पर लोहे के अस्त्र नहीं थे, शायद घोड़े भी नहीं थे । आर्यों के पास ये दोनों चीजें थीं । आर्य विजयी हुए । फिर इतिहास अपनी गति से बढ़ता गया । नाग हारे, सुपर्ण हारे, यक्ष हारे, गन्धर्व हारे, असुर हारे, राक्षस हारे । लोहे के अस्त्रों ने बाजी मार ली । इतिहास आगे बढ़ा । पलीते वाली बन्दूकों ने, कारतूसों ने, तोपों ने, बमों ने, बमवर्षक वायुयानों ने इतिहास को किस कीचड़-भरे घाट तक घसीटा है, यह सबको मालूम है । नख-धर मनुष्य अब एटम-बम पर भरोसा करके आगे की ओर चल पड़ा है । पर उसके नाखून अब भी बढ़ रहे हैं । अब भी प्रकृति मनुष्य को उसके भीतर वाले अस्त्र से वञ्चित नहीं कर रही है, अब भी वह याद दिला देती है कि तुम्हारे नाखून को भुलाया नहीं जा सकता । तुम वही लाख वर्ष पहले के नखदन्तावलम्बी जीव हो—पशु के साथ एक ही सतह पर विचरने वाले और चरने वाले ।

ततः किम् ! मैं हैरान होकर सोचता हूँ कि मनुष्य आज अपने बच्चों के नाखून न काटने के लिए डाँटता है । किसी दिन—कुछ थोड़े लाख वर्ष पूर्व—वह अपने बच्चों को नाखून नष्ट करने पर

डाँटता रहा होगा। लेकिन प्रकृति है कि वह अब भी नाखून को जिलाये जा रही है और मनुष्य है कि वह अब भी उसे काटे जा रहा है। वे कम्बख्त रोज बढ़ते हैं, क्योंकि वे अन्धे हैं, नहीं जानते कि मनुष्य को इससे कोटि-कोटि गुना शक्तिशाली अस्त्र मिल चुका है ! मुझे ऐसा लगता है कि मनुष्य अब नाखून को नहीं चाहता। उसके भीतर बर्बर-युग का कोई अवशेष रह जाय, यह उसे असह्य है। लेकिन यह भी कैसे कहूँ ! नाखून काटने से क्या होता है ? मनुष्य की बर्बरता घटी कहाँ है, वह तो बढ़ती जा रही है। मनुष्य के इतिहास में हिरोशिमा का हत्याकाण्ड बार-बार थोड़े ही हुआ है ? यह तो उसका नवीनतम रूप है ! मैं मनुष्य के नाखून की ओर देखता हूँ, तो कभी-कभी निराश हो जाता हूँ। ये उसकी भयंकर पाशवी वृत्ति के जीवन्त प्रतीक हैं। मनुष्य की पशुता को जितनी बार भी काट दो, वह मरना नहीं जानती।

कुछ हजार साल पहले मनुष्य ने नाखून को सुकुमार विनोदों के लिए उपयोग में लाना शुरू किया था। वात्स्यायन के 'कामसूत्र' से पता चलता है कि आज से दो हजार वर्ष पहले का भारतवासी नाखूनों को जमके सँवारता था। उनके काटने की कला काफी मनोरंजक बतायी गयी है। त्रिकोण, वर्तुलाकार, चन्द्राकार, दन्तुल आदि विविध आकृतियों के नाखून उन दिनों विलासी नागरिकों के न जाने किस काम आया करते थे। उनको सिक्थक (मोम) और अलक्तक (आलता) से यत्नपूर्वक रगड़कर लाल और चिकना बनाया जाता था। गौड़ देश के लोग उन दिनों बड़े-बड़े नखों को पसन्द करते थे और दाक्षिणात्य लोग छोटे नखों को। अपनी-अपनी रुचि है, देश की भी और काल की भी ! लेकिन समस्त अधोगामिनी वृत्तियों को और नीचे खींचने वाली वस्तुओं को भारतवर्ष ने मनुष्योचित बनाया है, यह बात चाहूँ भी तो भूल नहीं सकता।

मानव-शरीर का अध्ययन करने वाले प्राणि-विज्ञानियों का निश्चित मत है कि मानव-चित्त की भाँति मानव-शरीर में भी बहुत-सी अभ्यासजन्य सहज वृत्तियाँ रह गयी हैं। दीर्घकाल तक उनकी आवश्यकता रही है। अतएव शरीर ने अपने भीतर एक ऐसा गुण पैदा कर लिया है कि वे वृत्तियाँ अनायास ही, और शरीर के अनजान में भी, अपने-आप काम करती हैं। नाखून का बढ़ना उनमें से एक है, केश का बढ़ना दूसरा है, दाँत का दुबारा उठना तीसरा है, पलकों का गिरना चौथा है। और असल में सहजात वृत्तियाँ अनजान की स्मृतियों को ही कहते हैं। हमारी भाषा में भी इसके उदाहरण मिलते हैं। अगर आदमी अपने शरीर की, मन की और वाक् की अनायास घटने वाली वृत्तियों के विषय में विचार करे, तो उसे अपनी वास्तविक प्रवृत्ति पहचानने में बहुत सहायता मिले। पर कौन सोचता है ? सोचना तो क्या, उसे इतना भी पता नहीं चलता कि उसके भीतर नख बढ़ा लेने की जो सहजात वृत्ति है, वह उसके पशुत्व का प्रमाण है। उन्हें काटने की जो प्रवृत्ति है, वह उसकी मनुष्यता की निशानी है और यद्यपि पशुत्व के चिह्न उसके भीतर रह गए हैं, पर वह पशुत्व को छोड़ चुका है। पशु बनकर वह आगे नहीं बढ़ सकता। उसे कोई और रास्ता खोजना चाहिए। अस्त्र बढ़ाने की प्रवृत्ति मनुष्यता की विरोधिनी है।

मेरा मन पूछता है—किस ओर ? मनुष्य किस ओर बढ़ रहा है ? पशुता की ओर या मनुष्यता की ओर ? अस्त्र बढ़ाने की ओर या अस्त्र काटने की ओर ? मेरी निर्बोध बालिका ने मानो

मनुष्य-जति से ही प्रश्न किया है—जानते हो, नाखून क्यों बढ़ते हैं ? यह हमारी पशुता के अवशेष हैं । मैं भी पूछता हूँ—जानते हो, ये अस्त्र-शस्त्र क्यों बढ़ रहे हैं ?—ये हमारी पशुता की निशानी है । भारतीय भाषाओं में प्रायः ही अंग्रेजी के 'इण्डिपेण्डेन्स' शब्द का समानार्थक शब्द नहीं व्यवहृत होता । 15 अगस्त को जब अंग्रेजी भाषा के पत्र 'इण्डिपेण्डेन्स' की घोषणा कर रहे थे, देशी भाषा के पत्र 'स्वाधीनता दिवस' की घोषणा कर रहे थे । 'इण्डिपेण्डेन्स' का अर्थ है अनधीनता या किसी की अधीनता का अभाव, पर 'स्वाधीनता' का अर्थ है अपने ही अधीन रहना । अंग्रेजी में कहना हो तो 'सेल्फडिपेन्डेन्स' कह सकते हैं । मैं कभी-कभी सोचता हूँ कि इतने दिनों तक अंग्रेजी की अनुवर्तिता करने के बाद भी भारतवर्ष 'इण्डिपेण्डेन्स' को अनधीनता क्यों नहीं कह सका ? उसने अपनी आजादी के जितने भी नामकरण किये—स्वतन्त्रता, स्वराज्य, स्वाधीनता—उन सबमें 'स्व' का बन्धन अवश्य रखा । यह क्या संयोग की बात है या हमारी समूची परम्परा ही अनजान में, हमारी भाषा के द्वारा प्रकट होती रही है ? मुझे प्राणि-विज्ञानी की बात फिर याद आती है—सहजात वृत्ति अनजानी स्मृतियों का ही नाम है। स्वराज होने के बाद स्वभावतः ही हमारे नेता और विचारशील नागरिक सोचने लगे हैं कि इस देश को सच्चे अर्थ में सुखी कैसे बनाया जाय । हमारे देश के लोग पहली बार यह सब सोचने लगे हों, ऐसी बात नहीं है । हमारा इतिहास बहुत पुराना है, हमारे शास्त्रों में इस समस्या को नाना भावों और नाना पहलुओं से विचारा गया है । हम कोई नौसिखुए नहीं हैं, जो रातोंरात अनजान जंगल में पहुँचाकर अरक्षित छोड़ दिए गए हों । हमारी परम्परा महिमामयी, उत्तराधिकार विपुल और संस्कार उज्ज्वल है । हमारे अनजान में भी ये बातें हमें एक खास दिशा में सोचने की प्रेरणा देती हैं । यह जरूर है कि परिस्थितियाँ बदल गयी हैं । उपकरण नये हो गये हैं और उलझनों की मात्रा भी बहुत अधिक बढ़ गयी है, पर मूल समस्याएँ बहुत अधिक नहीं बदली हैं । भारतीय चित्त जो आज भी 'अनधीनता' के रूप में न सोचकर 'स्वाधीनता के रूप में सोचता है, वह हमारे दीर्घकालीन संस्कारों का फल है । वह 'स्व' के बन्धन को आसानी से नहीं छोड़ सकता । अपने आप पर अपने-आपके द्वारा लगाया हुआ बन्धन हमारी संस्कृति की बड़ी भारी विशेषता है । मैं ऐसा तो नहीं मानता कि जो कुछ हमारा पुराना है, जो कुछ हमारा विशेष है, उससे हम चिपटे ही रहें । पुराने का 'मोह' सब समय वाञ्छनीय ही नहीं होता । मरे बच्चे को गोद में दबाये रहने वाली 'बँदरिया' मनुष्य का आदर्श नहीं बन सकती । परन्तु मैं ऐसा भी नहीं सोच सकता कि हम नयी अनुसन्धित्सा के नशे में चूर होकर अपना सरबस खो दें । कालिदास ने कहा था कि सब पुराने अच्छे नहीं होते, सब नये खराब ही नहीं होते । भले लोग दोनों की जाँच कर लेते हैं, जो हितकर होता है उसे ग्रहण करते हैं, और मूढ़ लोग दूसरों के इशारे पर भटकते रहते हैं । सो, हमें परीक्षा करके हितकर बात सोच लेनी होगी और अगर हमारे पूर्वसञ्चित भण्डार में वह हितकर वस्तु निकल आये, तो इससे बढ़कर और क्या हो सकता है ?

जातियाँ इस देश में अनेक आयी हैं । लड़ती-झगड़ती भी रही हैं, फिर प्रेमपूर्वक बस भी गयी हैं । सभ्यता की नाना सीढ़ियों पर खड़ी और नाना ओर मुख करके चलने वाली इन जातियों के

लिए एक सामान्य धर्म खोज निकालना कोई सहज बात नहीं थी । भारतवर्ष के ऋषियों ने अनेक प्रकार से इस समस्या को सुलझाने की कोशिश की थी । पर एक बात उन्होंने लक्ष्य की थी । समस्त वर्णों और समस्त जातियों का एक सामान्य आदर्श भी है । वह है अपने ही बन्धनों से अपने को बाँधना । मनुष्य पशु से किस बात में भिन्न है ! आहार-निद्रा आदि पशु-सुलभ स्वभाव उसके ठीक वैसे ही हैं, जैसे अन्य प्राणियों के । लेकिन वह फिर भी पशु से भिन्न है । उसमें संयम है, दूसरे के सुख-दुःख के प्रति सम्वेदना है, श्रद्धा है, तप है, त्याग है । यह मनुष्य के स्वयं के उद्भावित बन्धन हैं । इसीलिए मनुष्य झगड़े-टण्टे को अपना आदर्श नहीं मानता, गुस्से में आकर चढ़ दौड़ने वाले अविवेकी को बुरा समझता है एवं वचन, मन एवं शरीर से किए गए असत्याचरण को गलत आचरण मानता है । यह किसी भी जाति या वर्ण या समुदाय का धर्म नहीं है । यह मनुष्यमात्र का धर्म है । महाभारत में इसीलिए निर्वैर भाव, सत्य और अक्रोध को सब वर्णों का सामान्य धर्म कहा है :

एतद्धि त्रितयं श्रेष्ठं सर्वभूतेषु भारत ।
निर्वैरता महाराज सत्यमक्रोध एव च ॥

अन्यत्र इसमें निरन्तर दानशीलता को भी गिनाया गया है (अनुशासन, पृ० 120.10) । गौतम ने ठीक ही कहा था कि मनुष्य की मनुष्यता यही है कि वह सबके दुःख-सुख को सहानुभूति के साथ देखता है । यह आत्म-निर्मित बन्धन ही मनुष्य को मनुष्य बनाता है । अहिंसा, सत्य और अक्रोधमूलक धर्म का मूल उत्स यही है । मुझे आश्चर्य होता है कि अनजान में भी हमारी भाषा में यह भाव कैसे रह गया है । लेकिन मुझे नाखून के बढ़ने पर आश्चर्य हुआ था । अज्ञान सर्वत्र आदमी को पछाड़ता है, और आदमी है कि सदा उससे लोहा लेने को कमर कसे है ।

मनुष्य को सुख कैसे मिलेगा ? बड़े-बड़े नेता कहते हैं, वस्तुओं की कमी है, और मशीन बैठाओ, और उत्पादन बढ़ाओ, और धन की वृद्धि करो और बाह्य उपकरणों की ताकत बढ़ाओ । एक बूढ़ा था । उसने कहा था—बाहर नहीं, भीतर की ओर देखो । हिंसा को मन से दूर करो, मिथ्या को हटाओ, क्रोध और द्वेष को दूर करो, लोक के लिए कष्ट सहो, आराम की बात मत सोचो, प्रेम की बात सोचो, आत्म-तोषण की बात सोचो, काम करने की बात सोचो । उसने कहा—प्रेम ही बड़ी चीज है, क्योंकि वह हमारे भीतर है । उच्छृंखलता पशु की प्रवृत्ति है, 'स्व' का बन्धन मनुष्य का स्वभाव है । बूढ़े की बात अच्छी लगी या नहीं, पता नहीं । उसे गोली मार दी गयी; आदमी के नाखून बढ़ने की प्रवृत्ति ही हावी हुई । मैं हैरान होकर सोचता हूँ—बूढ़े ने कितनी गहराई में पैठकर मनुष्य की वास्तविक चरितार्थता का पता लगाया था !

ऐसा कोई दिन आ सकता है, जबकि मनुष्य के नाखूनों का बढ़ना बन्द हो जायेगा । प्राणि-शास्त्रियों का ऐसा अनुमान है कि मनुष्य का अनावश्यक अंग उसी प्रकार झड़ जाएगा, जिस प्रकार उसकी पूँछ झड़ गयी है । उस दिन मनुष्य की पशुता भी लुप्त हो जायेगी । शायद उस दिन वह मारणास्त्रों का प्रयोग भी बन्द कर देगा । तब तक इस बात से छोटे बच्चों को परिचित

करा देना वांछनीय जान पड़ता है कि नाखून का बढ़ना मनुष्य के भीतर की पशुता की निशानी है और उसे नहीं बढ़ने देना मनुष्य की अपनी इच्छा है, आदर्श है। बृहत्तर जीवन में अस्त्र-शस्त्रों का बढ़ने देना मनुष्य की पशुता की निशानी है और उनकी बाढ़ को रोकना मनुष्यत्व का तकाजा है। मनुष्य में जो घृणा है, जो अनायास—बिना सिखाये—आ जाती है, वह पशुत्व का द्योतक है और अपने को संयत रखना, दूसरे के मनोभावों का आदर करना मनुष्य का स्वधर्म है। बच्चे यह जानें तो अच्छा हो कि अभ्यास और तप से प्राप्त वस्तुएँ मनुष्य की महिमा को सूचित करती हैं।

सफलता और चरितार्थता में अन्तर है। मनुष्य मारणास्त्रों के संचयन से, बाह्य उपकरणों के बाहुल्य से उस वस्तु को पा भी सकता है, जिसे उसने बड़े आडम्बर के साथ सफलता का नाम दे रखा है। परन्तु मनुष्य की चरितार्थता प्रेम में है, मैत्री में है, त्याग में है, अपने को सबसे मंगल के लिए निःशेष भाव से दे देने में है। नाखूनों का बढ़ना मनुष्य की उस अन्ध सहजात वृत्ति का परिणाम है, जो उसके जीवन में सफलता ले आना चाहती है, उसको काट देना उस स्व-निर्धारित, आत्म-बन्धन का फल है, जो उसे चरितार्थता की ओर ले जाती है।

नाखून बढ़ते हैं तो बढ़ें, मनुष्य उन्हें बढ़ने नहीं देगा।

मेरा कांचनार

कांचनार के गुलाबी फूल कवियों को बहुत प्रिय हैं । काव्यदेवता का यह वरदान ही माना जाना चाहिए कि मेरे घर के सामने एक कांचनार तरु विद्यमान है । मोटा गबरू-सा चेहरा है, उमर थोड़ी है पर पत्तों का बोझ इतना है कि तीन बार आँधी में गिर चुका है । जब गिरता है तो सुरेन बाबू से शम्भू बाबू तक दौड़ शुरू हो जाती है । फिर प्रकृति के अपने पुत्र और अपनी पुत्रियाँ—मेरा मतलब संथालों से है—आते हैं और बाँस लगाकर उसे अवलम्ब देते हैं । एक बार तो कम्बखत भरी बरसात में ढह पड़ा ! बलिहारी है उस झबरी कान्ति की ! नील मसृण पत्रों से सारा बरामदा ढँक गया । ऐसा मालूम होता था कि कोई नटखट बालक अभिमानपूर्वक लोट पड़ा हो । मैं कहता हूँ कि तुम्हें बार-बार लोट ही पड़ना था तो यह गबरू-गबरू चेहरा क्यों बनाया । पर सुनता कौन है ? बुरी तरह मोटा बनता जा रहा है और झबरापन तो उसके स्वभाव में है । एक बार एक शानदार बात हुई । मुझे उसे कहने में कोई आपत्ति नहीं है । वह एक स्वप्न था ।

उस बार मैंने कल्पना की दृष्टि से देखा कि कवि कालिदास मेरे घर के सामने बैठे हैं और बड़े प्रेम से इस कांचनार तरु को देख रहे हैं । उनकी भावविमुग्ध आँखें कभी पुष्पों से लदे इस वृक्ष से उलझती हैं और कभी मुँदकर न जाने क्या-क्या सोच रही हैं । क्या उनके मन में सिप्रा की चट्ल ऊर्मियों पर बहता हुआ अपने युग का वह पुष्प-गुच्छ याद आ रहा था जिसे किसी ने किसी की अभिलाषा से बहा दिया था, या किसी अलकार्पित पुष्प स्तबक की याद आ रही थी जो उज्जयिनी के सौध-वातायनों को कभी सौभाग्य-मण्डित कर गया था, या उन्हें हिमालय की धातुमयी गैरिक अधित्यका में खिला हुआ लोध्र-पुष्प याद आ गया था जो उन दिनों नागरिकों का बड़ा प्रिय बन रहा था, या ऐसा ही कुछ उनके मानस को भीतर से उत्तरंग कर रहा था । यह बता देना जरूरी है कि मेरा झबरा कांचनार फूलता कम है । भरे फागुन में, उसमें दो-चार पुष्प आ जाएँ तो बहुत समझिए । उसका पतझड़ तो आज चैत की पूनो को भी ज्यों-का-त्यों है । असल में उसके दो ही काम हैं—पतझड़ में झड़ना और ग्रीष्म के अन्त में पतियाना । बरसात में गिरना भी यद्यपि एक काम है पर वह असल में मेरा काम है । वह तो गिरकर सो जाता है और फिर निश्चिन्त ! इसी पेड़ को महाकवि कालिदास देख रहे हैं और उसके पुष्पों की काल्पनिक स्तबक-माला से कभी सिप्रा को विभूषित देख रहे हैं और कभी उज्जयिनी के सौध-वातायनों को । क्या यह आश्चर्य की बात नहीं है ?

सवेरे मुझे अपने स्वप्न के बारे में बड़ा कुतूहल हुआ । मैं लगभग आठ बजे दिन को उस पेड़ को देखने गया । सूर्य अब तरुशिखा पर चढ़ आया था और एक गिरगिट भी चढ़ने का प्रयत्न कर रहा था । इस पेड़ में पत्ते बहुत थोड़े रह गए थे, फूल और भी थोड़े । कुछ चार-पाँच प्रफुलन, कुछ दस-बारह अधखिले और कुछ अब भी मुकुलायमान । बरामदे में बैठकर एक कलाकार मित्र बड़े

ध्यान से उसे ज्यों-का-त्यों कागज पर उतार लेने का प्रयत्न कर रहे थे। वे इतने ध्यानमग्न थे कि मेरी उपस्थिति का उन्हें पता भी नहीं चला।

दूसरी ओर एक काली-सी सन्थाल बाला बड़े ध्यान से उन पुष्पों को देख रही थी। पहले मैंने सोचा कि वह इन पुष्पों को तोड़कर पकौड़ियाँ बनाना चाहती होगी, क्योंकि कांचनार पुष्प की पकौड़ियाँ बहुत स्वादिष्ट मानी जाती हैं। लोगों के कहने से मैं भी ऐसी पकौड़ियों को बहुत मान दिया करता हूँ। हालाँकि वे खाने में उतनी अच्छी नहीं लगतीं। परन्तु कवियों की दुनिया में जिस पुष्प का इतना नाम हो, उससे जो भी वस्तु बने वह सुन्दर कही जानी चाहिए। कांचनार की पकौड़ियों की मेरे दिल में इज्जत है।

परन्तु उस सन्थाल बाला ने उन फूलों को पटापट तोड़ लिया और कबरीबन्ध में खोंसकर अपनी राह ली। मैं हैरान होकर सोचने लगा कि कल कल्पलोक में जिस कवि कालिदास के दर्शन हुए थे, उसका प्रतिनिधि यहाँ कौन है ? कलाकार या सन्थाल बाला ?

आज तक मैं इस प्रश्न का ठीक-ठीक उत्तर नहीं खोज सका हूँ और अब तो मैंने आशा ही छोड़ दी है। परन्तु फिर भी बात यह है बहुत ही शानदार।

मेरा सवाल सीधा है। कालिदास कौन है ? नीचे कागज पर उतार लेने वाला या ऊपर सिर पर चढ़ा लेने वाला ? मैं हैरान हूँ कि यह प्रश्न क्या और किसी के मन में आया ही नहीं ?

मगर मारिए गोली इस झगड़े को। मेरा कांचनार मोटा, गबरू-सा है, पत्तों से आपाद-मस्तक ढँका हुआ है, फूल तो इसमें कदाचित् ही आते हैं। कालिदास इसी को देखने क्यों आये ? क्या इसलिए कि कम पुष्पों का होना ही वास्तविक सौन्दर्य है ? मुझे ऐसा लगता है कि कमजोर लोगों में एक प्रकार की भावुकता होती है और वे थोड़े में ही लहक उठते हैं। मेरा गबरू कांचनार ऐसी भावुकता का शिकार नहीं है। पर भला आदमी हर बरसात में गिर क्यों पड़ता है ? क्या जो लोग मजबूत दिल के होते हैं वे बरसात में ढह पड़ते हैं ? कौन जाने !

मैं अपने कांचनार को देखता हूँ तो देखता ही रह जाता हूँ। मुझे प्राचीन काल के उद्यान याद आते हैं, जिनके निचले घेरे में कांचनारों के झुरमुट रहा करते थे, कदम्बों की पंक्तियाँ शायद इसके बगल में ही होती थीं। मुझे ऐसा जान पड़ता है कि बरसात में इसी पंक्ति के आसपास कहीं हिंडोला लगता था। बरसात रिमझिम के साथ जिन लोगों ने हिंडोले की पेंग का तुक मिलाया था, उन्हें इतनी बुद्धि तो अवश्य रही होगी कि उस स्थान के आसपास मेरे कांचनार जैसे दो-चार गबरू-झबरू पेड़ों के लहरदार झुरमुट लगा लें। अब कल्पना कीजिए रिमझिम झड़ी की और निरन्तर दोलायमान हिंडोला से निकलती हुई मधुर ध्वनि की। फिर कल्पना कीजिए आपाद-मस्तक, नील-मृसण पत्रावली से आच्छादित तरुण कांचनार गुल्म की। इस वर्षा से मुग्ध, निमीलित नयन सहृदय की भाँति वह वहाँ ध्यानस्तिमित खड़ा रहता होगा। मेरा विश्वास है कि मेरा कांचनार ऐसे ही किसी स्थान से शापभ्रष्ट होकर यहाँ आ पड़ा है। नहीं तो अभागा भरी बरसात में गिर क्यों पड़ता ?

[यह निबंध शान्तिनिकेतन से निकलने वाली हस्तलिखित पत्रिका भारती (सन् 1946 ई०) में प्रकाशित हुआ था। पहली बार इसे यहाँ संकलित किया जा रहा है—सौजन्य विश्वभारती पत्रिका एवं रवीन्द्र विश्वभारती--मु०द्वि०]

ठाकुरजी की बटोर

इस गाँव में हिन्दुओं के सौ घर हैं, मुसलमानों के पन्द्रह । धनी-मानी हिन्दू ही हैं, गरीब कहाने योग्य मुसलमान ही । फिर भी गाँव के ठाकुरबारी और मस्जिद में बड़ा अन्तर है । मस्जिद जगमगायी रहती है, ठाकुरबारी में भूत रेंगते रहते हैं । मैं मस्जिद को भी खुदा का 'अपना' घर नहीं मानता और ठाकुरबारी को भी ठाकुरजी का एकमात्र मन्दिर नहीं समझता । इस बार तीन वर्ष पर घर लौटा तो मालूम हुआ, एक साधु ठाकुरजी की पूजा साल-भर से कर रहे हैं, पर दोनों शाम भोजन कर सकने-भर का अन्न उन्हें नहीं मिल पाता । एक दिन जब मेरे एक ग्रेजुएट मित्र साधु को साथ लेकर मेरे पास आये और ठाकुरबारी की दुरवस्था का सजीव वर्णन किया तो मैं उनकी प्रस्तावित सभा में जहाँ ठाकुरजी के राग-भोग की व्यवस्था करने का विचार होने वाला था, उपस्थित रहने और यथासम्भव सहायता देने के लिए प्रतिबद्ध हो गया । स्थानीय भाषा में इसी प्रस्तावित सभा का नाम रखा गया 'ठाकुरजी की बटोर' ।

तीन बार घण्टा-ध्वनि के साथ विज्ञापन करने और अनेक सज्जनों को अनेक बार व्यक्तिगत रूप से अनुरोध करने पर भी जब सभा-स्थल पर कुछ बच्चों के सिवा और कोई नहीं आया, तो मैं कुछ उद्विग्न-सा हो गया । मैं सोचने लगा, लोग ठाकुरजी के प्रति इतने उदासीन क्यों हैं ? हिन्दुओं में धर्मभावना क्या लुप्त हो गयी है ? मैंने कल्पना के नेत्रों से देखा कि जिन देवता के मन्दिर के सामने बैठा हुआ हूँ, उसकी छत्रछाया तीन हजार वर्षों से कोटि-कोटि नर-नारियों को शान्ति प्रदान कर रही है । सिन्धु उपत्यका में के किसी अर्धदेवत्व-प्राप्त अनार्य वीर ने या उत्तरी प्रान्तों के उपास्य किसी बाल-देवता ने युग-प्रतिष्ठित भागवत्-धर्म में परम-देवता का स्थान प्राप्त किया । तब से सैकड़ों बर्बर अनार्य जातियाँ उसके पावन नाम से उसी प्रकार हत-दर्प होकर शान्त जीवन बिताने लगीं जिस प्रकार मन्त्रौषधि के प्रयोग से उपगत-ज्वर महासर्प । मैंने मानो स्पष्ट देखा कि भारतवर्ष के उत्तर-पश्चिमी किनारे से चींटियों की तरह सेनाएँ घुस रही हैं; लूट-पाट, नोच-खसोट, मार-पीट, कुछ भी उसके लिए असम्भव नहीं है । किसी सैन्यदल के रक्त-कलुष हाथों में तीक्ष्णफलक कुन्त है, किसी के खर-धार तलवार । देखते-देखते समृद्धिशाली नगर जलाकर भस्म कर दिये जाते हैं, बच्चे माताओं की गोदी से छीनकर पटक दिये जाते हैं, तरुणियों का दल ढोरों की भाँति हाँककर ले जाया जा रहा है—सारा उत्तरी भारत क्षण-भर के लिए श्मशान की तरह हो जाता है । फिर मैंने देखा, यही जातियाँ यहीं बस जाती हैं और पचास वर्ष बाद अपने सिक्कों पर अपने को परम भागवत कहने में गर्व अनुभव करती हैं । इतना शीघ्र इतना विकट परिवर्तन ! सचमुच उस देवता के सामर्थ्य का अन्दाजा लगाना मुश्किल है, जिसने एक नहीं, बीसियों आर्येतर

बर्बर जातियों को आचार-निष्ठ, शान्त भक्त बना दिया। भागवत का श्लोक मन-ही-मन गुनगुनाते हुए मैंने उस महावीर्य देवता को मन-ही-मन प्रणाम किया :

> किरात-हूणान्ध्र-पुलिन्द-पुक्कसा-आभीर-कंकाः यवनाः खसादयः;
> येऽन्येऽपि पापास्तदपाश्रयाश्रयात् शुद्ध्यंति तस्मै प्रभविष्णवे नमः।

मैं सोचता ही गया—आज हम बौद्ध-संस्कृति की सम्पूर्ण जानकारी के लिए तिब्बत, चीन, जापान, श्याम देशों की ओर टकटकी बाँधे हैं; एक दिन ऐसा भी था जबकि पश्चिमी प्रान्तों में—गन्धार, पारस्थ, शकस्थान में—इसी महावीर्य देवता के नाम और महिमा का कीर्तन होता था, भावावेश में लोग दरविगलित नेत्रों से महाविष्णु का स्मरण करते थे—वह दिन आज बीत गया है। पश्चिम में एक स्वतः सम्बुद्ध धर्म-भावना का अवतार हुआ जिसके हाथ में दृढ़-मुष्टि कठोर कृपाण थी, और दूसरे में समानता के आश्वासन का अमृत वरदान। उसका प्राणदेवता अन्तर्मुख था। पर वह अपनी परिधि पर अक्लान्त भाव से चक्कर मार रहा था। उसने किसी से समझौता नहीं किया, किसी को मित्र नहीं माना, जो सामने आया उसी को ललकारा, जिधर लपका उधर ही काल-चक्र घूम पड़ा ! वह इसलाम था। इसी इसलाम ने पश्चिम में इस महावीर्य देवता को उखाड़ फेंका। विजय-गर्व से स्फीत-वक्ष इसलाम निर्भीक भाव से आगे बढ़ता चला गया, जिसने उसे आत्मसमर्पण किया वही उसके रंग में रँग गया, अरब से लेकर गंधार तक एक ही विजय-ध्वजा बार-बार प्रकम्पित होकर धरित्री का हृदय कम्पित करने लगी। आज हम उस कुचली हुई संस्कृति के लिए इन देशों की ओर ताकने की कुछ आवश्यकता नहीं समझते।

हाँ, जिस मंदिर के सामने बैठा हुआ मैं उसके उपासकों की प्रतीक्षा में समय बिता रहा हूँ, वह उसी महावीर्य किन्तु पराजित देवता का प्रतीक है। उसके उपासक एकाधिक बार कुचले गए हैं, नोचे गए हैं, और तंग किए गए हैं। वे थके हुए निर्वीर्य, निस्सेषित उपासक हैं। उपासक के तेज से ही उपास्य तेजस्वी होता है। देवता का यह प्रतीक भी तेजहीन, वीर्यहीन और निष्प्राण था।

इसी समय मैंने देखा, हमारी आशा-लता को लहलहाते हुए तीन वृद्ध हिन्दू सभास्थल में उपस्थित हुए। उन्होंने माथे की पगड़ी उतारी और अपना अनाडम्बर प्रणिपात ठाकुरजी को निवेदित किया। मन-ही-मन मैं सोचने लगा, आज भी करोड़ों हिन्दू इसी प्रकार अनाडम्बर भाव से गम्भीर विश्वास के साथ ठाकुरजी को प्रणाम करके शान्ति पाते हैं। कौन कहता है कि वह महावीर्य देवता तेजोहत हो गया है ! विजयस्फीत इसलाम उसको कुचल नहीं सकता। आज गन्धार मुसलमान हो गया है, उसे इसलाम का अमृत वरदान प्राप्त हो गया है, तो क्या हुआ ? इसलाम के आने के पहले विद्या और ज्ञान का महापीठ गन्धार आज मुसलमान होकर बदल गया है। पाणिनि और यास्क की सन्तान आज भारतवर्ष में हींग बेचती फिरती है। इसलाम की इससे भयंकर पराजय और क्या हो सकती है ? वैदिक ऋचाओं के बनाने वाले ऋषियों की सन्तान का इससे अधिक पतन क्या हो सकता है ? मुझे ऐसा जान पड़ने लगा कि पाणिनि और यास्क, चरक और सुश्रुत, पतञ्जलि और व्यास स्वर्ग में अत्यन्त उदास बैठे हैं। भृकुटियाँ किञ्चित कुञ्चित हो गयी हैं, विशाल ललाट

पर चिन्ता की रेखाएँ स्पष्ट दिख रही हैं, आँखें छलछला आयी हैं। हाय, इसलाम, तुम कब देख सकोगे ?

मुझे ऐसा लगा, इसलाम ने मेरी बात सुन ली है। उसके हाथ तलवार की मूठ पर ठीक ही बैठे हैं, मूर्ति अत्यन्त उग्र है पर क्रूर नहीं। मुझे उस मूर्ति में वीरता का तेज दिखा, देर तक उस पर आँख ठहर नहीं सकती। इसलाम ने शान्त गम्भीर स्वर में कहा– 'तुम ठीक कहते हो, पर तुम्हारे लगाए हुए अभियोग की मुझे बिल्कुल परवा नहीं। मैं संस्कृति फैलाने नहीं आया, मैं कुछ तोड़ने आया हूँ। हजारों को दास बनाकर, लाखों को दलित और अस्पृश्य बनाकर जिस संस्कृति का जन्म होता है वहाँ कुफ्र का प्राबल्य होता है। मैं उसे साफ करने आया हूँ। इस असम व्यवस्था के साथ मेरा समझौता नहीं हो सकता। जिस सैकड़ों कच्चे-पक्के रंग के बेमेल पट को तुम कला का श्रेष्ठ निर्देशन मानते हो, उसे मैं भद्दे दागों का एक हास्यास्पद प्रदर्शन समझता हूँ; मैं धरती को एक पक्के रंग में रँगी देखना चाहता हूँ, भले ही वह रंग नीला हो। आज इसलाम की ध्वजा से धरती काँप रही है, क्योंकि उसमें भीरुता है, उसमें भेद-भाव है, उसमें भ्रान्ति और त्रुटि है। इसलाम का विजयतूर्य इस भीरुता, इस भेद-भाव और भ्रान्त त्रुटि को दूर करके ही चुप होगा। समझौता करना डरपोकों का काम है, इसलाम डरपोक नहीं है, वह मरना भी जानता है और मारना भी जानता है। संस्कृति के विनाश की आशंका से पद-पद पर सन्त्रस्त बुद्धिमान कहे जाने वाले लोग कायर हैं।'

मैंने जरा विस्मय और आशंका के साथ जवाब दिया-- 'संसार को एक रंग में रँगने का प्रयत्न क्या मनुष्यता के वैचित्र्यपूर्ण विकास में बाधा पहुँचाना नहीं है ? चमेली को गुलाब बनाने का प्रयत्न या गुलाब और चमेली दोनों को कुछ विचित्र-सा एक-रंगा फूल बनाने का प्रयत्न क्या श्रेयस्कर है ? यह तो स्वयं ही एक भयंकर कुफ्र है।' इसलाम ने गरजकर जवाब दिया– 'शक्तिहीन ऐसी बातें कहा करते हैं, निर्वीर्य ऐसी बातें सुना करते हैं। तुममें मेरे कथन का सत्य अर्थ ग्रहण करने की शक्ति नहीं है, उसे धैर्य के साथ समझ सकने का साहस नहीं है। उपमाओं और रूपकों का सहारा लेकर प्रकृत अर्थ को विकृत करना दुनिया के बुद्धिमान कहे जाने वाले लोगों का एक व्यवसाय है। तुमने मेरी सीधी-सी बात का विकृत अर्थ लगाया है। मैं कभी नहीं कहता कि गुलाब और चमेली को एक कर दिया जाय। मैं कहता हूँ गुलाब और चमेली हों या आम और धतूरे, सबको एक ही समान खुला आसमान, एक ही समान खाद और पानी की सुविधा, एक ही समान यत्न और उपचार प्राप्त होने चाहिए।' इसलाम की उग्र मूर्ति पर जरा-सा स्मित हास्य दिखायी पड़ा, वह मानो अवहेलना के साथ बड़ी संस्कृतियों का मजाक उड़ाना चाहता था। मैंने फिर बुद्धि का आश्रय लेते हुए पूछा– 'ऐसे भी तो पौधे हो सकते हैं जो गुलाब और चमेली के अनुकूल खाद पाकर ही मुरझा जाएँ। कुछ पौधे पानी से ही बढ़ते हैं और कुछ पानी से ही मर जाते हैं। उनका क्या उपाय होगा ?' इसलाम ने इस बार कड़ककर जवाब दिया– 'मर जायँ तो मर जाने दो; मुझे परवा नहीं। जो तीन लोक से न्यारे हैं, उनका न रहना ही अच्छा है। उनके रहने से बाकी दुनिया को कष्ट होगा। और देखो, तुम अधिक तर्क न करो। यह शक्तिहीन का लक्षण है। इस वज्रमुष्टि

महाकृपाण को देखो । इसलाम इस पर भी पूर्ण विश्वास करता है । यही भगवान् का वरदान है, मनुष्यता का रक्षक है, इसलाम अपने कृपाण पर कभी सन्देह नहीं करता ।' यह कहकर एक अजब मस्ती के साथ मुस्कराता हुआ इसलाम ऊपर की ओर उठा, मानो वह जगत् की सारी जड़ता, समस्त अंधकार, सारे जंजाल को विध्वस्त कर सकने के महाव्रत में अपने-आपके सामने किसी दूसरे को नहीं मानना चाहता, मानो उसकी सफलता निश्चित है, मानो वह अद्वितीय कर्मठ योद्धा है ।

संस्कृति क्या है ? मैं जरा उद्विग्न भाव से सोचने लगा । मुझे एक बार याद आये वैदिक युग के कर्मकाण्ड-पटु ऋत्विजों के दल, जो प्रत्येक कुश और पल्लव के स्थान, पात्र और विधान के विचार में गम्भीर भाव से सतर्क थे । फिर याद आयी उपनिषत्-कालीन ऋषियों की, जो बड़ी गम्भीरता के साथ मौन भाव से चिन्तन कर रहे थे कि क्या होगी वह चीज जिसे पाकर हम अमृत नहीं पा सकते । फिर याद आये काषाय-धारी बौद्ध भिक्षु, जो 'बहुजन हिताय, बहुजन सुखाय' घर-बार छोड़कर उत्तुंगशैल-शिखर और भीमकाय महासागर लाँघ रहे थे, और अन्त में याद आयीं, उज्जयिनी के सौध-गवाक्षों से लीला-कटाक्ष-क्षेपिणी पौर-विलासिनियाँ । देखते-देखते मेरी कल्पना ने मध्ययुग की आतंकग्रस्त हिन्दू-संस्कृति को सामने खड़ा कर दिया—निराभूषणा, संकुचिता, अवमानिता, विक्षुब्धा । उसमें कर्मकाण्ड-काल की सजीवता नहीं थी, उपनिषत्काल की स्वतन्त्र चिन्ता नहीं थी, बौद्ध-काल की दुर्वार करुणा-भावना नहीं थी, काव्य-काल की सुखमय विलास-सज्जा नहीं थी । इसलाम के आक्रमण से उसका तेज म्लान हो गया था, दर्प हत हो गया था, पर वह हार मानने को तैयार नहीं थी । वह कुचली हुई वन्य वीरुध की भाँति म्लान होकर भी सजीव थी, फिर से पनप उठने के लिए सचेष्ट थी, निरुपाय होकर वह जिधर सुविधा पाती उसी तरफ आश्रय को लपक पड़ती । इसी समय दक्षिणी आसमान से कई तेज-पुन्ज ज्वलन्त ज्योतियाँ उत्तर की ओर बड़े वेग से दौड़ती हुई नजर आयीं । दिशाएँ तिमिराच्छन्न थीं, आसमान धूल से भरा हुआ था । धरित्री रक्त से तर थी । दक्षिण आकाश से आयी हुई इन ज्योतियों ने कोई बाधा नहीं मानी, किसी की परवा न की । वे बढ़ती ही गयीं । अचानक प्रकाश की किरण में स्पष्ट मालूम हुआ, इस कुचली हुई संस्कृति-लता को एक सहारा मिला है । यह सहारा था—वैष्णव धर्म—भक्ति मतवाद । इसने इस लता को केवल आश्रय नहीं दिया, रस की धारासार वर्षा से उसे लहलहा दिया; पत्र और पुष्प की नूतन समृद्धि से देखने वालों की आँखें निहाल हो गयीं ! मैं जिस देवता के मन्दिर के सामने बैठा हुआ हूँ, वह उसी आश्चर्यजनक भक्ति मतवाद का उपाश्रय है । कौन कहता है यह पराजित देवता का प्रतीक है ? वह आश्रयों का खजाना, सच्चा तिलस्म और अचिन्तनीय जादू की लकड़ी है ।

मैंने साफ देखा : मुर्शिदाबाद की सड़कों पर मुसलमान वंशोद्भूत हरिदास भावावेश में हरिनाम संकीर्तन करते जा रहे हैं, और जल्लाद उन पर अविश्रान्त भाव से दण्ड प्रहार करते जा रहे हैं; चेहरे पर जरा-सी भी शिकन नहीं पड़ती, शान्त और मोहक तेज बढ़ता ही जा रहा है—मैं स्तब्ध, निर्वाक् । मैंने देखा : मेवाड़ के राजवंश की शोभा और शान मीराबाई दर-विगलित नयन, कम्पमान कण्ठस्वर और खिन्न गात्र से गोपाल लाल के विरह में नृत्य कर रही है, राज परिचारक

ने जहर का प्याला दिया है, वे अजब लापरवाही से पी रही हैं—मैं रुद्ध श्वास, हत चेष्ट ! मैंने और भी देखाः बन्दा वीर दिल्ली नगरी में बन्दी होकर बैठा है; आँखों के सामने सात सौ प्राण-प्रिय साथी देखते-देखते तलवार के घाट उतार दिये जाते हैं। जल्लाद बन्दा की गोद में उसका कोमल बच्चा डालता है, आज्ञा मिलती है इसे अपने हाथों मार डालो। बन्दा कृपाण उठाता है। पिता-पुत्र साथ ही बोल पड़ते हैं—"वाह गुरुजी !" और कृपाण उस कोमल कलेवर को कदली-स्तम्भ की भाँति विदीर्ण कर देता है—मैं विचलित, अश्रु-अन्ध, विक्षुब्ध !! कहाँ से आयी इतनी शक्ति ? ठाकुर तुम धन्य हो !

मेरे सामने अचानक प्रकाश का एक महासमुद्र दिखायी दिया, देखते-देखते उस प्रकाश ने एक निश्चित रूप ग्रहण किया—एक त्रिभंगी मूर्ति, माथे पर मोर-पंख, हाथ में वंशी और लकुट, कटि में पीताम्बर, वक्षःस्थल पर वैजयन्ती की माला, कन्धे पर कामरी। जी में आया कि मध्ययुग के कवि के कण्ठ में कण्ठ मिलाकर चिल्ला उठूँ :

'या लकुटी अरु कामरिया पर, राज तिहूँ पुर कौ तजि डारौं।'

ठीक इसी समय मेरी चिन्ता को आहत करते हुए कुछ भले आदमी सभास्थल पर उपस्थित हुए। समय बहुत निकल गया था। जितने लोग आये थे, उन्हीं के साथ प्रस्तावित विषय को बिना भूमिका के ही उठा दिया गया। ठाकुरजी के राग-भोग की व्यवस्था के साथ-ही-साथ सारे गाँव के छोटे-मोटे झगड़ों पर विचार आरम्भ हुआ। बहस द्रौपदी का चीर हो उठा। महज सात रुपये माहवार का प्रबन्ध करना था, मैंने उत्तेजना में अपनी शक्ति के बाहर कुछ अधिक भार उठाने का संकल्प करके वृद्ध सज्जनों के चित्त को शायद कुछ आघात पहुँचाया, पर कुछ फल नहीं हुआ। मैं फिर एक बार उद्विग्न हो उठा। कुछ समझ में नहीं आया कि मध्ययुग की महिमा-शालिनी संस्कृति का उपाश्रय यह महावीर्य देवता आज इतना उपेक्षित क्यों है ! मेरे सामने कुछ ही क्षण पहले जो तेजःपुञ्ज दिखायी पड़ा था, वह धीरे-धीरे धूमिल होने लगा। मैंने समझा, यह भी मेरा बौद्धिक विकार था, वास्तव में न मध्ययुग की कोई संस्कृति ही महत्त्वपूर्ण थी और न उसका आश्रय यह देवता ही। अचानक तर्क और बहस के भीतर से एक प्रकाश दिखायी पड़ा। मैं चौंक उठा, उत्तेजित हो गया और क्षण-भर के लिए हतबुद्धि हो रहा।

बात यह हुई। सभा में एक पण्डितजी बैठे थे। उन्हें हम लोगों ने बड़े आग्रह से बुलाया था। मनोनीत सभापति की अनुपस्थिति में उन्हीं के सभापति होने की बात थी। इन पण्डितजी को अपनी शास्त्र-निष्ठा पर अभिमान था। साधारण मनुष्य के लिए यह समझना बड़ा कठिन है कि कब पण्डित का शास्त्र उसकी बुद्धि को दबा देता है और कब उसकी बुद्धि शास्त्र को। सभा में उन्होंने मुझे और मित्र को चुनौती-सी देते हुए कहा कि ठाकुरजी की पूजा अब तक शास्त्र-निषिद्ध विधि से होती रही है। जो साधु इस समय पूजा कर रहे हैं, वे ब्राह्मण नहीं हैं और शास्त्र के मत से ठाकुर उसी जाति के होकर पूजा ग्रहण करते हैं, जिस जाति में पुजारी का जन्म हुआ रहता है। इसके पूर्ववर्ती पुजारी भी अब्राह्मण थे। पिछले तीन वर्षों से ठाकुरजी अब्राह्मण होकर ही पूजा ग्रहण कर रहे हैं। इसीलिए यह अत्यन्त स्पष्ट बात है कि ब्राह्मण ऐसे ठाकुरजी को पूज्य नहीं

समझ सकता ! ब्राह्मण धर्म का यथोचित पालन कठिन व्रत है ।

पण्डितजी ने अपने वक्तव्य को और भी स्पष्ट करते हुए बताया कि अनधिकारी की पूजा से गाँव का अमंगल हो रहा है । इसलिए पहले अब्राह्मण साधु को स्थानच्युत किया जाय, फिर राग-भोग की व्यवस्था बाद में होती रहेगी । मेरा नाम पुकारकर उन्होंने इस विषय पर मेरी स्पष्ट सम्मति चाही ।

क्षण-भर मेरे सामने मध्ययुग की भूयोभूयः पद-ध्वस्त भारतीय संस्कृति की जादू-भरी मूर्ति खेल गयी । वह ब्राह्मण-संस्कृति नहीं थी, श्रमण संस्कृति नहीं थी, राजन्य संस्कृति नहीं थी, शास्त्रीय संस्कृति भी नहीं थी । वह सम्पूर्ण हिन्दू जाति की एककेन्द्रा संस्कृति थी—अपने-आपमें परिपूर्ण, तेजोमयी, जीवन्त ! ये वृद्ध सज्जन, जिनके ललाटपट्ट पर रामानुजी सम्प्रदाय का विशाल तिलक अंकित है, जो पण्डितजी की हाँ-में-हाँ मिला रहे हैं, आज भूल ही गए हैं—और शायद उन्हें कभी जानने का मौका ही नहीं मिला—कि रामानुज के दादागुरुओं की परम्परा के अनेक आलवार भक्त अब्राह्मण ही नहीं थे, शूद्र से भी निम्न कुल में अवतरित हुए थे । महाप्रभु वल्लभाचार्य ने अपने शूद्र शिष्य कृष्णदास अधिकारी (अष्टछाप के एक कवि) को श्रीनाथजी के मन्दिर का प्रधान अधिकारी बनाया था । महाप्रभु के गोलोकवास के अनन्तर एक बार उन्होंने महाप्रभु के एकमात्र गुरु श्री गोकुलनाथ गोसाईं को भी मन्दिर में जाना निषिद्ध कर दिया था । पण्डितजी अब्राह्मणीभूत ठाकुर का चरणोदक लेने में हिचकते हैं, गौडीय वैष्णव सम्प्रदाय के प्राण-प्रतिष्ठाता महाप्रभु चैतन्यदेव ने मुसलमान भक्त हरिदास का चरणोदक हठ के साथ छककर पिया था । लेकिन मारिए गोली इन ऐतिहासिक घटनाओं को । गोप-कुल में पालित और क्षत्रियवंश में अवतीर्ण अखण्डानन्द विग्रह भगवान् श्रीकृष्णचन्द्र क्या ऋषि-मुनियों से भरी सभा में पूजा के पात्र नहीं समझे गये ?

मैं सोच में पड़ गया । इस सभा में जो अब्राह्मण कुलोत्पन्न सज्जन बैठे हैं, उनके पास क्या आत्मसम्मान नाम की कोई चीज नहीं है ? वे इस कथन का विरोध क्यों नहीं करते ? और इस सभा में जो ब्राह्मण सज्जन बैठे हैं, उनमें क्या लोक-कल्याण की भावना का कुछ भी अवशेष नहीं रह गया ? वही क्यों नहीं इस बात का प्रतिवाद कर रहे हैं ? क्यों पहले दलवाले भीरु हैं, कायर हैं, डरपोक हैं और क्यों दूसरे दलवाले हठी हैं, अभिमानी हैं, रूढ़ि-प्रिय हैं । मैंने उत्तेजित भाव से कहा—'जो ठाकुर जाति-विशेष की पूजा ग्रहण करके ही पवित्र रह सकते हैं, जो दूसरी जाति की पूजा ग्रहण करके अग्राह्य-चरणोदक हो जाते हैं, वे मेरी पूजा नहीं ग्रहण कर सकते । मेरे भगवान् हीन और पतितों के भगवान् हैं, जाति और वर्ण से परे के भगवान् हैं, धर्म और सम्प्रदाय के ऊपर के भगवान हैं, वे सबकी पूजा ग्रहण कर सकते हैं और पूजा ग्रहण करके अब्राह्मण-चाण्डाल सबको पूज्य बना सकते हैं ।' मेरी बात अभी समाप्त भी नहीं हो पायी थी कि मेरे मित्र ने मुझे बीच में ही रोका । उन्होंने ऑरेटर की भाषा और भाष्यकार के लहजे में कहा कि वे मेरी बात से सोलह आने सहमत हैं, पर ऐसी बात ऐसे समय में नहीं कहनी चाहिए । वे शंकित हो रहे थे कि उनकी परिश्रमपूर्वक बुलायी हुई सभा कहीं व्यर्थता में पर्यवसित न हो जाय । मेरी उत्तेजना उनकी आशंका का प्रधान कारण थी । लेकिन मुझे इसलाम की बात याद आ रही थी—डरपोक ही समझौता किया

करते हैं ।

मेरे मित्र मुझे समझा रहे थे (क्योंकि सभा में नासमझी का कार्य एकमात्र मैंने ही किया था) । और मैं अपनी सहज-सहचरी कल्पना के साथ ऊपर उठने लगा । मैं सभा-स्थल से कुछ ऊपर उठा, ठाकुरजी के मन्दिर के ऊपर गया, उनकी निष्कम्प ध्वजा से भी ऊपर उठा—उठते-उठते मैं आविल आकाश का प्रत्येक स्तर लाँघ गया । अब मैं ऐसी जगह आ गया जहाँ से दुनिया का कोई रहस्य देखने से बाकी नहीं था । मैंने दक्षिण की ओर देखा । सूची-भेद्य निबिड़ अन्धकार के साथ चिता की आग जूझ रही थी, उसी प्रकाश में कलकल-निनादिनी नदी चाँदी की लकीर-सी चमक रही थी, सामने दूर तक फैले हुए सैकत-राशि पर केवल कंकाल और नरमुण्ड बिखरे पड़े थे । चिता के पास एक काली-सी मूर्ति बैठी थी, शायद वह चिता का अधिकारी चाण्डाल था । इसी समय मेरे आश्चर्य को शतगुण वृद्धि करते हुए एक चारु-दर्शन महात्मा चिता की ओर भागते हुए दिखायी दिए । घने घुँघराले बाल अस्त-व्यस्त थे, पर शोभा उनसे चुई-सी पड़ती थी; विशाल भालपट्ट पर रामनुजी तिलक विराजमान था, पवित्रता उसमें अपनी छाया देख रही थी; कटिदेश और स्कन्ध-देश पीत पट्टाम्बर से विभूषित थे; मुख-मण्डल के चारों ओर प्रकाश की किरणें छिटक रही थीं; मनोहर मुख देखकर आँखें धन्य हो जाती थीं । महात्मा अचानक आकर चाण्डाल के चरणों से लिपट गए । चाण्डाल चिल्ला उठा—"प्रभो, पामर को और भी अपराधी बना रहे हो ? क्या करते हो देवता ? छोड़ो, छोड़ो, मैं पापी, चाण्डाल, मुझे रौरव नरक में न फेंको !"

महात्मा ने कसकर चरण पकड़ लिया । उसी अवस्था में बोले—"शान्त हो जाओ । मेरे नारायण, नष्ट हो जाने दो मेरी सारी वासना, मेरा सारा अभिमान इस पावन तीर्थ में । मैं उस मठ का प्रधान हूँ । तीन दिन पहले तुम भगवान् का दर्शन करने गए थे, मेरे शिष्यों ने तुम्हारा अपमान किया था । तब से भगवान् रूठ गए हैं । तीन दिन से मैं भूखा-प्यासा हूँ । मेरे ठाकुर ने मेरा अन्न खाना छोड़ दिया है । आज वे आये थे, चेहरा उनका उदास था, आँखें उनकी डबडबायी हुई थीं, उत्तरीय उनका अश्रुसिक्त था, गला उनका भरा हुआ । मैंने रोते हुए पूछा—'मेरे ठाकुर, मेरे प्यारे, तुम्हें क्या हो गया है ?' भर्रायी हुई आवाज में उन्होंने गरजकर कहा—'रामानन्द, मैंने तुम्हारा मठ छोड़ दिया है । तुम्हारे शिष्यों ने मेरे भक्त का अपमान किया है । मैं अब यहाँ नहीं आ सकता ।' भीत-भाव से मैंने पूछा—'तुम अब कहाँ रहोगे मेरे ठाकुर ?' भगवान ने जल्द ही गम्भीर स्वर में कहा—'जहाँ मेरे भक्त रहते हैं । वह देखो, उस श्मशान में वही मेरा भक्त चिता जला रहा है । तुम उनकी कृपा के बिना मुझे नहीं पा सकते ।' यह कहकर वे चले गए और मैं दौड़ा तुम्हारे पास आ गया । मेरा शास्त्राभिमान आज धूल में लोट रहा है, मेरा वर्ण और आश्रम का अभिमान आज ध्वस्त हो गया है; तुम भक्त हो, तुम नारायण के रूप हो, मेरे ऊपर कृपा करो । आज्ञा दो, क्या सेवा कर सकता हूँ ।"

चाण्डाल भक्त ने गद्गद कण्ठ से कहा—"प्रभो, मैं क्या कृपा कर सकता हूँ ! भगवान् अगर मुझे कुछ इसी प्रकार की अनधिकार चर्चा करने को कहते हैं, तो उठो प्रभु, मैं आज्ञा देता हूँ, स्नान करके मुझे अपना शिष्य बना लो, वह रास्ता दिखा दो जिससे मैं अभिमान का समुद्र तैर सकूँ,

भक्ति की नौका पा सकूँ ।" रामानन्द ने आज्ञापालन किया, और दिग्वधुओं ने मौन शख-नाद । मैं चिन्तातुर हो उठा । यह इतिहास है या मनोवाञ्छित स्वप्न ?

मैंने देखा, मेरे गाँव के मन्दिर से भी ठाकुरजी निकले जा रहे हैं । उनकी मुखाकृति गम्भीर है । जिस चटुल-चपल आनन्दमयी मूर्ति की कल्पना मैंने आज तक की है, उसका कोई चिह्न उस चेहरे पर नहीं है । सारा आसमान अणु-परमाणुओं के साथ 'धिक-धिक' कर उठा । मेरे सिवा यह धिक्कार-वाक्य और कोई दूसरा नहीं सुन सका । लज्जा और ग्लानि से मेरा चेहरा काला पड़ गया । मेरे ग्रेजुएट मित्र मुझे अब भी समझा रहे हैं । मैं शायद कुछ समझने योग्य हो चला था । अचानक उनके मुँह से एक युक्ति की अवतारणा होते देख मेरी भावुकता को एक और दचका लगा । उन्होंने मेरे वाक्य का यह अर्थ लगाया—जो मेरा लक्ष्य न होते हुए भी सही था—कि मैं मुसलमानों को भी पूजन का अधिकारी मान रहा हूँ ।

हाय हिन्दू और हाय मुसलमान ! आठ सौ वर्ष के निरन्तर संघर्ष के बाद, एक-दूसरे से इतने अधिक नजदीक रहकर भी, तुमने अपनी एक संस्कृति न बनायी ! अभी कुछ ही क्षण पहले सभा में बैठे हुए एक क्षत्रिय अध्यापक को अभिवादन करते हुए एक वैश्य शिष्य ने कहा था—'सलाम, बाबू साहब !' शास्त्र-निष्ठ पण्डितजी ने डपटकर बताया—'यह मुसलमानी कायदा है ।' क्षत्रिय अध्यापक ने क्षमा-याचना-सी करते हुए कहा—'हम लोगों में बुरा रिवाज चल गया है ।' लेकिन यह और इसी तरह के दो-चार और बुरे रिवाज ही तो हिन्दू और मुसलमान नामक दो विशाल शिलापटों को जोड़ने के गोंद थे । आज वह भी टूटते जा रहे हैं, वर्जन-परायण हिन्दू-भाव सबको धो-पोंछ डालना चाहता है, अभिमानी मुसलमान-भाव कुछ भी ग्रहण नहीं करना चाहता ।

मुझे इस समय ऐसा मालूम हुआ कि पश्चिमी महासमुद्र की भयंकर लहरों से दो-चार श्वेतांग नाविक जूझते हुए चले आ रहे हैं । सामने और पीछे जहाँ तक दृष्टि जाती है, केवल पानी-ही-पानी दिख रहा है, केवल लहरों का फूत्कार, केवल लोल समुद्र का गर्जन ! उनके चेहरे शान्त हैं, मस्तिष्क धीर । इस शान्ति को देखकर मैं डर गया । यह वह शान्ति थी जिसके पेट में सारी दुनिया का तूफान था । मैं साँस रोककर उनके असीम साहस और धैर्य को देखता रह गया—निर्वाक्, निश्चेष्ट, निस्तब्ध !! अन्त में ये नाविक भारतीय किनारे पर पहुँचे । फिर टिड्डियों के दल की तरह शत-शत नौकाएँ महासमुद्र के लोल वक्ष पर छोड़ दी गयीं । भारतीय अन्तरीप इस कोने से उस कोने तक इन विदेशियों से भर गया । मौका देखकर इन्होंने दरार पर आघात किया, पहले से ही अलग हिन्दू और मुसलमान दूर से दूरतर होते गए । मौका देखकर विदेशी राजा बन बैठे और अपूर्व अध्यवसाय और लगन के साथ दोनों जातियों को समझने की कोशिश करते गए । जितना ही उन्होंने समझा, उतना ही भेदभाव को उत्तेजित किया । आज हम प्रत्येक बात को हिन्दू दृष्टिकोण और मुसलमान दृष्टिकोण से देखने के आदी हो गए हैं, मानो ऐसा कोई दृष्टिकोण ही नहीं है जिससे हिन्दू और मुसलमान साथ ही दिख सकें । मैंने फिर एक बार दीर्घश्वास के साथ मन-ही-मन कहा—हाय रे हिन्दू और हाय रे मुसलमान !!

अन्त में, काफी बहस-मुबाहिसे के बाद, सभा दूसरे दिन के लिए स्थगित हुई । मैं अब भी

कल्पना के मनोगामी रथ पर आसीन था। मेरे बगल में एक तरुण पण्डित मित्र बैठे थे। वे दूसरे गाँव से आये थे। एकमात्र वे ही शुरू से आखिर तक निर्लिप्त भाव से बैठे रहे। उन्होंने सब सुना, पर कहीं भी विचलित नहीं हुए, कहीं भी चंचल नहीं हुए। मुझे झकझोरते हुए उन्होंने कहा—'चलिए, आज की सभा समाप्त हुई। आप बहुत उत्तेजित हो जाते हैं।' मैंने कहा—'ठीक है।'

पर क्या ठीक था ? मेरे गाँव की यह ठाकुरबारी कुछ ऐसी महत्त्वपूर्ण नहीं है कि इसकी अव्यवस्था के कारण विराट् हिन्दू समाज अणुमात्र भी लज्जा अनुभव करे। और यह सभा ? यह तो ततोधिक नगण्य है। फिर क्या कारण है कि इसी मामूली-सी सभा ने मेरे मन में भारतीय महामानव-समुद्र के प्रत्येक तरंग-विस्फूर्जन की स्मृति उत्पन्न करा दी ? शायद यह हिन्दू समाज की जीवनी-शक्ति का सबूत हो, यह इस विराट् महामानव-समुद्र की कोई तरंग स्वतन्त्र नहीं है। इस मामूली-सी ठाकुरबारी की समस्या भी सारे विश्व की समस्या के साथ जटिल भाव से उलझी हुई है, उसको विच्छिन्न भाव से सुलझाया नहीं जा सकता। सभाएँ होती रहेंगी, राग-भोग की व्यवस्था होगी भी, नहीं भी होगी, पर समस्याएँ ज्यों-की-त्यों रहेंगी अगर उसे विराट् पैमाने पर न सोचा गया। सारे गाँव के मनुष्य सारे जगत् के साथ विचित्र भाव से जड़ित हैं, उन पर विश्व की राजनीतिक, आर्थिक, सामाजिक, नैतिक, आध्यात्मिक सभी प्रकार की गुरुतर समस्याओं का प्रत्यक्ष और अप्रत्यक्ष दबाव पड़ रहा है। वे ठाकुरजी से उदासीन होने को बाध्य हैं। सामने जो मस्जिद जगमगायी हुई है, वह भी समान रूप से उपेक्षित है। आज से दस वर्ष पहले वह इतनी जगमगायी नहीं थी। उसकी आज की जगमगाहट उसी प्रत्यक्ष और अप्रत्यक्ष दवाब का परिणाम है जिसके कारण यह ठाकुरबारी उपेक्षित है। एक ही किरण दो रंग के शीशों से प्रतिफलित होकर दो तरह की दिख रही है। यही ठीक था। मैं उठ पड़ा। उठते-उठते मैंने फिर सोचा—लेकिन क्या कारण है कि एक ही आर्थिक, राजनीतिक और सामाजिक समस्या के दबाव से वह मुसलमानी मस्जिद जगमगा उठी है और यह हिन्दू मन्दिर उपेक्षित है ? क्या मुसलमानी धर्म ज्यादा सजीव है ? शायद नहीं। क्या हिन्दू धर्म ज्यादा मुर्दा है ? शायद ! वे हिन्दू धर्म के उत्कर्ष से भीत हैं। दूसरी तरफ हिन्दू धर्म जरूरत से ज्यादा आत्मविश्वासी हो गया है। मुसलमान अपनी बची-खुची सारी शक्ति समेटकर मुसलमानियत का प्रदर्शन कर रहे हैं। यह अवस्था बहुत दिनों तक नहीं चलने की। वह आगन्तुक उत्साह भी समाप्त हो जायेगा और यह अत्यधिक आत्मबोध-मूलक शैथिल्य तो समाप्त हो ही चला है। जब दोनों समाप्त हो जायेंगे तभी रास्ता सूझेगा, तभी शान्ति आयेगी। तथास्तु।

व्योमकेश शास्त्री उर्फ हजारीप्रसाद द्विवेदी

बात काफी पुरानी हो गयी है । सम्बद्ध लोग भी प्रायः संसार छोड़ चुके हैं । जो हैं वे बुरा नहीं मानेंगे, इसीलिए आज कह देने की इच्छा हुई है ।

लगभग सत्ताईस-अट्ठाईस वर्ष पहले की बात है । मैं शान्तिनिकेतन से काशी आया था । उन दिनों महामना मालवीयजी 'सनातन धर्म' नामक एक पत्र निकालते थे । मेरे सहयोगी मित्र पं० (अब डॉक्टर) भुवनेश्वर मिश्र 'माधव' उसका सम्पादन करते थे । काशी आया तो माधवजी से मिले बिना कैसे जा सकता था ! काफी अरसे के बाद हम दोनों मिले थे । देर तक बातें करते रहे, हँसते-हँसाते रहे । चलते-चलते माधवजी ने कहा, "कुछ 'सनातन धर्म' के लिए लिखा कीजिए ।" मैने स्वीकार कर लिया । शान्तिनिकेतन आया तो माधवजी की आज्ञा का पालन करना आवश्यक समझा, परन्तु लिखूँ क्या ? 'सनातन धर्म' के योग्य क्या लिख सकता हूँ ? धर्म का उपदेश देना मेरा काम नहीं है, यह मैं समझ गया था । ज्योतिष का नशा तब भी नहीं उतरा था । सोचा, पंचांगों की ही चर्चा कर दो । सनातन धर्म में तो इनका काफी महत्त्व है । लेख लिख दिया । क्या शीर्षक था—यह याद नहीं है । पर प्रसंग-क्रम से विश्व-पंचांग की चर्चा आ गयी । यह पंचांग हिन्दू विश्वविद्यालय से निकलता था । सम्पादकों में पण्डित मदनमोहन मालवीयजी का भी नाम था । मेरे महादेव तुल्य औढरदानी गुरु पं० रामयत्न ओझाजी का नाम भी थां । किसी जमाने में मैं स्वयं उसमें कुछ काम भी कर चुका था । मुझे उसकी गणना-पद्धति, जिसे गुरुजी 'दृश्यादृश्यवाद' कहा करते थे, पसन्द नहीं थी । गुरुजी से कई बार उलझने की धृष्टता कर चुका था । गुरुजी भोजपुरी में कहा करते थे, "अबहीं समुझत नइखे, बाद में समुझि जइबे," और हँस देते । उनके स्नेहसिक्त वाक्यों से मैं निरुत्तर हो जाता । इस बार गुरुजी के मत की, उनका नाम लिये बिना आलोचना कर दी । लेख लिखा पूरे उत्साह से, किन्तु भेजने का समय आया तो मन काँप उठा । गुरुजी पढ़ेंगे तो क्या कहेंगे ! फिर सोचा, गुरुजी तो जानते ही हैं, बहुत होगा डाँट देंगे । उनसे क्षमा माँग लेना तो बड़ा ही आसान काम था । मगर सत्य बात कह देनी चाहिए । उन दिनों नया जोश था । समझता था, जो मुझे सत्य मालूम होता है, वही सारी दुनिया का सत्य है । गुरुजी की बात बहुत बाद में समझ में आयी । उन्होंने कहा था, 'बाद में समुझि जइबे', अब थोड़ा-थोड़ा समझने लगा हूँ । लेख लिख गया था, उसे छपना भी चाहिए । सो, भेजने का निश्चय किया । लेखक का नाम था—व्योमकेश शास्त्री । पता-ठिकाना कुछ नहीं । यह माधवजी को चकमा देने का प्रयास था । लेख भेज दिया । छप गया । मैं प्रसन्न हुआ कि किसी को पता नहीं लगा, उधर विधाता कुटिल हँसी हँस रहे थे— 'छिपते हो ? छिपना क्या इतना आसान है ?'

बाद की घटना बड़ी मजेदार है। एक दिन शान्तिनिकेतन का डाकिया एक बड़ा-सा बण्डल (रजिस्टर्ड पार्सल) लिये व्योमकेश शास्त्री का पता पूछते मेरे पास पहुँचा। मैंने कहा, "यहीं रहते हैं, दे जाओ।" पार्सल ले लिया। व्योमकेश शास्त्री तो प्रथम बार 'सनातन धर्म' में अवतरित हुए थे, उनके नाम यह भारी पोथा कहाँ से आ गया ? मैंने उत्सुकतापूर्वक बण्डल खोला। एक बड़ा पोथा था—इन्दौर की पंचांग समिति की रिपोर्ट, जो बहुत ही उपयोगी पुस्तक थी। आज भी मैं उस पुस्तक को उपयोग में लाता हूँ। कुछ और छोटी-छोटी पुस्तिकाएँ थीं और साथ में प्रसिद्ध पंचांग निर्माता पं० दीनानाथ शास्त्री चुलेट का पत्र था। वे इन्दौर के महाराजा के ज्योतिषी थे और वहीं से पंचांग प्रकाशित करते थे। एक बार मैं उनसे मिल भी चुका था। उन्होंने 'व्योमकेश शास्त्री' को सम्बोधित करके लिखा था कि 'सनातन धर्म' में प्रकाशित लेख से वे बहुत प्रभावित हुए हैं। उसमें जो मत प्रकाशित हुआ है, वह लगभग ज्यों-का-त्यों उनका भी मत है। इन्दौर में एक अखिल भारतीय ज्योतिष-सम्मेलन का आयोजन किया गया है। पण्डित मदनमोहन मालवीयजी ने सभापतिपद स्वीकार कर लिया है। पंचांग समिति ने देश के सभी पंचांग निर्माताओं को निमन्त्रित किया है। उद्देश्य है सारे भारत में एक ही पद्धति का पंचांग निकालने वाला मार्ग खोजना। ग्यारह विद्वानों की एक निर्णायक समिति बनायी गयी है, उसमें बंगाल के प्रतिनिधि व्योमकेश शास्त्री को रखा गया है। पं० दीनानाथ शास्त्री ने बड़े आग्रह से लिखा था कि आप अवश्य पधारें।

मैं हैरान ! मालवीयजी महाराज सभापति होंगे, पंचांग निर्माताओं में अपने-अपने पक्ष की स्थापना के लिए निमन्त्रित विद्वानों में गुरुजी भी रहेंगे और यह अपदार्थ 'व्योमकेश शास्त्री' निर्णायक समिति में फैसला सुनाने के लिए विराजमान रहेगा। ऐसी अनहोनी भी कभी हुई है ! जरूर माधवजी ने भण्डाफोड़ किया है। मगर बाद में माधवजी से मालूम हुआ कि वे भी नहीं पहचान सके थे कि व्यामकेश शास्त्री और हजारीप्रसाद द्विवेदी एक ही हैं। बुकपोस्ट पर शान्तिनिकेतन के डाक-घर का ठप्पा देखकर उन्होंने दीनानाथ शास्त्रीं को बता दिया था कि यह कोई शान्तिनिकेतन का महापण्डित है। मैं सोच में पड़ गया। मालवीयजी भी जान जायेंगे, गुरुजी भी जान जायेंगे कि उन्हीं के पत्र में उन्हीं का लड़का उन्हीं की आलोचना कर रहा है। हाय, धरती फटती क्यों नहीं ! मुझे बहुत ग्लानि हुई। पं० दीनानाथ शास्त्रीजी को सच्ची बात लिख दी—"मैं बंगाल का प्रतिनिधि नहीं हो सकता। मैं व्योमकेश शास्त्री नहीं हूँ, ठूँठ हजारीप्रसाद हूँ। मुझे वहाँ न बुलाइये। निर्णायक कोई वृद्ध विद्वान् हो तो शोभा देगा। मैं कैसे निर्णायक बन सकता हूँ !" पं० दीनानाथ ने मेरा नाम जाना तो और भी प्रसन्न हुए। बोले, "तुम्हें मैं नहीं छोड़ूँगा। आना ही पड़ेगा। सत्य कहने से डरते हो ? कैसे नौजवान हो ?" हाय राम ! नौजवान होना दोष ही है।

पूरा दिन उधेड़-बुन में बीता। यह कैसे अस्वीकार करूँ कि सत्य कहने में नौजवान को नहीं डरना चाहिए ! उन दिनों सारे देश में उथल-पुथल थी। नौजवान की स्तुति में उन दिनों जितना लिखा गया, उतना कदाचित् कभी नहीं लिखा गया था। वे सिर पर कफन बाँधकर चलते हैं, वे हँसते-हँसते फाँसी के तख्ते पर झूल जाते हैं, उनके रक्त से धरती पवित्र होती है, और जाने क्या-क्या। सो, मैंने शास्त्री जी को लिखा—"अवश्य आऊँगा। सत्य कहने में क्या डर है !"

शास्त्रीजी प्रसन्न हुए । इधर नाड़ी सूखने की प्रक्रिया तेजी से बढ़ने लगी । निर्णायक समिति में व्योमकेश शास्त्री के स्थान पर हजारीप्रसाद द्विवेदी का नाम छपा । मान का भूखा चित्त चंचल हुआ । चलो, देखा जायेगा ।

जैसे-जैसे सम्मेलन के दिन निकट आते गए, धुकधुकी बढ़ती गयी । गुरुजी क्या कहेंगे, मालवीयजी क्या सोचेंगे ?

इन्दौर जाने के दिन से दो दिन पूर्व मेरी बेचैनी बढ़ गयी । नौ बजे दिन को मैं बहुत व्याकुल हुआ । एकाएक बात सूझ गयी । क्यों न गुरुदेव से सलाह ली जाये ! तुरन्त चल पड़ा । एकदम उनके द्वार पर पहुँचकर ही रुका । संयोग की बात कि वे उस समय उत्तरायण के बरामदे में अकेले चुपचाप बैठे थे । मुझे देखते ही स्नेह-सिक्त स्वर में बोले, "एशो" अर्थात् आओ । मैं इतनी जल्दी उनसे मिलने की आशा लेकर नहीं आया था । प्रणाम करके एक ओर बैठ गया । गुरुदेव ने मेरी ओर देखा, अत्यन्त वत्सल भाव से । फिर बोले, "कुछ चिन्तित जान पड़ते हो । क्या बात है ?" अब सोचने-विचारने का अवसर ही नहीं रहा । सारी बात ज्यों-की-त्यों सुना दी । अपनी दुविधा और संकोच की बात कही और अपनी पुस्तकी बंगला भाषा में उपसंहार करते हुए कहा, "मूर्खता से धर्म-संकट पैदा कर लिया है, अब आपकी सलाह माँगने आया हूँ । जाऊँ या न जाऊँ ! जाने को कह चुका हूँ ।" गुरुदेव ने क्षणभर मेरी आँखों में चुपचाप देखा । भगवान् जाने उन्होंने क्या पढ़ा उनमें ? फिर सहज भाव से कहा, "न जाओ । तुममें सत्य के प्रति जितनी आस्था है, उससे कहीं अधिक भय और संकोच है । भय और संकोच तुम्हें सत्य का पक्ष नहीं लेने देंगे ।" मैं सिहर उठा । हाथ जोड़कर चुपचाप उनकी ओर ताकता रहा । वे कुछ देर मौन रहे फिर बोले, "सत्य बड़ा महसूल चाहता है । तुमने अपना नाम छिपाया, वहीं से तुम गलत रास्ते पर चल पड़े । देखो, जब किसी की प्रतिकूल आलोचना करनी हो तो नाम मत छिपाया करो । नाम छिपाना पहली कमजोरी है । फिर वह और कमजोरियों को खींचती है । नाम छिपाना भी सत्य को छिपाना ही है ।"

मुझे लगा कि गुरुदेव ने मेरे अन्तर तक वेध दिया है । मैंने जल्दी-जल्दी उठने का उपक्रम किया और उनकी ओर ताके बिना ही कहा, "तो फिर यही आज्ञा है ?" उत्तर मिला, "हाँ ।" मैं उठने लगा तो जरा जोर से बोले, "बैठो ।" बैठना पड़ा । फिर उन्होंने पंचांगों के बारे में मैंने क्या लिखा है, यह पूछा और देर तक उस संबंध में बात करते रहे । मुझे लगा कि वे अब मेरे घाव पर अमृत लेपने का प्रयास कर रहे हैं । बड़े ही कोमल हृदय के थे । बोले, "मुझे प्रसन्नता है कि तुम ठीक ढंग से सोच रहे हो । पर डरा न करो । जो ठीक समझो, खुलके कहो । मालूम हो कि तुमने गलती की, तो तुरन्त सुधार लो । सत्य अपना पूरा दाम चाहता है ।"

गुरुदेव के यहाँ से लौटकर मैंने तार दे दिया, "नहीं आ सकूँगा । क्षमा करें ।"

बात खत्म हो गयी । मन का एक बोझ उतरा । दूसरा अभी बाकी था । गुरुजी तो जान ही गये होंगे, क्या सोचते होंगे ! सोचा, क्षमा माँग लूँ ! मजमून बनाया, काटा, फिर लिखा । पत्र ठीक बन नहीं पा रहा था । इतने में गुरुजी का पत्र आ गया । लिखा था, "तू इन्दौर क्यों नहीं गया ? मैं तो उस दिन अपनी विद्या सफल मानता जिस दिन तुझे निर्णायक की गद्दी पर बैठा देखता ।"

आँखों में आँसू आ गए । इतने महान् गुरु का शिष्य हूँ मैं । दौड़ा-दौड़ा फिर गुरुदेव के पास पहुँचा । उन्हें पत्र दिखाया । उन्हें भी बड़ा आनन्द अनुभव हुआ । बोले, “तुम्हारे गुरु सच्चे गुरु हैं । उनकी महत्ता देखकर मैं मुग्ध हूँ ।” मुझे लगा कि मैं किसी जादू से बहुत-बहुत बड़ा हो गया हूँ । आज मेरे दोनों सच्चे गुरु इहलोक त्याग चुके हैं । सोचता हूँ : ‘ऐसे गुरु की शिष्यता प्राप्त करने वाले मेरे-जैसे भाग्यवान कितने हैं !’

मेरी जन्मभूमि

जिस गाँव में साहित्य-चर्चा करने के लिए बैठा हूँ, उसका नाम ओझवलिया है। यह मेरी जन्मभूमि है। इस गाँव के एक हिस्से को 'आरत-दुबे का छपरा' कहते हैं। यही वस्तुतः मेरी जन्मभूमि है, परन्तु वह हमेशा से इस गाँव का हिस्सा ही रहा है। 'आरत-दुबे' मेरे ही पूर्व-पुरुष थे। उन्होंने ही इस छोटे हिस्से को बसाया था, पर बसने के लिए थोड़ी-सी भूमि बलिया गाँव के मालिक ओझा लोगों ने उन्हें माफी में दे दी थी। अब दोनों ही हिस्से एक हो गए हैं। इस तरह गाँव के नाम के साथ दो शब्द बहुत जुड़ते दिखते हैं—'अवली' पल्ली और 'छपरा'। छपरा की परम्परा पूरब में छपरा शहर तक जाकर समाप्त हो जाती है और 'अवली' ग्राम की परम्परा पश्चिम में 'बलिया' तक आती है। मेरा गाँव संयोग से छपरा और अवली का योग है। मुझे इन शब्दों में इस भूभाग का चिरन्तन इतिहास स्पष्ट रूप से समझ में आता है। वस्तुतः बलिया और छपरा नाम के नगरों के मध्यवर्ती भूभाग को गंगा और सरजू जैसी दो महानदियों का कोप बराबर सहते रहना पड़ा है। अधिकांश गाँव सचमुच ही छप्परों के बने हैं, क्योंकि हर साल गंगा की बाढ़ में उनके बह जाने की आशंका बनी रहती है। इस बाढ़ के कारण ही कई-कई गाँव प्रायः एक जगह झुण्ड बाँधकर बसने को बाध्य होते हैं। इन ग्रामों की 'अवली' को कोई भी पर्यवेक्षक आसानी से लक्ष्य कर सकता है। तो इस भूभाग का इतिहास ही निरन्तर बनते और मिटते रहने का है। इसीलिए यहाँ के निवासियों में एक प्रकार का 'कुछ परवा नहीं' भाव विकसित हो गया है। एक अजीब प्रकार की मस्ती और निर्भीकता इन लोगों के चेहरों पर दीखती है। विपत्ति के थपेड़ों से चेहरे सहज ही नहीं मुरझाते। कठिनाइयों में से रास्ता निकाल लेना इनका स्वभाव हो गया है। इतिहास की यही विरासत इन्हें मिली है, नहीं तो गंगाजी के दोनों किनारों से कई मील की दूरी में न तो यहाँ कोई पुरातत्त्व का अवशेष बच पाया है, न साहित्य का इतिहास लिखने वालों को प्रलुब्ध करने लायक कोई महत्त्वपूर्ण सामग्री। जब मैं अपनी विद्यार्थी-अवस्था में हिन्दी या संस्कृत का इतिहास पढ़ता था, तो मैं आश्चर्य और लोभ से देखता था कि हमारे इस भूभाग की कोई चर्चा उसमें नहीं है। लेकिन मजेदार बात यह है कि इस भूमि ने संस्कृत के इतने विद्वान् पैदा किए हैं कि कई गाँव 'लुहरी काशी' (छोटी काशी) होने का दावा करते हैं और ठीक करते हैं। मेरे गाँव से थोड़ी ही दूरी पर 'छाता' नाम का एक गाँव है, जिसे यहाँ लुहरी काशी कहा जाता है। बहुत दिनों से मेरे मन में यह क्षोभ संचित था। मैं सोचता था कि क्या साहित्य में इस विद्वत्प्रसू भूमि की कोई देन नहीं है! अचानक आज साहित्य-चर्चा करने का अवसर पाकर मेरे चित्त में वही क्षोभ सावन के मेघ की भाँति उमड़ पड़ा है। क्या यह सदा का उपेक्षित भूभाग है ? बुद्धदेव जहाँ-जहाँ गये थे, उन स्थानों का

यदि मानचित्र बनाया जाय तो निस्संदेह उनका पदार्पण इधर हुआ होगा, पर प्रमाण कहाँ है ? स्कन्दगुप्त की विराट् वाहिनी भीतरी गाँव होते हुए गयी थी । निस्संदेह उन्होंने इस भूमि पर कोई-न-कोई महत्त्वपूर्ण घोषणा की होगी, पर सबूत कहाँ हैं ? कुमार-जीव के पिता निस्संदेह इसी भूभाग के नर-रत्न थे, पर मैं कैसे बताऊँ कि वे किस गाँव के रहने वाले थे ? गंगा औ सरयू के जल-सन्निपात से धौत भूमि की शोभा देखने के लिए जब कालिदास निकले होंगे तो क्या उड़कर चले गये होंगे ? निस्सन्देह इन गाँवों में कहीं-न-कहीं ठहरे होंगे । बहुत सम्भव है कि 'रघुवंश' के महत्त्वपूर्ण सर्गों का कोई हिस्सा इधर ही लिखा गया होगा; परन्तु मेरी बात का विश्वास कौन करेगा ? मैं साहित्य की चर्चा करने का अवसर पाकर असल में उतना प्रसन्न नहीं हूँ जितना होना चाहिए । भारतवर्ष के धारावाहिक साहित्य में हमारे इस भूभाग का क्या महत्त्व होगा भला !

अच्छा समझिए या बुरा, मेरे अन्दर एक गुण है, जिसे आप बालू में से तेल निकालना समझ सकते हैं । मैं बालू में से तेल निकालने का सचमुच ही प्रयत्न करता हूँ, बशर्ते वह बालू मुझे अच्छी लग जाय । और यह बात अगर छिपाऊँ भी तो कैसे छिप सकेगी कि मैं अपनी जन्मभूमि को प्यार करता हूँ—"नेह कि गोई रहै सखि लाज सो कैसे बँधे जल जाल के बाँधे ?" मेरा विचार यह है कि इतिहास का साहित्य कुछ बड़े-बड़े व्यक्तियों के उद्भव और विलय के लेखे-जोखे का नाम नहीं है । वह जीवन—मनुष्य के धारावाहिक जीवन—के सारभूत रस का प्रवाह है । मेरे गाँव में जो जातियाँ बसी हैं, वे किसी उजड़े महल या गाड़ी हुई ईंटों से कम महत्त्चपूर्ण तो हैं ही नहीं, अधिक महत्त्वपूर्ण हैं । मेरे इस छोटे-से गाँव से भारतवर्ष का बहुत बड़ा सांस्कृतिक इतिहास पढ़ा जा सकता है । ब्राह्मणों की बात तो बहुत-कुछ लोग जानते भी हैं (यद्यपि कम लोग ही यह जानते हैं कि वे कितना कम जानते हैं), मेरे गाँव में भड़भूजे का पेशा करने वाली 'काँटू' जाति है, जो संस्कृत 'कान्दविक' शब्द से संबद्ध है । गुप्त सम्राटों ने इन्हें वैश्य की मर्यादा दी थी, ऐसा मैंने किसी प्राचीन लेख में पढ़ा है । आपको एक विनोद की बात बताऊँ । एक बड़े अच्छे बंगाली पण्डित ने कलाओं के संबंध में एक पुस्तक लिखी है । उस पुस्तक में दस-बारह पन्नों में 'कन्दु-पक्व' अन्न की कला की विवेचना है । धर्मशास्त्रों के अनुसार कन्दु-पक्व अन्न स्पर्श-दोष से दूषित नहीं होता । उक्त बंगाली पण्डित ने अनेक कोशों और स्मृतियों के वचन उद्धृत करके यह साबित करना चाहा कि कन्दु-पक्व अन्न पावरोटी-जैसी कोई चीज होती थी । अगर वे हमारे गाँव में आ गए होते तो उन्हें इतने परिश्रम के बाद इतनी गलत-सी चीज सिद्ध करने की कोई जरूरत ही नहीं होती । 'कन्दु' इन्हीं काँदुओं के भाड़ का नाम है ! कौन नहीं जानता कि भड़भूजे की भुनी हुई सामग्री स्पर्श-दोष से रहित होती है ! जिन पण्डितजी की बात लिख रहा हूँ, उनकी विद्वत्ता और बहुश्रुतता का मैं कायल हूँ और इसीलिए मुझे थोड़ा-सा गर्व होता है कि मेरा गाँव इतने बड़े पण्डित के ज्ञान में थोड़ा-सा अंश और जोड़ सकता था ! फिर हमारे गाँव में कलवार या प्राचीन 'कल्यपाल' लोगों की बस्ती है, जो एकदम भूल गए हैं कि उनके पूर्वज कभी राजपूत सैनिक थे और सेना के पिछले हिस्से में रहकर 'कल्यवर्त्त' या कलेऊ की रक्षा करते थे । न जाने किस जमाने में इन लोगों ने तराजू पकड़ी थी और अब पूरे बनिया हो गए हैं ! ये क्या पुरातत्व

विभाग के किसी ईंट-पत्थर से कम मूल्यवान हैं ? मेरे गाँव में और भी बनिया जाति के लोग हैं। उनकी परम्परा सुनाता हूँ तो मुझे रसेल साहब की वह बात याद आये बिना नहीं रहती कि मध्यप्रान्त में एक भी बनिया जाति उन्हें ऐसी नहीं मिली, जिसकी प्राचीन परम्परा किसी-न-किसी राजपूत-कुल से संबद्ध न हो। मेरे गाँव की परम्परा भी उनका समर्थन करती है। एक जाति यहाँ बसती है—तुरहा। जातियों की तालिका में इनका नाम तो मिल जाता है, पर किसी नृतत्त्व-शास्त्रीय विवेचन में मैंने इनकी चर्चा नहीं पढ़ी। मेरा अनुमान है कि यह जाति आर्यों और गोंडों के मिश्रण की एक कड़ी है। नृतत्त्व-शास्त्र के अध्येता इनको अपनी अधीति का उपयोगी विषय बना सकते हैं। अपने गाँव के धोबियों के नृत्य-गीत में मुझे कोई बड़ी भूली हुई परम्परा का स्मरण हो आता है। मेरे गाँव की सबसे मनोरंजक जाति जुलाहों की है। इनके पुरोहित भी मेरे गाँव में हैं। मैंने 'कबीर' नामक अपनी पुस्तक में जुलाहों के साथ नाथ-परम्परा के योग का उल्लेख किया है। अपने गाँव की ही एक मजेदार बात मैं उस पुस्तक में लिखना भूल गया था। जुलाहों के पुरोहित यहाँ 'साईं' कहे जाते हैं। साईं अर्थात् स्वामी। नाथ-परम्परा में गुरु को 'नाथ' या 'स्वामी' कहते थे! 'गोरखबानी' में गोरखनाथ मछन्दरनाथ को बराबर साईं कहकर सम्बोधन करते हैं। अब वे लोग पक्के मुसलमान हो गए हैं। केवल नाम में अपनी पुरानी स्मृति ढोते आ रहे हैं। हमारे गाँव के शाकद्वीपीय मग ब्राह्मण भी बहुत महत्त्वपूर्ण ऐतिहासिक जाति के हैं। शक-द्वीप सम्भवतः आधुनिक सगडियाना हैं, जहाँ के 'मगी' लोग सारे संसार में तन्त्र-मन्त्र के लिए प्रख्यात थे। सुना है, 'ओल्ड टेस्टामेण्ट' में भी इनकी चर्चा है। अंग्रेजी में 'मैजिक' शब्द में भी इन मगों की स्मृति रह गयी है। भारतवर्ष में यह जाति ब्राह्मण की ऊँची मर्यादा पा सकी है। और सच पूछिए तो ये लोग जहाँ-जहाँ गए थे, वहीं आदर और सम्मान पा सके थे। अब भी ये सुसंस्कृत और चतुर हैं। मेरे गाँव में 'दुसाध' नाम की अन्त्यज जाति है। इनके रंग-रूप को देखकर कोई नहीं कह सकता कि ये लोग अन्त्यज जाति के हैं। अंग्रेज लोग जब देश में राज्य-स्थापना में समर्थ हुए तो उन्हें कुछ अत्यन्त दुर्दान्त जातियों का सामना करना पड़ा था। उत्तर भारत में अहीर और दुसाध तथा बंगाल के डोम बड़े लड़ाके थे और कानून मानने से सदा इन्कार करते थे। चतुर अंग्रेजों ने इन जातियों से चौकीदार का काम लेकर इन्हें वश में किया! लोहा से लोहा काटने की नीति में अंग्रेज अपना प्रतिद्वन्द्वी नहीं जानता। अहीरों का बहुत-कुछ अध्ययन हो चुका है। जाना गया है किसी जमाने में इस दुर्दान्त जाति का राज्य अनेक प्रदेशों में था। बंगाल के डोम सहजिया बौद्ध थे और किसी जमाने में प्रबल पराक्रान्त राज्यों के अधीश्वर थे। अधिकार-वंचित होने पर ही ये लोग दुर्दान्त हो गए थे। दुसाधों के पुरातन इतिहास का कोई पता मुझे नहीं है, पर निस्संदेह ये भी किसी अधिकार-च्युत बड़ी जाति के भग्नावशेष रहे होंगे।[1] मेरे गाँव के दुसाध बड़े वीर, विनयी और भद्र हैं। ये अपने को अब दुःशासन वंशज बताने लगे हैं। इनके देवता राहु बाबा हैं।

1. मुझे श्री भगवतशरणजी उपाध्याय ने बताया है कि गुप्त नरपतियों के लेखों में 'दुःसाध्य साधन' करने वाली जिस जाति का उल्लेख है, उन्हीं का वर्तमान रूप यह दुसाध जाति है। 'दुःसाध्य-साधनिक' गुप्त सम्राटों की पुलिस का कोई विभाग था।

कभी-कभी मैं सोचता हूँ कि हिन्दुओं की ग्रहमण्डली में जो राहु देवता हैं, वे इन्हीं की देन तो नहीं हैं। इतना तो निश्चित है कि राहु वैदिक देवता नहीं हैं। आजकल राहु के नाम पर चलने वाले वैदिक मन्त्र (काण्डात् काडं प्ररोहन्ती,) में 'र' और 'ह' अक्षरों के अतिरिक्त ऐसा कुछ भी नहीं है, जिसे राहु से संबद्ध माना जा सके। जो हो, यह जाति भारतीय इतिहास की निश्चय ही एक महत्त्वपूर्ण देन है। कैसे कहूँ, मेरी जन्मभूमि के इस छोटे-से गाँव में महाकालदेवता के रथचक्र की लीक एकदम नहीं पड़ी है !

यदि मुझे अपने गाँव की सांस्कृतिक पैमाइश करने की सुविधा प्राप्त हो तो मेरा विश्वास है कि कुछ-न-कुछ महत्त्वपूर्ण ऐतिहासिक सामग्री अवश्य मिलेगी। यहाँ गाँव में कालीजी के कई स्थान हैं, जो एक चबूतरे पर नीम के पेड़ के नीचे मिट्टी के गोल-गोल शंकु-आकृति की पिण्डियाँ हैं। कहते हैं, यह प्रथा बहुत पुरानी नहीं है। भगवती का शिखरहीन मन्दिर मेरे देखने में यहाँ एक ही है, जो मेरे गाँव से सटा हुआ है। सबसे आश्चर्यजनक है महावीरजी का (अर्थात् हनुमानजी का) स्थान। इस प्रदेश में ऊपर-ऊपर सजाये हुए क्रम-ह्रस्व तीन चौकोर चबूतरों को ही महावीरजी कहते हैं। इन्हें देखकर बौद्ध स्तूपों की याद बरबस आ जाती है। मनोरजंक बात यह है कि इन स्थानों पर महावीरजी की जब जै-जैकार की जाती है तो 'महावीर स्वामी' की जै बोली जाती है। मुझे यह 'स्वामी' और स्तूपाकृति स्थान और 'महावीर' शब्द बहुत तरह के अनुमान को प्रेरित करते हैं। क्या किसी प्राचीन बौद्ध या जैन या मिश्र परम्परा से इनका कोई संबंध है ? अपने गाँव की ठाकुरबारी में जो हनुमानजी हैं, वे मूर्ति-रूप में हैं, स्तूप-रूप में नहीं। मेरे गाँव की देवतामण्डली में इधर हाल ही में एक नयी देवी का पदार्पण हुआ है। इनका नाम है 'पिलेक-मैया' अथार्त् प्लेग माता हैं। इनका स्थान भी बन गया है, पूजा भी होने लगी है और एक भक्त पर उनका आवेश भी होता है। सौ वर्ष बाद यदि कोई कहे कि प्लेग अंग्रेजी शब्द है और यह देवी अंग्रेज़ी साहचर्य की देन है तो निष्ठावान् हिन्दू शायद कहने वाले का सिर तोड़ देगा ! लेकिन मेरे गाँव की 'पिलेक-मैया' हिन्दुओं के अनेक देवताओं पर जबरदस्त प्रश्न-चिह्न के रूप में तो रह ही जाएगी। जब मैंने एक मित्र को बताया था कि कुरुकुल्ला और उनकी श्रेणी की देवियाँ तिब्बती परम्परा की देन हैं, यहाँ तक कि दस महाविद्याओं की 'तारा' और 'छिन्नमस्ता' का संबंध तिब्बत के प्राचीन 'बोत' धर्म से साबित किया जा सकता है, तो उन्होंने मुझे वज्रनास्तिक कहकर तिरस्कार किया था। काश, मेरे मित्र जानते कि 'वज्र' भी आर्येतर जातियों के संस्रव का फल हो सकता है।

ऐसे ऐतिहासिक अवशेषों के भीतर से यहाँ 'मनुष्य' की दुर्जय विजय-यात्रा चली है। निस्संदेह साहित्य के इतिहास में इन संस्कृति-चिह्नों की कोई चर्चा न आना क्षोम का ही विषय है। हमारी भाषा में इनकी स्मृति है, हमारे जीवन में इनका पद-चिह्न है। हमारी चिन्ताधारा में इनका कोई स्थान होगा ही नहीं, यह कैसे मान लूँ ? परन्तु साहित्य का जो इतिहास हमें पढ़ाया जाता है, वह क्या मनुष्य की अप्रतिहत विजय-यात्रा का कोई आभास देता है ? हम क्यों नहीं अपने को ही पढ़ने का प्रयास करते ? आप जब मुझसे अनेक साहित्यिक प्रश्न पूछते हैं तो मेरा चित्त बहुत प्रसन्न नहीं होता। लेकिन आपका एक प्रश्न मुझे थोड़ा उत्फुल्ल कर सका है। आप पूछते हैं कि

इस संक्रान्तिकाल में साहित्यिकों का क्या कर्त्तव्य है ! यहाँ बैठकर मैं उस कर्त्तव्य को जितना स्पष्ट और अनाविल रूप में देख रहा हूँ, उतना अन्यत्र से शायद ही देख सकता ।

मैं स्पष्ट ही देख रहा हूँ कि नाना जातियों और समूहों में विभाजित मनुष्य सिमटता आ रहा है । उसका कोई भी विश्वास और कोई भी नीति-रीति चिरन्तन होकर नहीं रह सकी है । उसके न तो मन्दिर ही अविमिश्र हैं, न देवता ही चिरकालिक हैं । मनुष्य किसी दुस्तर-तरण के लिए कृत-संकल्प है । जातियों और समूहों के भीतर से उसकी विजय-यात्रा अनाहत गति से बढ़ रही है । वह अपनी इष्टसिद्धि के लिए बहुत भटका है । अब भी भटक रहा है, पर खोजने में वह कभी विचलित नहीं हुआ । ये अधभूले नृत्यों-गीतों की परम्पराएँ उसकी नवग्राहिणी प्रतिभा के चिह्न हैं, ये नवीन देवताओं की कल्पना उसके राह खोजने की निशानी हैं और ये भूली हुई परम्पराएँ इस बात का संकेत करती हैं कि वह परम्परा और संस्कृति के नाम पर जमे हुए किट्टाभ संस्कारों को फेंक देने की योग्यता रखता है । हमारे गाँव की विविध जातियाँ यह सिद्ध करने को पर्याप्त हैं कि तथाकथित जाति-प्रथा कोई फौलादी ढाँचा नहीं है, उसमें अनेक उतार-चढ़ाव होते रहे हैं और होते रहेंगे । संक्रान्ति-काल से आप क्या समझते हैं, यह तो मुझे नहीं मालूम, पर साहित्यिक का कर्त्तव्य तो स्पष्ट है कि वे कभी किसी प्रथा को चिरन्तन न समझें, किसी रूढ़ि को दुर्विजेय न मानें और आज की बनने वाली रूढ़ियों को भी त्रिकालसिद्ध सत्य न मान लें । इतिहास-विधाता का स्पष्ट इंगित इसी ओर है कि मनुष्य में जो 'मनुष्यता' है, जो उसे पशु से अलग कर देती है, वही आराध्य है । क्या साहित्य और क्या राजनीति, सबका एकमात्र लक्ष्य इसी मनुष्यता की सर्वांगीण उन्नति है ।

घर जोड़ने की माया

1942-43 में मैंने कबीरदास के संबंध में एक पुस्तक लिखी । पुस्तक लिखने की तैयारी दो-ढाई साल से कर रहा था और नाना प्रकार के प्रश्न मेरे मन में उठते रहे । मुझे सबसे अधिक आश्चर्य कबीरदास के परवर्त्ती साहित्य को पढ़कर हुआ । जिस धर्मवीर ने पीर, पैगम्बर, औलिया आदि के भजन-पूजन का निषेध किया था, उसी की पूजा चल पड़ी; जिस महापुरुष ने संस्कृत को कूपजल कहकर भाषा के बहते नीर को बहुमान दिया था, उसी की स्तुति में आगे चलकर संस्कृत भाषा में अनेक स्तोत्र लिखे गए और जिसने बाह्याचारों के जंजाल को भस्म कर डालने के लिए अग्नि-तुल्य वाणियाँ कहीं, उसकी उन्हीं वाणियों से नाना बाह्याचारों की क्रियाएँ सम्पन्न की जाने लगीं । इससे बढ़कर आश्चर्य क्या हो सकता है ? कबीरोपासना पद्धति में सोने का, उठने का, दिशा जाने का, तूँबा धोने का, हाथ मटियाने का, मुँह धोने का, दातून करने का, जल में बैठने का, स्नान करने का, तर्पण करने का, चरणामृत देने और लेने का, जल पीने का, घर बुहारने का, चूल्हे में आग जलाने का, परसने का, अँचाने का तथा अन्य अनेक छोटे-छोटे कर्मों का मंत्र दिया गया है । टोपी लगाने का, दीपक बारने का, आसन लगाने का, कमर कसने का, रास्ता चलने का सुमिरन दिया हुआ है । ये मंत्र बीजक आदि ग्रंथों की वाणियों से लिए गए हैं । आवश्यकतानुसार उनमें थोड़ा-बहुत घटा-बढ़ा लेने में विशेष संकोच नहीं अनुभव किया गया । वाणियाँ भी जरूरत पड़ने पर बना ली गई हैं । इस प्रकार दातून का मंत्र यह है :

सत्त की दातौन संतोष की झारी ।
सत्त नाम ले घसो विचारी ।।
किया दातौन भया परकास ।
अजर नाम गहा विश्वास ।।
अभी नाम ले पहुँचे आय ।
कहै कबीर सब लोक सिधाय ।।

चूल्हा में आग देने का मंत्र इस प्रकार है :

चूल्हा हमारे चौहटे सब घर तपे रसोई ।
सत्त-सुकृत भोजन करें हमको छूत न होई ।।

थाली परसने का मंत्र :

चंदन चौका कंचन थारी । हीरालाल पदुम की झारी ॥
बहुत भाँति जेवनार बनाये । प्रेम प्रीति सों पारस कराये ॥
संत सुहेला भोजन पाई । सत्त सुकृति सत्त नाम गुसाईं ॥

मेरे मन में बराबर यह प्रश्न उठता रहा कि ऐसा क्यों हुआ ? कबीर पंथ की ही यह हालत हो, ऐसा नहीं है । अनेक महान् धर्म-गुरुओं के आन्दोलन अन्त तक जाति-पाँति के ढकोसलों, चूल्हा-चाकी के निरर्थक विधानों और मंत्र-यंत्र के क्लांतिकर.टोटकों में पर्यवसित हो गए हैं । बुद्धदेव ने ईश्वर के विषय में कोई बात तक कहना पसन्द नहीं किया, परन्तु उनका प्रवर्तित विशाल धर्म-मत मंत्र-यंत्र में समाप्त हो गया । यही नहीं कहा जा सकता कि जनता में धर्म-गुरुओं के प्रति श्रद्धा नहीं है । श्रद्धा का अतिरेक ही तो सर्वत्र पाया जाता है । कबीरदास ने अवतारों और पैगम्बरों की पूजा की कड़े शब्दों निन्दा की । उनके शिष्यों ने श्रद्धा के अतिरेक में उन्हें जिस प्रकार भवफंद को काटनेवाला समझकर स्तुति की, यह शायद किसी भी पीर-पैगम्बर के लिए ईर्ष्या की वस्तु हो सकती है :

नमो आद ब्रह्मं अरूपं अनामं ।
भइ आप इच्छा रचे सर्व धामं ॥
न जानामि कोई करे कौन ख्यालं ।
नमोहं नमोहं कबीरं कृपालं ॥

तुही कोटि कोटान ब्रह्मांड कीन्हों ।
तुही सर्व को सर्वदा सुक्ख दीन्हों ॥
बसे सर्व में सर्व रूपं दयालं ।
नमोहं नमोहं कबीरं कृपालं ॥

सबै संत कारन्न तोही बतावें ।
यही वेद ब्रह्मादि षट् शास्त्र गावें ॥
जपे नाम तेरो भजे जो- त्रिकालं ।
नमोहं नमोहं कबीरं कृपालं ॥

लहै ज्ञान विज्ञान कैवल्य पूरं ।
महामोह माया रहे ताहि दूरं ॥
लखे ताहि उर में महा चित्तकालं ।
नमोहं नमोहं कबीरं कृपालं ॥

फिर वह कौन-सी वस्तु है, जो अनुयायियों को अपने गुरु के उपदेशों के प्रतिकूल चलने को बाध्य करती है ? यह कहना अनुचित है कि अनुयायी जान-बूझकर अपने धर्मगुरु के वचनों की अवमानना करते हैं, वस्तुतः अनुयायी धर्मगुरु की प्रतिष्ठा बढ़ाने के लिए ही बहुधा गलत मार्ग ग्रहण करते हैं। वे लक्ष्य की प्राप्ति के लिए ऐसे साधनों का उपयोग निस्संकोच करने लगते हैं, जो लक्ष्य के साथ मेल खाते और बहुधा उसके विरोधी होते हैं। हजरत, ईसा मसीह अहिंसा-मार्ग के प्रवर्तक थे; परन्तु उनकी महिमा संसार में प्रतिष्ठित करने के लिए सौ-सौ वर्षों तक रक्त की नदियाँ बहती रही हैं। हमें इतिहास को ठंडे दिमाग से समझना चाहिए। सच्चाई का सामना करना चाहिए।

जब किसी महापुरुष के नाम पर कोई संप्रदाय चल पड़ता है तो आगे चलकर उसके सभी अनुयायी कम बुद्धिमान ही होते हैं, ऐसी बात नहीं। कभी-कभी शिष्य-परंपरा में ऐसे भी शिष्य निकल आते हैं जो मूल संप्रदाय-प्रवर्तक से भी अधिक प्रतिभाशाली होते हैं। फिर भी संप्रदाय-स्थापना का अभिशाप यह है कि उसके भीतर रहनेवाले का स्वाधीन चिंतन कम हो जाता है। संप्रदाय की प्रतिष्ठा ही जब सबसे बड़ा लक्ष्य हो जाता है, तो सत्य पर से दृष्टि हट जाती है। प्रत्येक बड़े 'यथार्थ' को संप्रदाय के अनुकूल संगति लगाने की चिंता ही बड़ी हो जाती है। इसका परिणाम यह होता है कि साधन की शुद्धि की परवाह नहीं की जाती। परन्तु यह भी ऊपरी बात है। साधन की शुद्धि की परवाह न करना भी असली कारण नहीं है, वह भी कार्य है; क्योंकि साधन की अशुचिता को सत्य-भ्रष्ट होने के कारण मान लेने पर भी यह प्रश्न बना ही रह जाता है कि विद्वान और प्रतिभाशाली व्यक्ति भी साधन की अशुचिता के शिकार क्यों बन जाते हैं ? कोई ऐसा बड़ा कारण होना चाहिए, जो बुद्धिमानों की अक्ल पर आसानी से परदा डाल देता है। जहाँ तक कबीरदास का संबंध है उन्होंने अपनी ओर से इस कारण की ओर इशारा कर दिया था। घर जोड़ने की अभिलाषा ही इस प्रवृत्ति का मूल कारण है। लोग केवल सत्य को पाने के लिए देर तक नहीं टिके रह सकते। उन्हें धन चाहिए, मान चाहिए, यश चाहिए, कीर्ति चाहिए। ये प्रलोभन 'सत्य' कही जानेवाली बड़ी वस्तु से अधिक बलवान सिद्ध हुए हैं। कबीरदास ने स्पष्ट शब्दों में कहा था कि जो उनके मार्ग पर चलना चाहता हो, अपना घर पहले फूँक दे :

कबीर खड़ा बाजार में लिये लुकाठा हाथ।
जो घर फूँके आपना सो चले हमारे साथ॥

घर फूँकने का अर्थ है धन और मान का मोह त्याग देना, भूत और भविष्य की चिंता छोड़ देना और सत्य के सामने सीधे खड़े होने में जो कुछ भी बाधा हो, उसे निर्ममतापूर्वक ध्वंस कर देना। पर सत्यों का सत्य यह है कि लोग कबीरदास के साथ चलने की प्रतिज्ञा करने के बाद भी घर नहीं फूँक सके। मठ बने, मंदिर बने, प्रचार के साधन आविष्कार किए गए और उनकी महिमा बताने के लिए अनेक पोथियाँ रची गईं। इस बात का बराबर प्रयत्न होता रहा और अपने इर्द-गिर्द के समाज में कोई यह न कह सके कि इनका अमुक कार्य सामाजिक दृष्टि से अनुचित है। अर्थात् विद्रोही बनने की प्रतिज्ञा भूल गई; सुलह और समझौते का रास्ता स्वीकार कर लिया गया। आगे चलकर 'गुरुपद' पाने के लिए हाईकोर्ट की भी शरण ली गई।

यह कह देना कि सब गलत हुआ, कुछ विशेष काम की बात नहीं हुई । क्यों यह गलती हुई ? माया से छूटने के लिए माया के प्रपंच रचे गए, यह सत्य है । कबीर-पंथ का नाम तो यहाँ इसलिए आ गया है कि ये बातें कबीरपंथी साहित्य पढ़ते-पढ़ते मेरे मन में आई हैं; नहीं तो सभी महापुरुषों के प्रवर्तित मार्गों की यही कहानी है । माया का जाल छुड़ाये छूटता नहीं, यह इतिहास की चिरोद्घोषित वार्ता सब देशों और सब कालों में समान भाव से सत्य रही है ।

स्पष्ट ही मालूम होता है कि घर जोड़ने की माया बड़ी प्रबल है और संसार का विरला ही कोई इसका शिकार होने से बच सकता है । इतनी प्रबल शक्ति के यथार्थ को उलटा नहीं जा सकता । उसको मानकर ही उसके आकर्षण से बचने की बात सोची जा सकती है । स्वयं कबीर ने न जाने कितनी बार इस प्रबल माया की शक्ति के प्रति लोगों का ध्यान आकृष्ट किया है :

ई माया रघुनाथ की बौरी खेलन चली अहेरा हो ।
चतुर चिकनिया चुनि-चुनि मारे काहु न राखे नेरा हो ॥
मोनी पीर दिगम्बर मारे ध्यान धरते जोगी हो ।
जंगल में के जंगम मारे माया किनहु न भोगी हो ॥
बेद पढ़ंते बेदुआ मारे पूजा करते स्वामी हो ।
अरथ विचारत पंडित मारे बाँधे सकल लगामी हो ॥ इत्यादि ।

मैं ज्यों-ज्यों कबीर-पंथी साहित्य का अध्ययन करता गया, त्यों-त्यों यह बात अधिकाधिक स्पष्ट होती गयी कि इर्द-गिर्द की सामाजिक व्यवस्था का प्रभाव बड़ा जबर्दस्त साबित हुआ है । उसने सत्य, ज्ञान, भक्ति और वैराग्य को बुरी तरह दबोच लिया है । केवल कबीरपंथ में ही ऐसा नहीं हुआ है । सब बड़े-बड़े मतों की यही अवस्था है । समाज में मान-प्रतिष्ठा का साधन पैसा है । जब चारों ओर पैसे का राज हो तो उसके आकर्षण को काट सकना कठिन है । पंथ की प्रतिष्ठा के लिए पैसा भी चाहिए । जो लोग इस आकर्षण को न काट सकने वालों की निंदा करते हैं, वे समस्या को बहुत ऊपर-ऊपर से देखते हैं ।

मैं बराबर सोचता रहा कि क्या कोई उपाय ऐसा नहीं हो सकता कि समाज से पैसे का राज खतम हो जाए ? हमारे समस्त बड़े प्रयत्न इस एक चट्टान से टकराकर चूर हो जाते हैं । क्या कोई ऐसी व्यवस्था हो सकती है, जिसमें प्रत्येक व्यक्ति अपने मतलब भर का पैसा पा जाय और उससे अधिक पा सकने का कोई उपाय ही न हो ? यदि ऐसा हो सकता तो वह समूचा बेहूदा साहित्य लिखा ही न जाता, जो केवल पंथों और उनके प्रवर्तकों की महिमा बढ़ाने के उत्साह में बराबर उन बातों को ढँकने का प्रयत्न करता है, जिन्हें पंथ के प्रवर्तक ने कठिन साधना से प्राप्त किया था । पुराने तांत्रिक आचार्यों ने बताया था कि जो राग बंधन के कारण होते हैं, वे ही मुक्ति के भी कारण होते हैं । काम, क्रोध आदि मनोवृत्तियाँ, जिन्हें शत्रु कहा जाता है, सुनियन्त्रित होकर परम सहायक मित्र बन जाती हैं । क्या कोई ऐसी सामाजिक व्यवस्था नहीं बन सकती, जिसमें 'घर जोड़ने की माया' जीते भी रहे और सत्य के मार्ग में बाधक भी न हो ?

मेरा मन कहता है कि यह असंभव है ।

हिमालय [1]

रामायण और महाभारत हमारी सभ्यता और संस्कृति के अक्षय भण्डार हैं। इन ग्रन्थों में देवात्मा नगाधिराज हिमालय की चर्चा अनेक रूपों में पाई जाती है। इस पर्वत के प्रत्येक शिखर, प्रत्येक नदी, प्रत्येक सरोवर के विषय में और उनके इर्द-गिर्द रहने वाली जातियों के विषय में ब्यौरेवार चर्चा है। ऐसा जान पड़ता है कि हमारे पूर्वज इन विषयों के संबंध में हमसे कहीं अधिक स्पष्ट और सच्ची जानकारी रखते थे। यह भी जान पड़ता है कि भारतीय जनता—जिसे कविवर रवीन्द्रनाथ ठाकुर ने महामानव समुद्र कहा है—इन हिमालयवासी लोगों के बहुतेरे वंशधरों को अपने भीतर आत्मसात् कर चुकी है। हिमालय में बसनेवाली जातियों के संबंध में महाभारत और रामायण में बड़ी प्रीत भावना का परिचय मिलता है। उन्हें देवयोनी की जीव माना गया है। उनके शील और कलाप्रियता की प्रशंसा की गई है, उनके शौर्य की उच्छ्वसित प्रशंसा की गई है और मलेच्छ-असुर आदि विदेशियों की तुलना में अधिक धर्म-परायण और आत्मीय समझा गया है। कभी-कभी इन जातियों के साथ मैदान के रहने वालों का संघर्ष भी बताया गया है, पर अधिकतर ये जातियाँ सहायक और मित्र के रूप में चित्रित हैं। इन जातियों के वंशधर भारतीय मैदान में उच्चकुलीन क्षत्रिय राजवंश के रूप में सम्मानित हुए हैं और भारतीय धर्म और संस्कृति के पुरस्कर्ता और रक्षक बताये गए हैं। वस्तुतः हिमालय पर्वत की विभिन्न उपत्यकाओं में बसनेवाली जातियाँ सदा आत्मीय समझी गई हैं। इनके संबंध में जो बहुत-सी पौराणिक लगनेवाली अनुश्रुतियाँ मिलती हैं वे कुछ तो उन्हीं जातियों में प्रचलित कथाओं का भारतीय रूपान्तर हैं और कुछ उनके प्रति प्रीतिभाव के अतिरेक के कारण गढ़ ली गई हैं। ज्यों-ज्यों विद्वानों का अनुसंधान इस दिशा में अग्रसर होता जा रहा है, त्यों-त्यों हमारे पूर्वजों की जानकारी आश्चर्यचकित करनेवाली सिद्ध हो रही है।

रामायण की कथा अयोध्या से चलकर लंका की ओर बढ़ती है। स्वभावतः वह भारत के मध्य देश और सुदूर दक्षिण के प्रदेशों से अधिक संबद्ध है। पर किसी-न-किसी बहाने हिमालय उसमें आता ही रहता है। परन्तु महाभारत की कथा उत्तर भारत की कथा ही है। पश्चिम से पूर्व तक फैले हुए हिमालय की चर्चा इस ग्रन्थ में अनेक बार आई है। वस्तुतः चन्द्र वंश की कहानी का आरम्भ ही हिमालय से होता है। पश्चिमी, पूर्वी और मध्य हिमालय के स्थानों और जातियों का इसमें बहुत विस्तृत और विश्वसनीय विवरण प्राप्त होता है जो चीनी और अरबी यात्रियों के विवरणों और तत् स्थानों से प्राप्त होनेवाली परम्पराओं से विचित्र मेल रखता है। रामायण और महाभारत में हिमालय के उत्तर में स्थित देशों और जातियों की भी चर्चा है और आधुनिक अनुसंधानों से सिद्ध हो रहा है कि विश्वसनीय भी है। दुर्भाग्यवश साधारण जनता अभी तक इन

कहानियों को उचित ऐतिहासिक परिपार्श्व में रखकर देखने की दृष्टि नहीं पा सकी है और या तो उन्हें देवताओं की कहानी मानती है या पौराणिकों की कपोल कल्पना । ठीक ऐतिहासिक परिपार्श्व में समझने का प्रयत्न किया जाए तो ज्ञान पड़ेगा कि हिमालय ने हमें कितना दिया है । केवल नदियों और अन्य भौतिक समृद्धियों के कारण ही हम उसे अपनी अमूल्य निधि नहीं मानते, उसने भारतीय धर्म, संस्कृति और जनता को अद्‌भुत ढंग से प्रभावित किया है । वह हमारे अन्तरतर के साथ एकमेक है । वह हमारा प्रहरी नहीं है, हमारी अन्तरात्मा का अभिन्न अंग है । वह शिव-पार्वती की विहार-भूमि है, नर-नारायण की तपोभूमि है, यक्ष-किन्नर-गन्धर्व-विद्याधरों का निवास है । सहस्र-सहस्र ऋषि-मुनियों की आश्रम-भूमि है, गंगा-यमुना-ब्रह्मपुत्र-सिन्ध-सरस्वती की उद्‌गम भूमि है । इस छोटी-सी वार्ता में नगाधिराज हिमालय की महिमा और हमारी संस्कृति से उसके अविच्छेद्य पवित्र संबंधों का महत्त्व दिखाना असम्भव है । यहाँ कुछ थोड़ी-सी बातों की चर्चा करके ही सन्तोष करना पड़ेगा ।

भारतवर्ष की सती नारियों का आदर सारा संसार करता है । क्या कारण है कि भारतीय नारी की मर्यादा उसका सतीत्व तेज और उत्तम चरित्र इतना लोकमानीय है ? पार्वती और सीता का भुवनविश्रुत लोकभावन आदर्श । पार्वती तो नाम से ही प्रकट है कि पर्वत-कन्या है । हिमालय की पुत्री पार्वती का नाम ही नारी-चरित्र की सम्पूर्ण शोभा, गरिमा, माधुर्य और पवित्रता की याद दिलाता है । रामायण के बालकांड में बताया गया है कि हिमालय की दो कन्याएँ—पार्वती और गंगा—किस प्रकार इस पवित्र भारत-भूमि को भीतर और बाहर से पवित्र कर रही हैं । वहीं यह भी बताया गया है कि किस प्रकार गंगा की सात धाराएँ, तीन पश्चिम की ओर, तीन पूर्व की ओर और एक मध्य देश को पवित्र और समृद्ध बनाती हैं । गंगा वस्तुतः भारत की सभी नदियों का नाम है । मध्य देश की गंगा वह मूल स्रोत है जो भगीरथ राजा की अक्लान्त तपस्या से धरती पर उतरा है । हिमालय की यह देन किसी प्रकार भारतीय भूमि और भारतीय जनचित्त से अलग नहीं की जा सकती । पार्वती का एक नाम उमा है जो उपनिषद् काल से ही प्रसिद्ध है । आधुनिक खोजों से पता चला है कि यह शब्द हिमालय पर बसने वाली महान् खस जाति की भाषा से आया है । कोई आश्चर्य नहीं कि कामरूप से गान्धार तक फैले हुए पर्वतीय प्रदेश शिव की शक्तिभूता पार्वती देवी की उपासना का सर्वाधिक महत्त्वपूर्ण केन्द्र है । सारी हिमालय भूमि अनादि काल से शाक्त केन्द्र रही है । तपोनिरता कुमारी पार्वती ने अगस्त्य मुनि की प्रार्थना पर कैलास से कुमारी अन्तरीप तक पैदल यात्रा की थी इसलिए पुराणों में भारतवर्ष की इस भूमि का नाम ही कुमारी का द्वीप बताया गया है और गर्वपूर्वक घोषणा की गई है कि तपोनिरता पार्वती के पवित्र पदसंचार से पावनीकृत इस भूमि में ही वर्ण-व्यवस्था है । इसके बाहर तो अन्त्यजों का, बाद में उत्पन्न होनेवाले पिछड़े हुए असंस्कृत लोगों का निवास है । भास्कराचार्य ने पुराणों की सारी कथा का उपसंहार एक पंक्ति में कर दिया है—वर्णव्यवस्थितिरिहैव कुमारिकाख्ये शेषेषु चान्त्यज जना निवसन्ती सर्वे । इस प्रकार पार्वती और गंगा हमारे अस्तित्व का ही मेरुदण्ड हैं । हमारे भीतर और बाहर जो कुछ उत्तम है, जो कुछ सुन्दर है, जो कुछ पवित्र है, उसको प्रतीक रूप में पार्वती और गंगा व्यक्त करती हैं ।

और विदेहराज दुहिता सीता ? रामायण और महाभारत दोनों में पतित पावनी सीता देवी का यश गाया गया है । कम लोग जानते हैं विदेह देश भारतीय मैदान तक ही सीमित नहीं था । आधुनिक खोजों से बौद्धग्रंथ के उस उल्लेख का समर्थन हुआ है जिसमें बताया गया है कि मेरू के पूर्व में पूर्व-विदेह नामक देश था । डॉ० बुद्धप्रकाश ने हाल ही में पूर्व-विदेह की स्थिति पर अच्छा प्रकाश डाला है । किष्किन्धाकाण्ड में सुग्रीव ने बानरों को सीता की खोज के लिए विभिन्न स्थानों में जाने को कहा था, उसमें हिमालय के विभिन्न स्थानों और जातियों के नाम गिनाये जाते हैं । उसमें यामुन पर्वत का उल्लेख है । लेवी पुराने अभिलेखों से इस नीतीजे पर पहुँचे थे कि यामुन पर्वत बाद का रूप है, पुराना शब्द अमून था । अमून आधुनिक मुननांग का ही संस्कृत रूप है । यह आजकल चीनी शासन के अन्तर्गत है । यहीं पूर्व-विदेह था जिसे बाद में गान्धार कहा जाने लगा । फजलुल्लाह रसीदुद्दीन अबुलखैर ने इस कंदाहार (पूर्वी गान्धार) को हिन्दू राज्य के रूप में पाया था और इसकी गज सेना की बड़ी प्रशंसा की थी । चीनी इतिहासकारों की गवाही से और वहाँ के ध्वंसावशेषों से भी इस बात का समर्थन होता है । ईसा मसीह के तीन सौ वर्ष से भी पहले से यह पूर्व-विदेह चला आ रहा था । बारहवीं शताब्दी तक इसका इतिहास अटूट रहा है । किसी जमाने में यह हिन्दू राज्य आसाम और मिथिला तक फैला हुआ था । रामायण में विशाला नगरी (बाद में वैशाली) विदेह राजा विशाल द्वारा स्थापित बताई गई है । अमून या यामुन पर्वत के इर्द-गिर्द बसा पूर्व-विदेह (बाद में पूर्वगांधार) सैकड़ों वर्ष तक मूलभूमि से विच्छिन्न होकर भी चीनी सेना का सफल प्रतिरोध करता रहा । यहाँ से अनेक बौद्ध लेखों और पगोडाओं का उद्धार हुआ है । हमारी गफ़लत से यह अति प्राचीन विदेह भूमि अपरिचित बन गई है । विदेह हिमालय के समूचे पूर्वी छोर के अधिकारी थे । हमारी संस्कृति की आदर्श प्रतिमा वैदेही विदेहराज की कन्या थीं । चीनी सूत्रों से विदेह का मिथिला नाम भी मिल जाता है । इस प्रकार वैदेही सीता का संबंध भी हिमालय से जुड़ता है ।

हिमालय की किरात जातियों का इतिहास भी महाभारत और रामायण से मिल जाता है । शिव के उपासक किरातों की चर्चा महाभारत में बहुत है । किरातों और चीनों को महाभारत में साथ-साथ गिनाया जाता है । वस्तुतः चीनों को किरात ही भारतभूमि से अलग करते थे, उनकी मध्यस्थता में ही चीनों का संपर्क भारतभूमि से होता था । ऐसा जान पड़ता है कि चीन लोग पूर्व-सीमान्त (प्राग्ज्योतिषपुर) से ही भारत पहुँचते थे । उन्हें पूर्व की जातियों में ही गिना जाता था । उनके चीनांशुक या रेशम का काम भारतवर्ष में पसंद किया जाता था और भारतीय सम्राटों के अभिषेक के समय चीनजाति के प्रतिनिधियों द्वारा भेंट किया जाता था । महाभारत में चीनों के साथ गांधारों की जो चर्चा आती है वह कदाचित् पूर्व-विदेह के निवासी रहे हैं—यवना किराता गान्धाराश्चीनाः शर्वरवर्यराः (12-95-14) । वनपर्व में हिमालय के कोने-कोने में बसनेवाली जातियों की चर्चा है । किरातों को महाभारत में नुकीली चोटी वाले, सोने के रंग के, कच्चा मांस और मछली खानेवाले और बहादुर बताया गया है । सभापर्व में भी इसका उल्लेख है । इसी प्रकार तुषारों, क्रचीकों, विद्याधरों, किन्नरों, खस्ते, काम्बोदों आदि का विस्तारपूर्वक उल्लेख है । इनके साथ

विवाह आदि के संबंधों की बड़ी रोचक कहानियाँ इन काव्यों में पाई जाती हैं। भारतीय महाजाति के निर्माण में, व्रत-उपासना और धार्मिक चेतना के निर्माण में इन जातियों की महत्त्वपूर्ण देन है। भारतवर्ष के महामानवसमुद्र को रूप देने में इन जातियों का बहुत महत्त्वपूर्ण योग है। इनका संबंध इस देश का आत्मीय संबंध है। गन्धर्वों, किन्नरों, विद्याधरों और अन्य पार्वत्य जातियों की चर्चा से हमारे दोनों महाकाव्य प्रखर हैं। इनका कला-प्रेम, संगीत-प्रेम और अपेक्षाकृत स्वच्छंद जीवन भारतीय संस्कृति का अभिन्न अंग बन गए हैं। संगीत को तो गन्धर्ववेद ही कह दिया गया है। हिमालय के विभिन्न भागों में बसी हुई जातियों की परम्पराओं के सम्यक् अध्ययन से हमारे इतिहास की अनेक गुत्थियों के सुलझने की आशा है। इस समय आवश्यकता है सत्य-जिज्ञासु विद्वान शोधकों की। इस ओर अभी तक हमारे विद्वानों का यथोचित ध्यान नहीं गया है। सरकार को भी इस दिशा में अधिक प्रयत्नशील होना है। हिमालय हमारी संस्कृति का ही नहीं, हमारे अस्तित्व का भी मेरुदण्ड है। इस विषय में हमारे पूर्वज जितने जागरूक थे उतने हम नहीं हैं।

हिमालय की महिमा अपार है। उसे रामायण और महाभारत में अप्रधर्ष्य माना गया है। एक बार कैलास को जीतने की दुराकांक्षा रावण के मन में आई थी। उसने यक्षों और गन्धर्वों को जीतकर कैलास पर जोर आजमाने की हिम्मत की थी। नंदी के मना करने पर भी वह नहीं रुका। नन्दी ने कहा था—सर्वेस्वामेव भूतानामगम्यः पर्वत कृतः—यह पर्वत सर्वभूत के लिए अगम्य बताया गया है। रावण नहीं माना। उसने हिमालय के सर्वोत्तम शृंग कैलास को उठा लेने की कोशिश की। क्षण-भर के लिए कैलास डगमगा गया। पर क्षण-भर के लिए ही। महादेव ने अपने पादांगुष्ठ से—पैर के अगूँठे से उसे दबाया और फिर त्रैलोक्य काँप उठा। महादेव ने तो उसे गिड़गिड़ाते देख माफ कर दिया पर नन्दी का शाप उसे खा गया। मदमत्त रावण को बानर-भालुओं की सेना चाट गई। जिस किसी ने इस गिरिराज को मदमत्त होकर हिलाने का प्रयत्न किया उसी की यही दशा हुई है। आज भी मदगर्वित सेनानियों को कहा जा सकता है कि सावधान, चट्टान पर सिर न मारो, रावण की गति को न प्राप्त हो।

हिमालय देवभूमि है। कालिदास ने शिव से पार्वती के प्रति कहलवाया था—पितु-प्रदेश स्राव देवभूमयः। तुम्हारे पिता (हिमालय) के प्रदेश देवभूमि हैं। यह केवल पवित्रता के कारण ही नहीं कहा गया है। वस्तुतः हिमालय से भारतवर्ष को अनेक प्रकार के रत्न प्राप्त होते रहे हैं। वाल्मीकि रामायण में हिमालय को धातुओं की खान कहा गया है··शैलेन्द्रो हिमवान्ताम् धातूनामाकरो महान् (बालक 36-13)। इसी बात को कालिदास ने 'अनेक रत्न प्रभव' कहकर दोहराया है। हमारे पुराने ग्रन्थों में हिमालय के विविध रत्नों के खानों की चर्चा मिलती है। स्वयं वाल्मीकि रामायण में जादूनद (सोना), चाँदी, सीसा, ताम्बा, काला लोहा आदि के मिलने की चर्चा है। (बाल० 37)।

इस प्रकार हिमालय हमारी भौतिक और आध्यात्मिक समृद्धि का उत्स माना जाता रहा है। हिमालय को भारतीय साहित्य और इतिहास से हटा दिया गया तो वह बहुत निष्प्राण हो जाएगा। हिमालय हमारा प्रहरी है, देवभूमि है, रत्नखानि है, इतिहास-विधाता है, संस्कृति-मेरुदण्ड है।

अन्धकार से जूझना है !

न जाने कब से मनुष्य के अन्तरतर से 'दीन-रट' निकलती रही, मैं अंधकार से घिर गया हूँ, मुझे प्रकाश की ओर ले चलो ।–'तमसो मा ज्योतिर्गमय !' परन्तु यह पुकार शायद सुनी नहीं गई– 'होत न श्याम सहाय !' प्रकाश और अन्धकार की आँखमिचौनी चलती ही रही, चलती ही रहेगी । यह तो विधि-विधान है । कौना टाल सकता है इसे !

लेकिन मनुष्य के अन्तर्यामी निष्क्रिय नहीं हैं । वे थकते नहीं, रुकते नहीं, झुकते नहीं । वे अधीर भी नहीं होते । वैज्ञानिक का विश्वास है कि अनन्त रूपों में विकसित होते-होते वे मनुष्य के विवेक रूप में प्रत्यक्ष हुए हैं । करोड़ों वर्ष लगे हैं इस रूप में प्रकट होने में । उन्होंने धीरज नहीं छोड़ा । स्पर्शेन्द्रिय से स्वादेन्द्रिय और घ्राणेन्द्रिय की ओर और फिर चक्षुरिन्द्रिय और श्रोत्रियेन्द्रिय की ओर अपने-आपको अभिव्यक्त करते हुए मन और बुद्धि के रूप में आविर्भूत हुए हैं । और भी न जाने किन रूपों में अग्रसर हों । वैज्ञानिक को 'अन्तर्यामी' शब्द पसन्द नहीं है । कदाचित् वह प्राणशक्ति कहना पसन्द करे । नाम का क्या झगड़ा है ?

जीव का काम पुरा काल में स्पर्श से चल जाता था, बाद में उसने घ्राण शक्ति पाई । वह दूर-दूर की चीजों का अन्दाजा लगाने लगा । पहले स्पर्श से भिन्न सब कुछ अन्धकार था । अन्तर्यामी रुके नहीं । घ्राण का जगत्, फिर स्वाद का जगत्, फिर रूप का जगत्, फिर शब्द का संसार । एक पर एक नए जगत् उद्घाटित होते गए । अन्धकार से प्रकाश, और भी प्रकाश, और भी, और भी ! यहीं तक क्या अन्त है ? कौन बतायेगा ? कातर पुकार अब भी जारी है—तमसो मा ज्योतिर्गमय ! न जाने कितने ज्योतिलोक उद्घाटित होने वाले हैं !

कहते हैं और ठीक ही कहते होंगे, कि मनुष्य से भिन्न अवर सृष्टि में भी इन्द्रिय गृहीत बिम्ब किसी-न-किसी रूप में रहते हैं पर वहाँ दो बातों की कमी है । इन बिम्बों को विविक्त करने की शक्ति और विविक्तीकृत बिम्बों को अपनी इच्छा से—संकल्पपूर्वक—नये सिरे से नये प्रसार-विस्तार या परम्युटेशन-कॉम्बिनेशन की प्रक्रिया द्वारा नयी अर्थात् प्रकृति-प्रदत्त वस्तुओं से भिन्न नयी चीज बनाने की क्षमता । शब्द के बिम्बों के विविक्तीकरण का परिणाम भाषा, काव्य और संगीत है । रूप-बिम्बों के विविक्तीकरण के फल रंग, उच्चावचता, ह्रस्व-दीर्घ-वर्तुल आदि बिम्ब और फिर संकल्प-शक्ति द्वारा विनियुक्त होने पर चित्र, मूर्ति, वास्तु, वस्त्र, अलंकरण, साज-सज्जा आदि । इसी तरह और भी इन्द्रिय गृहीत बिम्बों का विविक्तीकरण, और संकल्प-संयोजन से मानव-सृष्ट सहस्रों नई चीजें । यह कोई मामूली बात नहीं है । अभ्यास के कारण इनका महत्त्व भुला दिया जाता है, पर भुलाना चाहिए नहीं । मनुष्य कुछ भुल्लकड़ हो गया है । लेकिन यह बहुत बड़ा दोष

भी नहीं है । न भूले तो जीना ही दूभर हो जाए । मगर ऐसी बातों का भूलना जरूर बुरा है, जो उसे जीने की शक्ति देती हैं, सीधे खड़ा होने की प्रेरणा देती हैं ।

किस दिन एक शुभ मुहूर्त में मनुष्य ने मिट्टी के दिये, रूई की बाती, चकमक की चिनगारी और बीजों से निकलने वाले स्रोत का संयोग देखा । अन्धकार को जीता जा सकता है । दिया जलाया जा सकता है । घने अन्धकार में डूबी धरती को आंशिक रूप में आलोकित किया जा सकता है । अन्धकार से जूझने के संकल्प की जीत हुई । तब से मनुष्य ने इस दिशा में बड़ी प्रगति की है, पर वह आदिम प्रयास क्या भूलने की चीज है ? वह मनुष्य की दीर्घकालीन कातर प्रार्थना का उज्ज्वल फल था ।

दीवाली याद दिला जाती है उस ज्ञान लोक के अभिनव अंकुर की, जिसने मनुष्य की कातर प्रार्थना को दृढ़ संकल्प का रूप दिया था—अन्धकार से जूझना है, विघ्न-बाधाओं की उपेक्षा करके, संकटों का सामना करके !

इधर कुछ दिनों से शिथिल स्वर सुनाई देने लगे हैं । लोग कहते सुने जाते हैं—अन्धकार महाबलवान् है, उससे जूझने का संकल्प मूढ़ आदर्श मात्र है । सोचता हूँ, यह क्या संकल्प-शक्ति का पराभव है ? क्या मनुष्यता की अवमानना है ? दीवाली आकर कह जाती है, अन्धकार से जूझने का संकल्प ही सही यथार्थ है । मृगमरीचिका में मत भटको । अन्धकार के सैकड़ों परत हैं । उससे जूझना ही मनुष्य का मनुष्यत्व है । जूझने का संकल्प ही महादेवता है । उसी को प्रत्यक्ष करने की क्रिया को लक्ष्मी की पूजा कहते हैं ।

भाषा, साहित्य और देश

आप जानते हैं कि वर्तमान काल कितना संकटमय है । सारी पृथ्वी मानो ब्रह्माण्ड-कटाह के अदृश्य तप्त रस में खौल रही है । प्रतिक्षण दुनिया का बाहरी और भीतरी नक्शा बदल रहा है । कल तक जो ध्रुव सत्य था, आज वह अस्थिर और डाँवाडोल साबित हो रहा है । हजारों वर्ष के इस पुरातन देश की एकता को खण्डित और छिन्न-भिन्न करने के अनेक प्रयत्न हो रहे हैं । जबकि सब कुछ डाँवाडोल है, जबकि सब कुछ हिल चुका है, जबकि भविष्यकालीन कल को सब कुछ सम्भव दीख रहा है, तब आप दृढ़-संकल्प और विशाल मनोबल को लेकर इस महान् देश की एकता अक्षुण्ण बनाये रखने के लिए अग्रसर हुए हैं । यही कारण है कि मैं आपके बीच उपस्थित हो सकने को अपना सौभाग्य मानता हूँ । आप भारतवर्ष के उज्ज्वल और महान् भविष्य का निर्माण कर रहे हैं । मुझे कोई सन्देह नहीं है कि आपका प्रयत्न सफल होगा । भावी भारतवर्ष आपकी तपस्या से स्वस्थ और बलशाली होगा । विपत्ति की रात्रि बीत जाएगी और समृद्धि का सुप्रभात होगा ।

नाना कारणों से इस देश में और बाहर यह बार-बार विज्ञापित किया जाता है कि इस महादेश में सैकड़ों भाषाएँ प्रचलित हैं और इसीलिए इसमें अखंडता या एकता की कल्पना नहीं की जा सकती । मैंने विदेशी भाषाओं के जानकारों और विदेश के नाना देशों में भ्रमण कर चुकने वाले कई विद्वानों से सुना है कि तथाकथित एक राष्ट्र व स्वाधीन देशों में भी दर्जनों भाषाएँ हैं और भारतवर्ष की भाषा-समस्या उनकी तुलना में नगण्य है । परन्तु अन्य देशों में यह अवस्था हो या नहीं, इससे हमारी समस्या का समाधान नहीं हो जाता । दूसरों की आँख में खराबी सिद्ध कर देने से हमारी आँख में दृष्टि-शक्ति नहीं आ जायेगी । फिर भी मैं आपको स्मरण कराना चाहता हूँ कि हमारे इस देश ने हजारों वर्ष पहले से भाषा की समस्या हल कर ली थी । हिमालय से सेतुबन्ध तक सारे भारतवर्ष के धर्म, दर्शन, विज्ञान, चिकित्सा आदि विषयों की भाषा कुछ सौ तर्ष पहले तक एक ही रही है । यह भाषा संस्कृत थी । भारतवर्ष का जो कुछ श्रेष्ठ है, जो कुछ उत्तम है, जो कुछ रक्षणीय है वह इस भाषा के भण्डार में संचित किया गया है । जितनी दूर तक इतिहास हमें ठेलकर पीछे ले जा सकता है उतनी दूर तक इस भाषा के सिवा हमारा और कोई सहारा नहीं है ।

इस भाषा में साहित्य की रचना कम-से-कम छह हजार वर्षों से निरन्तर होती आ रही है । इसके लक्षाधिक ग्रन्थों के पठन-पाठन और चिन्तन में भारतवर्ष के हजारों पुश्त तक के करोड़ों सर्वोत्तम मस्तिष्क दिन-रात लगे रहे हैं और आज भी लगे हुए हैं । मैं नहीं जानता कि संसार के किसी देश में इतने काल तक, इतनी दूर तक व्याप्त, इतने उत्तम मस्तिष्क में विचरण करने वाली

कोई भाषा है या नहीं । शायद नहीं है ।

फिर भी भाषा की समस्या इस देश में कभी उठी ही नहीं हो, सो बात नहीं है । भगवान बुद्ध और भगवान महावीर ने संस्कृत के एकाधिपत्य को अस्वीकार किया था, उन्होंने लोकभाषा को आश्रय करके अपने उपदेश प्रचार किये थे । ऐसा जान पड़ता है कि संस्कृत भाषा को इस युग में पहली बार एक प्रतिद्वन्द्वी भाषा का सामना करना पड़ा था । जहाँ तक बौद्ध धर्म का संबंध है, यह निश्चयपूर्वक नहीं कहा जा सकता कि उस युग की लोकभाषा कही जानेवाली पालि सचमुच ही बुद्धदेव के मुख से उच्चारित भाषा थी या नहीं । प्रियदर्शी महाराज अशोक ने दृढ़ता के साथ लोकभाषा को प्रचारित करना चाहा था । इसका सबूत हमारे पास है और सीलोन और बर्मा आदि में प्राप्त पालि भाषा का बौद्ध साहित्य भी हमें बताता है कि बुद्धदेव ने सिर्फ इस लोकभाषा में उपदेश ही नहीं दिया था बल्कि निश्चित रूप से अपनी वाणी को संस्कृत में रूपान्तर करने का निषेध भी किया था । यह साहित्य स्थविरवादियों का है जो कई बौद्ध सम्प्रदायों में से एक है । आधुनिक काल में बौद्ध साहित्य की जब पहले-पहल इस देश में चर्चा शुरू हुई थी तब इन पालि ग्रन्थों को एक मात्र प्रमाण मान लिया गया था और उस समय जो कुछ कहा गया था वह अब भी संस्कार रूप से बहुत-से सुसंस्कृत जनों के मन पर रह गया है । परन्तु सही बात यह है कि स्थविरवादियों का यह साहित्य विशाल बौद्ध साहित्य का एक अत्यन्त अल्प अंशमात्र है । न तो वह एकमात्र बौद्ध साहित्य ही है, और न सर्वाधिक प्रामाणिक साहित्य ही है, न यही जोर देकर कहा जा सकता है कि यही सबसे अधिक पुराना साहित्य है । इस शास्त्र का संकलन कई बड़ी-बड़ी संगीतियों में हुआ है । आपको मालूम ही होगा कि बुद्धदेव के निर्वाण के बाद उनके वचनों को ठीक-ठाक संग्रह करने के लिए बौद्ध आचार्यों की बड़ी-बड़ी सभाएँ हुईं थीं । इन्हें संगीति कहा जाता है ।

अशोक संगीति के अवसर पर अठारह बौद्ध सम्प्रदायों की चर्चा मिलती है । इन सबके अलग-अलग पिटक थे; और इनमें सिर्फ पाठ का ही भेद नहीं था, विषय, वस्तु और भाषा का भी भेद था । बहुत पुराने काल में हीनयान और महायान दोनों ही प्रधान बौद्ध शाखाओं के ग्रन्थ संस्कृत और अर्द्ध-संस्कृत में लिखे जाने लगे थे । आज इनमें का अधिकांश खो गया है । फिर भी आज नेपाल से तो कल तुर्किस्तान और मध्य एशिया से नये-नये ग्रन्थ मिलते रहते हैं और बौद्ध साहित्य की भाषा के संबंध में किए गए पूर्ववर्ती अनुमानों को धक्का मार जाते हैं ।

सातवीं शताब्दी में इन बौद्ध ग्रन्थों का एक विशाल साहित्य था । चीनी यात्री हुएन्त्सांग उन दिनों जब इस देश में आये थे तब वे स्थविरवादी, महासंधिक, महीशास्त्रक, काश्यपीय, धर्मगुप्त, सर्वास्तिवादी आदि सम्प्रदायों के 593 ग्रन्थ अपने साथ ले गये थे । ये अधिकांश संस्कृत में थे । इस प्रकार यद्यपि एक सम्प्रदाय की गवाही पर हम पालि को संस्कृत की प्रतिद्वन्द्विनी भाषा के रूप में पाते हैं, तथापि बहुत शीघ्र ही संस्कृत ने उस प्रतिक्रिया पर विजय पा ली थी ।

भगवान महावीर के द्वारा पुनरुज्जीवित जैन धर्म के विषय में भी यह एक ही बात कही जा सकती है । सन् ईसवी के बाद के सिद्धान्तोत्तर साहित्य में धीरे-धीरे संस्कृत का प्रवेश होने लगा

और जैन आचार्यों ने नाना काव्य और नाटकों से भाषा को समृद्ध ही नहीं बनाया, उसमें नवीन प्राण भी संचारित किये। मैंने जैन-प्रबन्धों की प्राकृतगन्धी संस्कृत देखी है और मैं साहसपूर्वक कह सकता हूँ कि संस्कृत को इतना सरल और प्रांजल बनाना एकदम नवीन और स्फूर्तिदायक प्रयास था। जैन मुनियों ने इसमें प्रांजलता ले आने में कमाल का काम किया है। जैन धर्म की श्रेष्ठ चिन्ता तो उनके दर्शन-शास्त्र हैं जो अधिकांश में संस्कृत में ही हैं। इस साहित्यांग ने संस्कृत के दर्शन-साहित्य को नये सिरे से उत्तेजना दी है। जिन दिनों भारतवर्ष की सांस्कृतिक अवस्था अत्यन्त उतार पर थी उन दिनों भी जैन-दर्शन ने थोड़ी-बहुत गर्मी बनाये रखने का आश्चर्यजनक कार्य किया था।

मेरे कहने का तात्पर्य इतना ही है कि यद्यपि कभी इस भाषा में और कभी उस भाषा में धर्मोपदेश और काव्य आदि की रचना के प्रमाण पाये जाते हैं, परन्तु सब मिलाकर पिछले कई सहस्राब्दकों तक भारतवर्ष के सर्वोत्तम को, उसके ज्ञान और विज्ञान को, उसके दर्शन और अध्यात्म को, उसके ज्योतिष और चिकित्सा को, उसकी राजनीति और व्यवहार को, उसके कोश और व्याकरण को और उसकी समस्त चिन्ता को इस भाषा का ही सहारा मिला है।

विदेशियों के झुण्ड बराबर इस देश में आते रहे हैं और आकर इन्होंने बड़ी जल्दी सीख लिया है कि संस्कृत ही इस देश में उनके काम की भाषा हो सकती है। यह आश्चर्य की बात कही जाती है कि संस्कृत भाषा का सबसे पुराना शिलालेख जो अब तक पाया गया है वह गिरनार वाला शक महाक्षत्र रुद्रदामा का शिलालेख है जो सन् ईसवी के लगभग डेढ़ सौ वर्ष बाद खुदवाया गया था। इस शिलालेख ने उस भ्रम का निराकरण कर दिया था जो ऐतिहासिक पण्डितों द्वारा प्रचारित किया गया था कि संस्कृत का अभ्युत्थान बहुत शताब्दियों बाद गुप्त सम्राटों के हाथों हुआ है। इसमें कोई सन्देह नहीं कि गुप्त सम्राटों के युग से संस्कृत भाषा ज्यादा वेग से चल पड़ी थी, परन्तु यह नितान्त गलत बात है कि उससे पहले उसकी (संस्कृत भाषा की) धारा एकदम रुद्ध हो गयी थी।

शुरू-शुरू में मुसलमान बादशाह भी इस भाषा की महिमा हृदयंगम कर सके थे। पठानों के सिक्कों से नागरी अक्षरों का ही नहीं, संस्कृत भाषा का भी अस्तित्व सिद्ध किया जा सकता है। परन्तु बाद में जमाने ने पलटा खाया और अदालतों और राजकार्य की भाषा फारसी हो गयी। इस देश के बड़े समुदाय ने नाना कारणों से मुसलमानी धर्म का वरण किया और फलतः एक बहुत बड़े सम्प्रदाय की धर्मभाषा अरबी हो गयी। वह अवस्था अधिक से अधिक पाँच सौ वर्ष तक रही है। परन्तु आप भूल न जाएँ कि इस समय भी भारतवर्ष की श्रेष्ठ चिन्ता का स्रोत संस्कृत के ही रास्ते बह रहा था। नाना शास्त्र-ग्रन्थों की अतुलनीय टीकाएँ, धर्मशास्त्रीय व्यवस्था के निबंध-ग्रन्थ, दर्शन और अध्यात्म-विषयक अनुवाद और टीका-ग्रन्थ और सबसे अधिक नव्य-न्याय और न्यायानुप्राणित व्याकरण-शास्त्र इसी काल में लिखे जाते रहे। इस युग में यद्यपि संस्कृत ग्रन्थों में से मौलिक चिन्ता बराबर घटती जा रही थी फिर भी वह एकदम लुप्त नहीं हो गयी थी। कुछ शताब्दियों तक भारतवर्ष एक विचित्र अवस्था में से गुजरा है। उसके न्याय, राजनीति और व्यवहार की भाषा फारसी रही है, हृदय की भाषा तत्तत् प्रदेशों की प्रान्तीय भाषाएँ रही हैं और मस्तिष्क की भाषा संस्कृत रही है। हृदय की भाषा बराबर किसी-न-किसी रूप में देशी भाषाएँ रही हैं। यह और बात

है कि दूर पड़ जाने से पिछले हजारों वर्षों के देशी भाषा का साहित्य आज हम न पा सकें पर वह वर्तमान जरूर रहा है और उसका सम्मान भी हुआ है । मैं आज इस बात की चर्चा नहीं करूँगा । मैंने अन्यत्र सप्रमाण दिखाया है कि इस देश में देशी भाषाओं में सदा काव्य लिखे जाते रहे हों सिर्फ यही बात नहीं है बल्कि उनका भरपूर सम्मान भी बराबर होता रहा है ।

एक बार मेरे इस कथन को संक्षेप में आप अपने सामने रखकर देखें तो हमारी वर्तमान भाषा-समस्या काफी स्पष्ट हो जाएगी । मैंने अब तक जो आपको प्राचीन काल के खण्डहरों में भटकाया, वह इसी उद्देश्य से । संक्षेप में बात इस प्रकार है कि—

1. भारतवर्ष के दर्शन-विज्ञान आदि की भाषा सदा संस्कृत रही है ।

2. उसके धर्म-प्रचार की भाषा अधिकांश संस्कृत रही है, यद्यपि बीच-बीच में साहित्य के रूप में और सदैव बोलचाल के रूप में देशी भाषाएँ भी इस प्रयोजन के लिए काम में लायी जाती रही हैं ।

3. आज से चार-पाँच सौ वर्ष पहले तक व्यवहार, न्याय और राजनीति की भाषा भी संस्कृत ही रही है । पिछले चार-पाँच सौ वर्षों से विदेशी भाषा ने इस क्षेत्र को दखल किया है ।

4. काव्य के लिए सदा से ही कथ्य देशी भाषाएँ काम में लायी गयी हैं और संस्कृत भी सदा इस कार्य के उपयुक्त मानी गयी है ।

अब अगर आप ध्यानपूर्वक देखें तो हजारों वर्ष के इतिहास ने हमारी भाषा-समस्या को इस प्रकार सुलझाया है कि हमारे उच्चतर विचार, तर्क, दर्शन, विज्ञान, राजनीति, व्यवहार और हमारे न्याय की भाषा का सदा एक सामान्य स्टैण्डर्ड रहा है और हमारे इतिहास के एक अत्यन्त सीमित काल में हमारी भाषा के विशाल साहित्य के एक अत्यन्त नगण्य अंश पर विदेशी भाषा का आधिपत्य रहा है । अर्थात् हमारे कम-से-कम छह-सात हजार वर्ष के विशाल इतिहास में अधिक-से-अधिक पाँच सौ वर्ष ऐसे रहे हैं जिनमें अदालतों की भाषा संस्कृत न होकर एक विदेशी भाषा रही है । दुर्भाग्यवश इस सीमित काल और सीमित अंश में व्यवहृत भाषा का दावा आज हमारी भाषा-समस्या का सर्वाधिक जबर्दस्त रोड़ा साबित हो रहा है । पर यह एक सामयिक बात है । आज यह जितनी बड़ी बाधा के रूप में भी क्यों न दिख रही हो, इतिहास की विशाल पट-भूमिका पर इसे रखकर देखिए तो इसमें कुछ तत्त्व नहीं रह जाएगा । यह बात उतनी महत्त्वपूर्ण नहीं है जितनी कि आपाततः दीख रही है । इस विशाल देश की भाषा-समस्या का हल आज से सहस्रों वर्षों पूर्व से लेकर अब तक जिस भाषा के जरिये हुआ है उसके सामने कोई भी भाषा न्यायपूर्वक अपना दावा लेकर उपस्थित नहीं रह सकती—फिर वह स्वेदशी हो या विदेशी, इस धर्म के मानने वालों की हो या उस धर्म के । इतिहास साक्षी है कि संस्कृत इस देश की अद्वितीय महिमाशालिनी भाषा है—अविजित, अनाहत और दुर्द्धर्ष ।

आज से डेढ़-दो सौ वर्ष पहले तक यही अवस्था रही है । इसके बाद नवीन युग शुरू होता है । जमाने के अनिवार्य तरंगाघात ने हमें एक दूसरे किनारे पर लाकर पटक दिया । दुनिया बदल गयी तथा और भी तेजी से बदलती जा रही है । अंग्रेजी-साम्राज्य ने हमारी परम्परा को तोड़ दिया

है। इन डेढ़ सौ वर्षों में हम इतने बदल गए हैं, सारी दुनिया ही इतनी बदल गयी है कि पुराने जमाने का कोई पूर्वज हमें शायद ही पहचान सकेगा। हमारी शिक्षा-दीक्षा से लेकर विचार-वितर्क की भाषा भी विदेशी हो गयी है। हमारे चुने हुए मनीषी अँग्रेजी भाषा में शिक्षा पाये हुए हैं, उसी में बोलते हैं और उसी में लिखते रहे हैं। अँग्रेजी भाषा ने संस्कृत का सर्वाधिकार छीन लिया है। आज भारतीय विद्याओं की जैसी विवेचना और विचार अँग्रेजी भाषा में है, उसकी आधी चर्चा का भी दावा कोई भारतीय भाषा नहीं कर सकती। यह हमारी सबसे बड़ी पराजय है। राजनीतिक सत्ता के छिन जाने से हम उतने नतमस्तक नहीं हैं जितने कि अपने विचार की, तर्क की, दर्शन की, अध्यात्म की और सर्वस्व की भाषा छिन जाने से अन्तरराष्ट्रीय क्षेत्र में हम अपनी ही विद्या को अपनी बोली में न कह सकने के उपहासास्पद अपराधी हैं ! यह लज्जा हमारी जातीय है। देश का स्वाभिमानी हृदय इस असहाय अवस्था को अधिक बर्दाश्त नहीं कर सकता।

जब हममें राष्ट्रीय चेतना का संचार हुआ तो हमने देखा कि हम लुट चुके हैं। हमारे नायकों ने कहा, सँभल जाओ। पर क्या सँभलें, कैसे सँभलें ? क्या संस्कृत को अपनाकर ? यह असम्भव है।

क्यों ? जो कल तक सम्भव था, वह आज असम्भव क्यों है ? इसलिए कि दुनिया बदल गयी है। अब शास्त्र या कोई अन्य ग्रन्थ मुक्ति पाने या परलोक बनाने के लिए नहीं लिखे जाते तथा अब विद्या और ज्ञान एक विशेष श्रेणी की सम्पत्ति नहीं माने जाते। आज मनुष्य ने हर क्षेत्र में अपनी प्रधानता बना ली है। जो कुछ है, मनुष्य के लिए—चाहे वह धर्म हो, दर्शन हो, राजनीति हो, कुछ भी हो, मनुष्य उसके लिए नहीं है। वह जमाना ही मर गया जब केवल भाषा पर अधिकार करने के लिए वर्षों परिश्रम किया जाता था और जब गर्वपूर्वक कहा जाता था कि 'द्वादशभिर्वर्षव्याकरणं श्रूयते' अर्थात् 'बारह वर्ष में व्याकरण शास्त्र के सुनने की योग्यता होती है।' अब भाषा गौण है, विचार मुख्य, और विचार भी ऐसे नहीं जो विचार के लिए ही लिखे गए हों; विचार भी ऐसे जो मनुष्य के लिए हों और जिनसे निश्चित रूप से मनुष्यता उपकृत होती हो। इसीलिए सबसे सीधा रास्ता यह है कि विचारों को अधिकाधिक सहज भाषा में पहुँचाया जाये। यह सहज भाषा तत्तत् प्रदेशों की अपनी-अपनी बोली ही हो सकती है। इस युग में वही हुआ है। हमने अँग्रेजी की प्रतिद्वन्द्विता में अपनी-अपनी बोलियों को खड़ा किया है। यह उचित है, यही योग्य है परन्तु यही सब-कुछ नहीं है। हमें सारे देश में एक विचार-स्रोत को बहा देना है। सारे देश में एक ही उमंग, एक ही आवेग, एक ही सहानुभूतिमय हृदय उत्पन्न करना है। यह कैसे हो ? इतिहास में पहली बार हमने इस समस्या को इतने निबिड़ भाव से अनुभव किया है।

आज से डेढ़-दो सौ वर्ष पहले तक संस्कृत भाषा ने हमारे भीतर विचारगत एकता बनाये रखने का प्रयत्न किया था। बंगाल के रघुनन्दन भट्ट अपनी व्यवस्थाएँ इसी भाषा के बल पर कन्याकुमारी से कश्मीर तक पहुँचा सके थे, काशी के नागेश भट्ट को व्याकरणशास्त्रीय विचार सारे देश में फैला देने में कोई बाधा नहीं पड़ी थी, महाराष्ट्र के गणेश दैवज्ञ को अपनी ज्योतिषिक शोध इस विशाल देश के

इस कोने से उस कोने तक फैला देने में कोई कठिनाई नहीं पड़ी । परन्तु आज अवस्था एकदम बदल गयी है । हमारे पास अपना कोई भी स्वदेशी माध्यम नहीं रह गया है जिसके द्वारा हमारे सर्वोत्तम व्यक्ति अपनी ज्ञान सम्पत्ति अनायास ही सारे देश में फैला सकें । स्वामी विवेकानन्द और स्वामी रामतीर्थ को अपने वेदान्त सम्बन्धी सन्देश विदेशी भाषा में लिखने पड़े, लोकमान्य तिलक को अपनी वेद और ज्योतिष संबंधी शोध, तथा डॉक्टर भाण्डारकर को हिन्दू देव-देवियों के विषय में किया हुआ महत्त्वपूर्ण अध्ययन विदेशी माध्यम से देशवासियों तक पहुँचाना पड़ा । ऐसा तो इस देश में हुआ है कि धर्मोपदेश के लिए भिन्न-भिन्न प्रान्तों की भाषाओं से काम लिया गया हो । थोड़े समय के लिए ऐसा भी हुआ है कि राजकीय व्यवहार की भाषा कुछ और हो गयी हो, परन्तु हमारे उच्चतर अध्ययन, दार्शनिक विचार और वैज्ञानिक गवेषणा की भाषा भी विदेशी हो गयी हो, ऐसा कभी नहीं हुआ । इसीलिए राजनीतिगत उथल-पुथल के होते हुए भी सुदूर प्रदेशों में फैला हुआ यह महादेश होते हुए भी इसमें एक अद्भुत एकता पायी जाती रही है । आज इस पर भी विदेशी भाषा का आधिपत्य है । इसीलिए कहता हूँ कि भाषा-समस्या को इतने निबिड़ भाव से, ऐसे गाढ़ भाव से हमने अपने समूचे इतिहास में कभी भी अनुभव नहीं किया ।

परन्तु हम अब संस्कृत को फिर से नहीं पा सकते । अगर बीच में अँग्रेजी ने आकर हमारी परम्परा को बुरी तरह तोड़ न दिया होता तो भी आज हम संस्कृत को छोड़ने को बाध्य होते, क्योंकि वह जनसाधारण की भाषा नहीं हो सकती । जिन दिनों एक विशेष श्रेणी के लोग ही ज्ञान-चर्चा का भार स्वीकार करते थे, उन दिनों भी यह कठिन और दुःसह थी । परन्तु आज वह जमाना नहीं रहा । हम बदल गये हैं, हमारी दुनिया पलट गयी है, हमारे पुराने विश्वास हिल गए हैं, हमारी ऐहिकता बढ़ गयी है, और हमारे वे दिन अब हमेशा के लिए चले गए । भवभूति के राम की भाँति हम भी अब यह कहने को लाचार हैं कि 'ते हि नो दिवसा गताः—अब हमारे वे दिन नहीं रहे ।

अफसोस करना बेकार है । हम जहाँ आ पड़े हैं, वहीं से हमें यात्रा शुरू करनी है । कालधर्म हमें पीछे नहीं लौटने देगा । हमें अपने को और अपनी दुनिया को समझने में अपने हजारों वर्षों के इतिहास का अनुभव प्राप्त है । हम इस दुनिया में नये नहीं हैं, नौसिखुए नहीं हैं । अपने संस्कारों और अनुभवों के लिए हमें गर्व है । ये हमें अपने को और अपनी दुनिया को समझने में सहायता पहुँचायेंगे । हमें याद रखना चाहिए कि अनुभव और संस्कार तभी वरदान होते हैं जब वे हमें आगे ठेल सकें, कर्मशील बना सकें । निठल्ले का अनुभव उसे खा जाता है और संस्कार उसे भी अपाहिज बना देता है ।

हमारा पुराना अनुभव बताता है कि हम आसेतु-हिमाचल एक भाषा से एक संस्कार, एक विचार, एक मनोवृत्ति तैयार कर सकते हैं और वह एक भाषा संस्कृत है । हमारी नयी परिस्थिति बता रही है कि शास्त्रों की चर्चा से मुक्ति या परलोक बनाने वाला आदर्श अब नहीं चल सकता । "एकः शब्दः सम्यग्ज्ञातः'—अर्थात्— 'एक भी शब्द भली भाँति जान लिया जाए तो स्वर्गलोक में श्रेष्ठ स्थान प्राप्त हो जाता है' का आदर्श इस काल में नहीं टिक सकता, जबकि प्रत्येक कार्य में हड़बड़ी और जल्दी-से-जल्दी की भावना काम कर रही है । हमें एक ऐसी भाषा चुन लेनी है जो हमारी हजारों वर्ष

की परम्पराओं से कम-से-कम विच्छिन्न हो और हमारी नूतन परिस्थिति का सामना अधिक-से-अधिक मुस्तैदी से कर सकती हो; संस्कृत न होकर भी संस्कृत-सी हो और साथ ही जो प्रत्येक नये विचार को प्रत्येक नयी भावना को अपना लेने में एकदम हिचकिचाती न हो, जो प्राचीन परम्परा की उत्तराधिकारिणी भी हो और नवीन चिन्ता की वाहिका भी ।

चूँकि वर्तमान युग में मनुष्य की प्रधानता समान भाव से स्वीकार कर ली गई है इसीलिए उसी को दृष्टि में रखकर इस समस्या को भी हल किया जा सकता है । जिस प्रकार मनुष्य की सुविधा की दृष्टि से सहज-सरल देशी भाषाओं को प्रोत्साहित किया गया है, उसी प्रकार बृहत्तर देश के विराट् मानव-समुदाय को दृष्टि में रखकर सामान्य भाषा की समस्या भी हल की जा रही है । अधिकांश मनुष्य जिस भाषा में बोल सकते हों, अधिकांश मनुष्यों की नाड़ी के साथ जिस भाषा का अच्छेद्य संबंध हो, वह भाषा क्या है ? आपसे कहने की आवश्यकता नहीं । आपने अपने ढंग से उसका उत्तर खोज लिया है पर मैं आपको संस्कृत की याद एक बार फिर दिला देता हूँ । हिन्दी या हिन्दुस्तानी हमारी अधिकजनों की समझ में आनेवाली अधिक प्रचलित भाषा जरूर है पर संस्कृत ने हमारे सर्वदेश की भाषा पर अपना अनुत्सारणीय (न हटाया जा सकने वाला) प्रभाव रख दिया है, वह कम नहीं है । हम हजार संस्कृत की परम्परा से च्युत हो गये हों और उस भाषा तथा उसके विशाल साहित्य को भूल गये हों, पर वह हमसे दूर नहीं हो सकती । हमने चाहे कमली को छोड़ दिया हो पर कमली हमें नहीं छोड़ सकती । संस्कृत ने हममें अब भी चौदह आना एकता कायम कर रखी है । नये सिरे से हमें दो आना ही प्रयत्न करना है । वस्तुतः हिन्दी और अन्यान्य भारतीय भाषाओं में चौदह आना ही साम्य है । दो आना ही हमें नये सिरे से गढ़ना है । यह आप कर रहे हैं ।

परन्तु मैं उम्मीद करता हूँ कि आपने मुझे गलत नहीं समझा है । मैं संस्कृत को भाषा बनाने की वकालत नहीं कर रहा हूँ, मैं कह रहा हूँ कि पिछले हजारों वर्षों के इतिहास ने हमें जो कुछ दिया है, उससे हम सबक सीखें । मेरे कथन का तात्पर्य यह नहीं है कि हम विदेशी शब्दों का बहिष्कार करें । अगर आपने मेरे कथन का यह अर्थ समझा हो तो मैंने कहीं अपनी बात उपस्थित करने में गलती की होगी । मैं ऐसा कैसे कह सकता हूँ जबकि हमारी श्रद्धेय संस्कृत भाषा ने ही विदेशी शब्दों को ग्रहण करने का रास्ता दिखाया है । हमारे संस्कृत साहित्य में होरा, द्रेक्काण, अपोल्किम, पणफर, कौर्प्य, जूक, लेय, हेलि आदि दर्जनों ग्रीक शब्द व्यवहृत हुए हैं । ये ग्रीक शब्दों के संस्कृतवत् रूप हैं परन्तु संस्कृत में इतने अधिक प्रचलित हो गये हैं कि कोई संस्कृत का पण्डित उनकी शुद्धता में भी सन्देह नहीं करता । कम-से-कम एक कोड़ी (बीस) ग्रीक शब्द मैं आपको ऐसे दे सकता हूँ जिनका व्यवहार धर्मशास्त्रीय व्यवस्था देने वाले ग्रन्थों में होता है । ज्योतिष के (ताजक-शास्त्र) वर्षफल, मासफल आदि बतलाने वाला ज्योतिष शास्त्र का एक अंग के योगों के नाम में बीसियों अरबी शब्द मिलेंगे । ताजक नीलकण्ठी (एक ज्योतिष ग्रन्थ) से यदि मैं एक श्लोक पढ़ूँ, तो आप शायद समझेंगे कि मैं कुरान की आयत पढ़ रहा हूँ—

"खल्लासरं रूद्दमथो दुफालिः कुत्थं तदुत्थोत्थ दिवीर नामा ।" और

"स्यादिक्कवालः इशराफ योगः" इत्यादि।

रमल ('रमल' नामक ज्योतिष विद्या) के ग्रन्थों में कोड़ियों (बीसों) अरबी और फारसी के शब्द व्यवहृत हुए हैं। एक श्लोक में 'तारीख' शब्द का ऐसा व्यवहार किया गया है मानो वह पणिनि का ही शब्द है— 'तारिखे च त्रितये त्रयोदशे'। सुल्तान शब्द का सुरत्राण रूप संस्कृत के काव्य-ग्रन्थों में ही नहीं, मुसलमान बादशाहों के सिक्कों पर भी पाया जाता है। पुरातन प्रबन्ध-संग्रह में एक जगह मसजिद को मसीति बनाकर ही प्रयोग नहीं किया गया है, अनुप्रास के साँचे में बैठाकर 'अशीतिर्मसीति' कहकर उसमें सुकुमारता भी लायी गयी है। नहीं, मैं यह नहीं कह रहा हूँ कि आप विदेशी शब्दों को निकालना शुरू करें। मुझे गर्व है कि आपने आज जिस भाषा को अपने लिए सामान्य भाषा के रूप में वरण किया है, उसने उर्दू के रूप में इतने विदेशी शब्दों को हजम किया है कि संसार की समस्त विदेशी भाषाओं को पाचन-शक्ति की प्रतिद्वन्द्विता में पीछे छोड़ गयी है। प्रचलित शब्दों का त्याग करना मूर्खता है; पर मैं साथ ही जोर देकर कहता हूँ कि किसी विदेशी भाषा के शब्दों के आ जाने-भर से यह विदेशी भाषा संस्कृत के साथ बराबरी का दावा नहीं कर सकती। वह हमारे नवीन भावों के प्रकाशन के लिए संस्कृत के शब्दों को गढ़ने से हमें नहीं रोक सकती। प्रचलित शब्दों को विदेशी कहकर त्याग देना मूर्खता है; पर किसी भाषा के शब्दों का प्रचलन देखकर अपनी हजारों वर्ष की परम्परा की उपेक्षा करना आत्मघात है। संस्कृत ने भिन्न-भिन्न भाषाओं से हजारों शब्द लिये हैं; पर उन्हें संस्कृत बनाकर। हम अब भी विदेशी शब्दों को लें तो उन्हें भारतीय बनाकर, इस देश के उच्चारण और वाक्य-रचना-परम्परा के अनुकूल बनाकर।

मगर यह तो मैं सचमुच अवान्तर बात कह गया ! मैं मूल प्रश्न पर फिर से आ रहा हूँ। इस युग का मुख्य उद्देश्य मनुष्य है। इस युग का सबसे बड़ा अभिशाप यह है कि विज्ञान की सहायता से जहाँ बाह्य भौगोलिक बन्धन तड़ातड़ टूट गये हैं वहाँ मानसिक संकीर्णता दूर नहीं हुई है। हम एक-दूसरे को पहचानते नहीं। तीन दिन में सारे संसार की यात्रा करके लौटे हुए यात्रा-विलासी लोगों और नाना प्रकार के स्वार्थपरायणों की पुस्तकों ने संसार में घोर गलतफहमी फैला रखी है। इस देश में ही हम एक प्रदेश वाले दूसरे प्रदेश के लोगों को समझ नहीं रहे, एक सम्प्रदाय के लोग दूसरे सम्प्रदाय के लोगों को पहचान नहीं रहे। इसीलिए इतनी मारामारी काटाकाटी चल रही है। आपने जब एक सामान्य भाषा को बनाने की ठानी है तो आप से आशा होती है कि आप यहीं नहीं रुकेंगे। यह भी बाह्य (बाहरी) बात है। और भी आगे चलिए। एक साहित्य बनाइए। गलतफहमी दूर कीजिए। ऐसा कीजिए कि एक सम्प्रदाय दूसरे सम्प्रदाय को समझ सके। एक धर्मवाले दूसरे धर्मवालों की कदर कर सकें। एक प्रदेशवाले दूसरे प्रदेशवाले के अन्तर में प्रवेश कर सकें। ऐसा कीजिए कि इस सामान्य माध्यम के द्वारा आप सारे देश में एक आशा, एक उमंग और एक उत्साह भर सकें। और फिर ऐसा कीजिए कि हम इस भाषा के जरिए इस देश की और अन्य देशों की, इस काल की और अन्य कालों की समूची ज्ञान-सम्पत्ति आपस में विनिमय कर सकें।

मनुष्य ही साहित्य का लक्ष्य है

मैं साहित्य को मनुष्य की दृष्टि से देखने का पक्षपाती हूँ। जो वाग्जाल मनुष्य को दुर्गति, हीनता और मरमुखापेक्षिता से बचा न सके, जो उसकी आत्मा को तेजोद्दीप्त न बना सके, जो उसके हृदय को परदुःखकातर और संवेदनशील न बना सके, उसे साहित्य कहने में मुझे संकोच होता है। मैं अनुभव करता हूँ कि हम लोग एक कठिन समय के भीतर से गुजर रहे हैं। आज नाना भाँति के संकीर्ण स्वार्थों ने मनुष्य को कुछ ऐसा अन्धा बना दिया है कि जाति-धर्म-निर्विशेष मनुष्य के हित की बात सोचना असम्भव हो गया है। ऐसा लग रहा है कि किसी विकट दुर्भाग्य के इंगित पर दलगत स्वार्थ-प्रेम ने मनुष्यता को दबोच लिया है। दुनिया छोटे-छोटे संकीर्ण स्वार्थों के आधार पर अनेक दलों में विभक्त हो गयी है। अपने दल के बाहर का आदमी सन्देह की दृष्टि से देखा जाता है। उसके रोने-गाने तक पर असदुद्देश्य का आरोप किया जाता है। उसके तप और सत्यनिष्ठा का मजाक उड़ाया जाता है। उसके प्रत्येक त्याग और बलिदान के कार्य में भी 'चाल' का सन्धान पाया जाता है और अपने-अपने दलों में ऐसा करने वाला सफल नेता भी मान लिया जाता है, परन्तु मेरा विश्वास है कि ऐसा करने वाला आदमी सबसे पहले अपना ही अहित करता है। बड़े-बड़े राष्ट्रनायक जब अपनी विराट् अनुचरवाहिनी के साथ इस प्रकार का गन्दा प्रचार करते हैं, तो ऊपर-ऊपर से चाहे कितनी भी सफलता उनके पक्ष में आती हुई क्यों न दिखाई दे, इतिहास-विधाता का निष्ठुर नियम-प्रवाह भीतर-ही-भीतर उनके स्वार्थों का उन्मूलन करता रहता है। इतिहास शक्तिशाली व्यक्तियों और राष्ट्रों की चिताभूमि को कुचलता हुआ आगे बढ़ रहा है, फिर भी गन्दे तरीके सुधारे नहीं गये हैं, बल्कि उनको और भी कौशलपूर्ण और प्रभावशाली बनाया जाता रहा है। जो लोग द्रष्टा हैं, वे इस गलती को समझते हैं; पर उनकी बात मदमत्त व्यक्तियों की ऊँची गद्दियों तक नहीं पहुँच पाती। संसार में अच्छी बात कहने वालों की कमी नहीं है, परन्तु मनुष्य के सामाजिक संगठन में ही कहीं कुछ ऐसा दोष रह गया है, जो मनुष्य को अच्छी बात सुनने और समझने से रोक रहा है। इसीलिए आज की सबसे बड़ी समस्या यह नहीं है कि अच्छी बात कैसे कही जाय; बल्कि यह है कि अच्छी बात को सुनने और मानने के लिए मनुष्य को कैसे तैयार किया जाय।

इसीलिए साहित्यकार आज केवल कल्पनाविलासी बनकर नहीं रह सकता। शताब्दियों का दीर्घ अनुभव यह बताता है कि उत्तम साहित्य की सृष्टि करना ही सबसे बड़ी बात नहीं है। सम्पूर्ण समाज को इस प्रकार सचेतन बना देना परमावश्यक है, जो उस उत्तम रचना को अपने जीवन में उतार सके। साहित्यिक सभाएँ यह कार्य कर सकती हैं, सम्पूर्ण जन-समाज को उत्तम साहित्य सुनाने का माध्यम बना सकती हैं। इस विशाल देश में शिक्षा की मात्रा बहुत ही कम है। जिन

देशों में शिक्षा की समस्या हल हो चुकी है, उनके साहित्यिकों की अपेक्षा यहाँ के साहित्यिकों की जिम्मेदारी कहीं अधिक है। फिर हमने जिस भाषा के साहित्य-भण्डार को भरने का व्रत लिया है, उसका महत्त्व और भी अधिक है। वह भारतवर्ष के केन्द्रीय प्रदेशों की भाषा है, कई करोड़ आदमियों की ज्ञानपिपासा उसे शान्त करनी है। इसीलिए उसे सम्पूर्ण ज्ञान-विकास का वाहन बनाना है।

हम लोग जब हिन्दी की 'सेवा' करने की बात सोचते हैं, तो प्रायः भूल जाते हैं कि यह लाक्षणिक प्रयोग है। हिन्दी की सेवा का अर्थ है उस मानव-समाज की सेवा, जिसके विचारों के आदान-प्रदान का माध्यम हिन्दी है। मनुष्य ही बड़ी चीज़ है, भाषा उसकी सेवा के लिए है। साहित्य-दृष्टि का भी यही अर्थ है। जो साहित्य अपने-आपके लिए लिखा जाता है, उसकी क्या कीमत है, मैं नहीं कह सकता, परन्तु जो साहित्य मनुष्य-समाज को रोग-शोक, दारिद्र्य, अज्ञान तथा परमुखापेक्षिता से बचाकर उसमें आत्मबल का संचार करता है, वह निश्चय ही अक्षय निधि है। उसी महत्त्वपूर्ण साहित्य को हम अपनी भाषा में ले आना चाहते हैं। मैं मनुष्य की इस अतुलनीय शक्ति पर विश्वास करता हूँ कि हम अपनी भाषा और साहित्य के द्वारा इस विषम परिस्थिति को बदल सकेंगे।

परन्तु हमें सावधानी से सोचना होगा कि हिन्दी बोलने वाला जन-समुदाय क्या वस्तु है और वास्तव में वह परिस्थिति क्या है, जिसे हम बदलना चाहते हैं। काल्पनिक प्रेत को घूँसा मारना बुद्धिमानी का काम नहीं है। नगरों और गाँवों में फैला हुआ, सैकड़ों जातियों और सम्प्रदायों में विभक्त, अशिक्षा, दारिद्र्य और रोग से पीड़ित मानव-समाज आपके सामने उपस्थित है। भाषा और साहित्य की समस्या वस्तुतः उन्हीं की समस्या है। क्यों ये इतने दीन-दलित हैं? शताब्दियों की सामाजिक, मानसिक और आध्यात्मिक गुलामी के भार से दबे हुए ये मनुष्य ही भाषा के प्रश्न हैं और संस्कृति तथा साहित्य की कसौटी हैं! जब कभी आप किसी विकट प्रश्न के समाधान का प्रयत्न कर रहे हों तो इन्हें सीधे देखें। अमरीका में या जापान में ये समस्याएँ कैसे हल हुई हैं, यह कम सोचें; किन्तु असल में ये हैं क्या और किस या किन कारणों से ये ऐसे हो गये हैं, इसी को अधिक सोचें। बड़े-बड़े विचारकों ने इस देश के जन-समुदाय के अध्ययन का प्रयत्न किया है, अब भी कर रहे हैं; किन्तु ये अध्ययन या तो इन्हें अच्छी प्रजा बनाने के उद्देश्य से किए गए हैं या वैज्ञानिक कुतूहल-निवारण के उद्देश्य से। इनको इस दृष्टि से देखना अभी बाकी है कि वे मनुष्य कैसे बनाये जाएँ। हमारी भाषा, हमारा साहित्य, हमारी राजनीति—सब कुछ का उद्देश्य यही हो सकता है कि इनको दुर्गतियों से बचाकर किस प्रकार मनुष्यता के आसन पर बैठाया जाय।

हमारा यह देश जाति-भेद का है। करोड़ों मनुष्य अकारण अपमान के शिकार हैं। निरन्तर दुर्व्यवहार पाते रहने के कारण उनके अपने मन में हीनता की गाँठ पड़ गयी है। यह गाँठ जब तक नहीं निकल जाती, तब तक भारतवर्ष की आत्मा सुखी नहीं रह सकती। कर्म का फल मिलता ही है। उससे बचने का उपाय नहीं है। जिन लोगों को अकारण अपमान के बन्धन में डालकर हमने अपमानित किया है, वे लोग सारे संसार में हमारे अपमान के कारण बने हैं।

हमें सावधानी से उनकी वर्तमान अवस्था का कारण खोजना होगा । ये अनादिकाल से हीन समझे जाते रहे हैं । नाना प्रकार की ऐतिहासिक, सामाजिक, राजनीतिक और आर्थिक कारण-परम्परा के भीतर से गुजरकर भारतवर्ष का सैकड़ों जातियों वाला समाज तैयार हुआ है । इस शतच्छिद्र कलश में आध्यात्मिक रस टिक नहीं सकता । आजकल हम लोग हिन्दू-मुसलमानों की मिलन-समस्या से बुरी तरह चिंतित हैं । निस्सन्देह यह बहुत महत्त्वपूर्ण प्रश्न है । इस महान् प्रश्न ने हमारे समस्त जीवन को गम्भीरतापूर्वक विचारने के लिए चुनौती दी है । हम अपनी भाषा के क्षेत्र में भी इस कठिन समस्या से हतबुद्धि हो रहे हैं । हमारे बड़े-बड़े विचारकों ने प्रत्येक क्षेत्र में सुलह का व्रत लिया है; परन्तु मुझे ऐसा लगता है कि इससे भी कठोर समस्या का सामना हमें हिन्दू-हिन्दू-मिलन के लिए ही करना है । अशान्ति के चिह्न अभी से प्रकट होने लगे हैं । जब हम भाषा या साहित्य-विषयक किसी प्रश्न का समाधान करने बैठें, तो केवल वर्तमान पर दृष्टि निबद्ध रखने से हम धोखा खा सकते हैं । मुझे अपनी बुद्धि या दीर्घ-दर्शिता का गर्व नहीं हैं, लेकिन जो कुछ अनुभव करता हूँ, उसे ईमानदारी से प्रकट करने में शायद कोई लाभ हो जाय, इसी आशा से ये बातें कह रहा हूँ । सैकड़ों व्यर्थ कल्पनाओं की भाँति ये अनन्त वायुमण्डल में विलीन हो जायेंगी । मुझे ऐसा लगता है कि ज्यों-ज्यों हमारे देशवासियों में आत्म-चेतना का संचार होता जायेगा, त्यों-त्यों हिन्दू-समाज की भीतरी समस्याएँ उग्र रूप धारण करती जायेंगी । राजनीतिक बन्धनों के दूर होते ही हमारी मानसिक या आध्यात्मिक गुलामी का बंधन और भी कठोर प्रतीत होगा । दो सौ वर्षों की राजनीतिक गुलामी को तोड़ने में हमें जितना प्रयास करना पड़ा है, उससे कहीं अधिक प्रयास करना पड़ेगा इस सहस्राधिक वर्षों की सामाजिक और आध्यात्मिक गुलामी की जंजीरों को तोड़ने में ।

कवि ने बहुत पहले सावधान किया है, "जिसे तुमने नीचे फेंक रखा है, वह तुम्हें नीचे से जकड़कर बाँध लेगा; जिसे पीछे डाल रखा है, वह पीछे खींचेगा; अज्ञान के अन्धकार की आड़ में जिसे तुमने ढक रखा है, वह तुम्हारे समस्त मंगल को ढककर घोर व्यवधान की सृष्टि करेगा । हे मेरे दुर्भाग्यग्रस्त देश ! अपमान में तुम्हें समस्त अपमानितों के समान होना पड़ेगा ।" (गीतांजलि)

शताब्दियों के विकट अपमान की प्रतिक्रिया कठोर होगी । उसके लिए हमें तैयार होना होगा । मुझे ऐसा लगता है कि जब भाषा और साहित्य के मसले पर विचार किया जाता है तो इस तथ्य को बिल्कुल भुला दिया जाता है । हिन्दुओं की अपनी भीतरी समस्याएँ भी हैं और उन भीतरी समस्याओं के लिए जो विचार-विनिमय हुए हैं या हो रहे हैं, वे नाना कारणों से संस्कृत-साहित्य से अधिक प्रभावित हुए हैं । वे किसी के प्रति घृणा या अदूरदर्शिता के कारण नहीं हुए हैं । छोटी कही जाने वाली जातियों में ऊपर उठने की आकांक्षा स्वाभाविक है और उसके लिए उनका संस्कृत-साहित्य की ओर झुकना भी अस्वाभाविक नहीं है । यदि संस्कृत-बहुल भाषा के व्यवहार से और समस्त जातियों के ब्राह्मण या क्षत्रिय कहे जाने से सात करोड़ आदमियों में अपने को हीन समझने की मनोवृत्ति कुछ भी कम होती है, तो ऐसा करना वांछनीय है या नहीं, यह मैं देश के नेताओं के विचारने के लिए छोड़ देता हूँ ।

एक जमाना था जब भाषा-विज्ञान और नृतत्त्वशास्त्र की घनिष्ठ मैत्री में विश्वास किया जाता था। माना जाता था कि भाषा से नस्ल की पहचान होती है, परन्तु शीघ्र ही यह भ्रम टूट गया। देखा गया है कि ये दोनों शास्त्र एक-दूसरे के विरुद्ध गवाही देते हैं। भारतवर्ष भाषा-विज्ञान और नृतत्त्वशास्त्र के कलह का सबसे बड़ा अखाड़ा सिद्ध हुआ है। वर्तमान हिन्दू-समाज में एक-दो नहीं, बल्कि दर्जनों ऐसी जातियाँ हैं, जो अपनी मूल भाषाएँ भूल चुकी हैं और आर्यभाषा बोलती हैं। ब्राह्मण-प्रधान धर्म ने जातियों का कुछ इस प्रकार स्तर-विभाग स्वीकार किया है कि निम्न श्रेणी की जाति हमेशा अवसर पाने पर ऊँचे स्तर में जाने का प्रयत्न करती है। इस देश में जाने किस अनादिकाल से संस्कृत भाषा का प्राधान्य स्वीकार कर लिया गया है कि प्रत्येक नस्ल और फिरके के लोग अपनी भाषा को संस्कृत श्रेणी की भाषा से बदलते रहे हैं। ग्रियर्सन ने अपने विशाल सर्वे में एक भी ऐसा मामला नहीं देखा, जहाँ आर्य-भाषा—संस्कृत श्रेणी की भाषा—बोलने वाले किसी जन-समुदाय ने अन्य से अपनी भाषा बदली हो, यहाँ तक कि आर्य-भाषा की एक बोली के बोलने वालों ने भी दूसरी बोली को स्वीकार नहीं किया है।

स्पष्ट है कि इस देश में संस्कृत-प्राधान्य कोई नयी घटना नहीं है। यह भी स्पष्ट है कि इस भाषा का सहारा लेकर जातियाँ ऊपर उठी हैं। मैं केवल उन तथ्यों को आपके सामने रख रहा हूँ, जिनके आधार पर मेरी यह धारणा बनी है कि इस देश के करोड़ों मनुष्यों में आत्म-चेतना भरने का काम बहुत दिन से संस्कृत भाषा करती आयी है और आगे भी करती रहेगी, ऐसी सम्भावना है। यह न समझिए कि जो संस्कृत-बहुल भाषा का व्यवहार कर रहे हैं, वे किसी सम्प्रदाय के प्रति द्वेषवश या घृणावश करते हैं। यह हमारा दुर्भाग्य है कि ऐसी बेतुकी बातों पर भी आसानी से विश्वास कर लिया जाता है।

दीर्घकाल से ज्ञान के आलोक से वंचित इन मनुष्यों को हमें ज्ञान देना है। शताब्दियों से गौरव से हीन इन मनुष्यों में हमें आत्म-गरिमा का संचार करना है। अकारण अपमानित इन मूक नर-कंकालों को हमें वाणी देनी है। रोग, शोक, अज्ञान, भूख, प्यास, परमुखापेक्षिता और मूकता से इनका उद्धार करना है। साहित्य का यही काम है।

इससे छोटे उद्देश्य को मैं विशेष बहुमान नहीं देता। आप क्या लिखेंगे, कैसे लिखेंगे और किस भाषा में लिखेंगे, इन प्रश्नों का निर्णय इन्हीं की ओर देखकर कीजिए। यदि इनको मनुष्यता के ऊँचे आसन पर आप बैठा नहीं सकते तो साहित्यिक भी नहीं कहे जा सकते, और यह कहना ही आवश्यक है कि स्वयं मनुष्य बने बिना, स्वयं छोटे-छोटे तुच्छ विवादों से ऊपर उठे बिना, कोई भी व्यक्ति दूसरे को नहीं उठा सकता है। साहित्य के साधकों को मनुष्य की सेवा करनी है तो देवता बनना होगा :

नान्यः पंथा विद्यतेऽपनाय।

शायद मेरी ही भाँति आप भी इतना अवश्य स्वीकार करते हैं कि इस बहुधाविभक्त जन-समुदाय को सम्बद्ध बनाना है। यदि यह बात सत्य है तो मैं समझता हूँ, अभी हमने साहित्य का आरम्भ ही नहीं किया है। हिन्दी में कितने जन-समूहों के परिचायक ग्रन्थ हमने लिखे हैं ? इस

विशाल मानव-समाज की रीति-नीति, आचार-विचार, आशा-आकांक्षा, उत्थान-पतन समझने के लिए हमारी भाषा में कितनी पुस्तकें हैं ? इनके जीवन को सुखमय बनाने के साधनों, इनकी भूमि, इनके पशु, इनके विनोद-सहचर, इनके पेशे, इनके विश्वास, इनकी नयी-नयी मनोवृत्तियों का हमने क्या अध्ययन प्रस्तुत किया है ? कहाँ है वह सहानुभूति और दर्द का प्रमाण, जिसे आप गणदेवता के सामने रख सकेंगे ? हिन्दी की उन्नति का अर्थ उसके बोलने और समझने वालों की उन्नति है ।

अपना यह देश कोई नया साहित्यिक प्रयोग करने नहीं निकला है । इसकी साहित्यिक परम्परा अत्यन्त दीर्घ, धारावाहिक और गम्भीर है । साहित्य नाम के अन्तर्गत मनुष्य जो कुछ भी सोच सकता है, उस सबका प्रयोग इस देश में सफलतापूर्वक हो चुका है । यह अपनी भाषा का दुर्भाग्य है कि हमारी प्राचीन चिन्तनराशि को उसमें संचित नहीं किया गया है । संस्कृत, पालि और प्राकृत की बढ़िया पुस्तकों के जितने उत्तम अनुवाद अंग्रेजी, फ्रेंच और जर्मन आदि भाषाओं में हुए हैं, उतने हिन्दी में नहीं हुए । परन्तु दुर्भाग्य भी लाक्षणिक प्रयोग है ओर यह वस्तुतः उस विशाल मानव-समाज का दुर्भाग्य है, जो भाषा के जरिये ही ज्ञान-अर्जन करना चाहता है या करता है । यह विशाल साहित्य अपनी भाषाओं में यदि अनूदित होता तो हमारा साहित्यिक सहज ही उन सैकड़ों प्रकार के अपप्रचारों और हीन भावनाओं का शिकार होने से बच जाता, जो आज सम्पूर्ण समाज को दुर्बल और परमुखापेक्षी बना रहे हैं । विभिन्न स्वार्थ के पोषक प्रचार इस देश की अतिमात्र विशेषताओं का डंका प्रायः पीटा करते हैं ।

इतिहास को कभी भौगोलिक व्याख्या के भीतर से, कभी जातिगत और कभी धर्मगत विशेषताओं के भीतर से प्रतिफलित करके समझाया जाता है कि हिन्दुस्तानी जैसे हैं, उन्हें वैसा होना ही है और उसी रूप में बना रहना ही उनके लिए श्रेयस्कर है । इतिहास की जो अभद्र व्याख्या इन भिन्न-भिन्न विशेषताओं के भीतर से देखने वाले प्रचारकों ने की है, वह हमारे रोम-रोम में व्याप्त होने लगी है । अगर इस जहर को दूर करना है तो प्राचीन ग्रन्थों के देशी प्रामाणिक संस्करण और अनुवाद करने के सिवा और कोई रास्ता नहीं है । लेकिन अपनी भाषा में प्राचीन ग्रन्थों को हमें सिर्फ इसलिए नहीं भरना है कि हमें दूसरे स्वार्थी लोगों के अपप्रचार के प्रभाव से मुक्त होना है । विदेशी पण्डितों ने अपूर्व लगन और निष्ठा के साथ हमारे प्राचीन शास्त्रों का अध्ययन, मनन और सम्पादन किया है । हमें उनका कृतज्ञ होना चाहिए; परन्तु यह बात भूल नहीं जाना चाहिए कि अधिकांश विदेशी पण्डितों के लिए हमारे प्राचीन शास्त्र नुमाइशी वस्तुओं के समान हैं । उनके प्रति उनका जो सम्मान है, उसे अंग्रेजी के 'म्युजियम इण्टरेस्ट' शब्द से भी समझाया जा सकता है । नुमाइश में रखी हुई चीजों को हम प्रशंसा और आदर की दृष्टि से देखते हैं, परन्तु निश्चित जानते हैं कि हम अपने जीवन में उनका व्यवहार नहीं कर सकते । किसी मुगल सम्राट् का चोगा किसी प्रदर्शनी में दिख जाय तो हम उसकी प्रशंसा चाहे कितनी भ्री करें, पर हम निश्चित जानेंगे कि उसको हम धारण नहीं सकते । परन्तु भारतीय शास्त्र हमारे देशवासियों के लिए प्रदर्शनी की वस्तु नहीं हैं, वे हमारे रक्त में मिले हुए हैं । भारतवर्ष आज भी उनकी व्यवस्था पर चलता है और उनसे प्रेरणा पाता है । इसलिए हमें इन ग्रन्थों का अपने ढंग से सम्पादन करके प्रकाशन करना है । इनके ऐसे अनुवाद

प्रकाशित करने हैं जो पुरानी अनुश्रुति से विच्छिन्न और असम्बद्ध भी न हों और आधुनिक ज्ञान के आलोक में देख भी लिए गये हों । यह बड़ा विशाल कार्य है । संस्कृत भारतवर्ष की अपूर्व महिमाशालिनी भाषा है । वह हजारों वर्षों के दीर्घकाल में और लाखों वर्गमील में फैले हुए मानव-समाज के सर्वोत्तम मस्तिष्कों में विहार करने वाली भाषा है । उसका साहित्य विपुल है । उसका साधन गहन है और उसका उद्देश्य साधु है । उस भाषा को हिन्दी-माध्यम से समझने का प्रयत्न करना भी एक तपस्या है । उस तपस्या के लिए संयम तथा आत्मबल की आवश्यकता है । हमें अपनी सम्पूर्ण शक्ति लगाकर गम्भीरतापूर्वक उसके अध्ययन में जुट जाना चाहिए । हिन्दी को संस्कृत से विच्छिन्न करके देखने वाले उसकी अधिकांश महिमा से अपरिचित हैं ।

महान् कार्य के लिए विशाल हृदय होना चाहिए । हिन्दी का साहित्य-सृजन सचमुच महान् कार्य है, क्योंकि उससे करोड़ों का भला होना है । हम आजकल प्रायः गर्वपूर्वक कहा करते हैं कि हिन्दी बोलने वालों की संख्या भारतवर्ष में सबसे अधिक है । मैं समझता हूँ यह बात चिन्ता की है, क्योंकि हिन्दी बोलने वाले जन-समूह की मानसिक, बौद्धिक और आध्यात्मिक भूख मिटाने का काम सहज नहीं है ।

भारतवर्ष के पड़ोसी देशों में आजकल हिन्दी-साहित्य पढ़ने और समझने की तीव्र लालसा जाग्रत हुई है । चीन से, मलय से, सुमात्रा से, जावा से, समस्त एशिया से माँग आ रही है । एशिया के देश अब अंग्रेजी पुस्तकों में प्राप्त सूचनाओं से सन्तुष्ट नहीं हैं । वे देशी दृष्टि से देशी भाषा में लिखा हुआ साहित्य खोजने लगे हैं । आगे यह जिज्ञासा और भी तीव्र होगी । मुझे चिन्ता होती है कि क्या हम अपने को इस उठती हुई श्रद्धा के उपयुक्त पात्र सिद्ध कर सकेंगे ? जिस दिन इतिहास-विधाता हमें ठेलकर विश्व-जनता के दरबार में ला पटकेगा, उस दिन तक क्या हम इतना भी निश्चय कर सके होंगे कि हमारी भाषा कैसी होगी, उसमें भिन्न-भिन्न भाषाओं के शब्दों का अनुपात क्या होगा और शब्दों के 'शुद्ध' और 'गैर-शुद्ध' उच्चारणों में से कौन-सा अपनाया जायेगा ?

समूचे जन-समूह में भाषा और भाव की एकता और सौहार्द्र का होना अच्छा है । इसके लिए तर्कशास्त्रियों की नहीं, ऐसे सेवाभावी व्यक्तियों की आवश्यकता है, जो समस्त बाधाओं और विघ्नों को शिरसा स्वीकार करके काम करने में जुट जाते हैं । वे ही लोग साहित्य का भी निर्माण करते हैं और इतिहास का भी । आज काम करना बड़ी बात है । इस देश में हिन्दू हैं, मुसलमान हैं, स्पृश्य हैं, अस्पृश्य हैं, संस्कृत है, फारसी है—विरोधों और संघर्षों की विराट वाहिनी है; पर सबके ऊपर मनुष्य है—विरोधों को दिन-रात याद करते रहने की अपेक्षा अपनी शक्ति का सम्बल लेकर उसकी सेवा में जुट जाना अच्छा है । जो भी भाषा आपके पास है, उससे बस मनुष्य को ऊपर उठाने का काम शुरू कर दीजिए । आपका उद्देश्य आपकी भाषा बना देगा ।

अच्छी बात करने वालों की कमी इस देश में कभी नहीं रही है । आज भी बहुत ईमानदारी और सच्चाई के साथ अच्छी बात करने वाले आदमी इस देश में कम नहीं हैं । उन्होंने प्रेम और भ्रातृभाव का मन्त्र बताया है । अनादिकाल से महापुरुषों ने एक और सौहार्द्र का सन्देश सुनाया

है । कहते हैं कि व्यासदेव ने अन्तिम जीवन में निराश होकर कहा था कि 'मैं भुजा उठाकर चिल्ला रहा हूँ कि धर्म ही प्रधान वस्तु है, उसी से अर्थ और काम की प्राप्ति होती है, पर मेरी कोई सुन नहीं रहा है' :

ऊर्ध्वबाहुर्विरौम्येष नैव कश्चिच्छृणोति मे ।
धर्मादर्थश्च कामश्च स धर्म किं न सेव्यताम् ।।

ऐसा क्यों हुआ ? इसलिए कि समाज के ऐतिहासिक विकास, आर्थिक संयोजन और सामाजिक संगठन के मूल में ही कुछ ऐसी गलती रह गयी है कि एक दल जिसे धर्म समझता है, दूसरा उसे नहीं समझ पाता । इस वैषम्य को ध्यान में रखकर ही प्रेम और सौहार्द्र का पाठ पढ़ाया जाना चाहिए । दही में जितना भी दूध डालिए, दही होता जायेगा । शंकाशील हृदयों में प्रेम की वाणी भी शंका उत्पन्न करती है ।

मेरी अल्प बुद्धि में तो यही सूझता है कि समाज के नाना स्तरों के लिए अलग-अलग ढंग की भाषा होगी । नाना उद्देश्यों की सिद्धि के लिए नाना भाँति के प्रयत्न करने होंगे । सारे प्रतीयमान विरोधों का सामंजस्य एक ही बात से होगा—मनुष्य का हित ।

भारत के हजारों गाँवों और शहरों में फैली हुई सैकड़ों जातियों और उपजातियों में विभक्त सभ्यता की नाना सीढ़ियों पर खड़ी हुई यह जनता ही हमारे समस्त वक्तव्यों का लक्ष्यीभूत श्रोता है । उसका कल्याण ही साध्य है, बाकी सब कुछ साधन है—संस्कृत भी और फारसी भी, व्याकरण भी और छन्द भी, साहित्य भी और विज्ञान भी, धर्म भी और ईमान भी । हमारे समस्त प्रयत्नों का एकमात्र लक्ष्य यही मनुष्य है । उसको वर्तमान दुर्गति से बचाकर भविष्य में आत्यन्तिक कल्याण की ओर उन्मुख करना ही हमारा लक्ष्य है । यही सत्य है, यही धर्म है । सत्य वह नहीं है जो मुख से बोलते हैं । सत्य वह है जो मनुष्य के आत्यन्तिक कल्याण के लिए किया जाता है । नारद ने शुक्रदेव से कहा था कि 'सत्य बोलना अच्छा है, पर हित बोलना और भी अच्छा है । मेरे मत से सत्य वह है जो भूतमात्र के आत्यन्तिक कल्याण हेतु हो':

सत्यस्य वचनं श्रेयः सत्यादपि हितं वदेत् ।
यद्भूतहितमत्यंतमेतत् सत्यं मतं मम ।।

यही सर्वभूत का आत्यन्तिक कल्याण साहित्य का चरम लक्ष्य है । जो साहित्य केवल कल्पना-विलास है, जो केवल समय काटने के लिए लिखा जाता है, वह बड़ी चीज नहीं है । बड़ी चीज वह है, जो मनुष्य को आहार-निद्रा आदि पशु-सामान्य धरातल से ऊपर उठाता है । मनुष्य का शरीर दुर्लभ वस्तु है, इसे पाना ही कम तप का फल नहीं है, पर इसे महान् लक्ष्य की ओर उन्मुख करना और भी श्रेष्ठ कार्य है ।

इधर कुछ ऐसी हवा बह रही है कि हर सस्ती चीज को साहित्य का वाहन माना जाने लगा है । इस प्रवृत्ति को 'वास्तविकता' के गलत नाम से पुकारा जाने लगा है । तरह-तरह की दलील देकर यह बताने का प्रयत्न किया जा रहा है कि मनुष्य की लालसोन्मुख वृत्तियाँ ही साहित्य के

उपयुक्त वाहन हैं। मुझे किसी मनोरोग के विपक्ष में या पक्ष में कुछ भी नहीं कहना है। मुझे सिर्फ इतना ही कहना है कि साहित्य के उत्कर्ष या अपकर्ष के निर्णय की एकमात्र कसौटी यही हो सकती है कि वह मनुष्य का हित साधन करता है या नहीं। जिस बात के कहने से मनुष्य पशु-सामान्य धरातल के ऊपर नहीं उठता, वह त्याज्य है। मैं उसी को सस्ती चीज कहता हूँ। सस्ती इसलिए कि उसके लिए किसी प्रकार के संयम या तप की जरूरत नहीं होती। धूल में लोटना बहुत आसान है, परन्तु धूल में लोटने से संसार का कोई बड़ा उपकार नहीं होता और न किसी प्रकार के मानसिक संयम का अभ्यास ही आवश्यक है। और जैसा कि रवीन्द्रनाथ ने कहा है कि यदि कोई निःसंकोच धूल में लोट पड़े तो इसे हम बहुत बड़ा पुरुषार्थ नहीं कह सकते। हम इस बात को डरने योग्य भी नहीं मानेंगे; परन्तु यदि दस-पाँच भले आदमी ऊँचे गले से यही कहना शुरू कर दें कि धूल में लोटना ही उस्तादी है तो थोड़ा डरना आवश्यक हो जाता है। भय का कारण इसका सस्तापन है। मनुष्य में बहुत-सी आदिम मनोवृत्तियाँ हैं, जो जरा-सा सहारा पाते ही झनझना उठती हैं। अगर उनको भी साहित्य-साधना का बड़ा आदर्श कहा जाने लगे तो उसे मानने और पालन करने वालों की कमी नहीं रहेगी। ऐसी बातों को इस प्रकार प्रोत्साहित किया जाता है कि मानो यह कोई साहस और वीरता का काम है।

पुरानी सड़ी रूढ़ियों का मैं पक्षपाती नहीं हूँ, परन्तु संयम और निष्ठा पुरानी रूढ़ियाँ नहीं हैं। वे मनुष्य के दीर्घ आयास से उपलब्ध गुण हैं और दीर्घ आयास से ही पाये जाते हैं। इनके प्रति विद्रोह प्रगति नहीं है। आदिम युग में मनुष्य की जो वृत्तियाँ अत्यन्त प्रबल थीं, वे निश्चय ही अब भी हैं और प्रबल भी हैं; परन्तु मनुष्य ने अपनी तपस्या से उनको अपने वश में कर लिया है और वश में करने के कारण वह उनको सुन्दर बना सका है। मनुष्य के रंगमंच पर आने के पहले प्रकृति लुढ़कती-पुढ़कती चली आ रही थी। प्रत्येक कार्य अपने पूर्ववर्त्ती कार्य का परिणाम है। संसार की कार्य-कारण-परम्परा में कहीं फाँक नहीं थी। जो वस्तु जैसी होने को है, वह वैसी ही होगी। इसी समय मनुष्य आया। उसने इस नीरन्ध्र ठोस कार्य-कारण-परम्परा में एक फाँक का आविष्कार किया। जो जैसा है, उसे वैसा ही मानने से उसने इन्कार कर दिया। उसे उसने अपने मन के अनुकूल बनाने का प्रयत्न किया। सो, मनुष्य की पूववर्ती सृष्टि किसी प्रकार बनती जा रही थी, मनुष्य ने उसे अपने अनुकूल बनाना चाहा—यहीं मनुष्य पशु से अलग हो गया। वह पशु-सामान्य धरातल से ऊपर उठा। बार-बार उसे उसी धरातल की ओर उन्मुख करना प्रगति नहीं, यह पीछे लौटने का काम है। मैं मानता हूँ कि न तो कभी ऐसा समय रहा है, जब लालसा को उत्तेजना देने वाला साहित्य न लिखा गया हो और न कोई ऐसा देश है, जहाँ ऐसी बात न लिखी गयी हो; परन्तु मेरा विश्वास है कि मनुष्य सामूहिक रूप में इस गलती को महसूस करेगा और त्याग देगा। यह ठीक है कि मनुष्य का इतिहास उसकी गलतियों का इतिहास है, पर यह और भी ठीक है कि मनुष्य बराबर गलतियों पर विजय पाता आया है। लालसा को उत्तेजन देने वाला साहित्य उसकी गलती है। एक-न-एक दिन वह इस पर अवश्य विजय पायेगा।

सत्य अपना पूरा मूल्य चाहता है। उसके साथ समझौता नहीं हो सकता। साहित्य के चरम

सत्य को पाने के लिए भी उसका पूरा-पूरा मूल्य चुकाना ही समीचीन है । जो लोग पद-पद पर सहज और सीधे साधनों की दुहाई दिया करते हैं, शायद किसी बड़े लक्ष्य की बात नहीं सोचते । मनुष्य को उसके उच्चतर लक्ष्य तक पहुँचाने के लिए उसके प्रतिदिन के व्यवहार में आने वाली वृत्तियों के साथ सुलह करने से काम नहीं चलेगा । कठोर संयम और त्याग द्वारा ही उसे बड़ा बनाया जा सकेगा । जो बात एक क्षेत्र में सत्य है, वह सभी क्षेत्रों में सत्य है—साहित्य में, भाषा में, आचार-विचार में, सर्वत्र । भाषा को ही लीजिए । मनुष्य अपने आहार और निद्रा के साधनों को जुटाने के लिए जिस भाषा का व्यवहार करता है, वह उसकी अनायासलब्ध भाषा है; परन्तु यदि उसे इस धरातल से ऊपर उठाना है तो उतने से काम नहीं चलेगा । सहज भाषा आवश्यक है । पर सहज भाषा का मतलब है सहज ही महान् बनाने वाली भाषा, रास्ते में बटोरकर संग्रह की हुई भाषा नहीं ।

सीधी लकीर खींचना टेढ़ा काम है । सहज भाषा पाने के लिए कठोर तप आवश्यक है । जब तक आदमी सहज नहीं होता तब तक भाषा का सहज होना असम्भव है । स्वदेश और विदेश के वर्तमान और अतीत के समस्त वाङ्मय का रस निचोड़ने से वह सहज भाव प्राप्त होता है । हर आदमी क्या बोलता है या क्या नहीं बोलता, इस बात से सहज भाषा का अर्थ स्थिर नहीं किया जा सकता । क्या कहने या क्या न कहने से मनुष्य उस उच्चतर आदर्श तक पहुँच सकेगा, जिसे संक्षेप में 'मनुष्यता' कहा जाता है, यही मुख्य बात है । सहज मनुष्य ही सहज भाषा बोल सकता है । दाता महान् होने से दान महान् होता है !

जिन लोगों ने गहन साधना करके अपने को सहज नहीं बना लिया, वे सहज भाषा नहीं पा सकते । व्याकरण और भाषा-शास्त्र के बल पर यह भाषा नहीं बनायी जा सकती । कोशों में प्रयुक्त शब्दों के अनुपात पर इसे नहीं गढ़ा जा सकता । कबीरदास और तुलसीदास को यह भाषा मिली थी, महात्मा गांधी को भी यह भाषा मिली, क्योंकि वे सहज हो सके । उनमें दान करने की क्षमता थी । शब्दों का हिसाब लगाने से यह दातृत्व नहीं मिलता, अपने को दलित द्राक्षा के समान निचोड़कर महासहज के समर्पण कर देने से प्राप्त होता है । जो अपने को निःशेष भाव से दे नहीं सका, वह दाता नहीं हो सकता । आपमें अगर देने लायक वस्तु है तो भाषा स्वयं सहज हो जायेगी । पहले सहज भाषा बनेगी, फिर उसमें देने योग्य पदार्थ भरे जायेंगे, यह गलत रास्ता है । सही रास्ता यह है कि पहले देने की क्षमता उपार्जन करो । इसके लिए तप की जरूरत है, साधना की जरूरत है, अपने को निःशेष भाव से दान कर देने की जरूरत है ।

हिन्दी साधारण जनता की भाषा है । जनता के लिए ही उसका जन्म हुआ था और जब तक वह अपने को जनता के काम की चीज बनाये रहेगी, जन-चित्त में आत्मबल का संचार करती रहेगी, तब तक उसे किसी से डर नहीं है । वह अपने आपकी भीतरी अपराजेय शक्ति के बल पर बड़ी हुई है, लोक-सेपा के महान् व्रत के कारण बड़ी हुई है और यदि अपनी मूल-शक्ति के स्रोत को भूल नहीं गयी तो निस्संदेह अधिकाधिक शक्तिशाली होती जायेगी । उसका कोई कुछ भी नहीं बिगाड़ सकता । वह विरोधों और संघर्षों के बीच ही पली है । उसे जन्म के समय ही मार डालने

की कोशिश की गयी थी, पर वह मरी नहीं है, क्योंकि उसकी जीवनी-शक्ति का अक्षय स्रोत जनचित्त है। वह किसी राजशक्ति की उँगली पकड़कर यात्रा तय करने वाली भाषा नहीं है, अपने-आपकी भीतरी शक्ति से महत्त्वपूर्ण आसन अधिकार करने वाली अद्वितीय भाषा है।

शायद ही संसार में कोई ऐसी भाषा हो, जिसकी उन्नति में पद-पद पर इतनी बाधा पहुँचाई गयी हो, फिर भी जो इस प्रकार अपार शक्ति संचय कर सकी हो। आज वह सैकड़ों 'प्लेटफार्मों' से, कोड़ियों विद्यालयों से और दर्जनों प्रेसों से नित्य मुखरित होने वाली परमशक्ति-शालिनी भाषा है। उसकी जड़ जनता के हृदय में है। वह करोड़ों नर-नारियों की आशा और आकांक्षा, क्षुधा और पिपासा, धर्म और विज्ञान की भाषा है। हिन्दी-सेवा का अर्थ करोड़ों की सेवा है। इसका अवसर मिलना सौभाग्य की बात है।

वास्तव में हमारे अध्ययन की सामग्री प्रत्यक्ष मनुष्य है। आपने इतिहास में इसी मनुष्य की धारावाहिक जययात्रा की कहानी पड़ी है, साहित्य में इसी के आवेगों, उद्वेगों और उल्लासों का स्पन्दन देखा है, राजनीति में इसकी लुका-छिपी के खेल का दर्शन किया है, अर्थशास्त्र में इसकी रीढ़ की शक्ति का अध्ययन किया है। यह मनुष्य ही वास्तविक लक्ष्य है। आप इससे सीधा संबंध जोड़ने जा रहे हैं। यह जो प्रत्यक्ष मनुष्य को पढ़ना है, वही बड़ी बात है। हमारी शिक्षा का अधिक भाग जिन सब दृष्टान्तों का आश्रय लेता है, वे हमारे सामने नहीं आते। हमारा इतिहास पढ़ना तब तक व्यर्थ है, जब तक हम उसे इस जीवन्त मानव-प्रवाह के साथ एक करके न देख सकें। हमारे देश का इतिहास—यदि वह सचमुच ही हमारे देश का है—आज भी निश्चय ही हमारे घरों में, गाँवों में, जातियों में, खँडहरों में और इस देश के जर्रे-जर्रे में अपना चिह्न छोड़ता जा रहा है। जब तक देश के इन प्रत्येक कणों से हमारा प्रत्यक्ष संबंध नहीं स्थापित होता, तब तक हम इतिहास का वास्तविक ज्ञान कैसे प्राप्त कर सकेंगे ? हममें से जो कोई भी अपने को शिक्षित समझता हो, उसे अपनी उच्च अट्टालिका से नीचे उतरकर अपने देश के इर्द-गिर्द फैले हुए विशाल जन-समूह, विस्तृत भूखण्ड और सजीव चिन्ता-प्रवाह को ही प्रधान पाठ्य-पुस्तक बनाना होगा। पुस्तकें इसी महाग्रन्थ को समझाने का साधन मानी जानी चाहिए। नोटों और कुंजियों को उत्पन्न करने वाली मनोवृत्ति का निर्दयतापूर्वक दमन कर देना चाहिए। हम लोग नृतत्त्व के ग्रन्थ न पढ़ते हों सो बात नहीं है, किन्तु जब हम देखते हैं कि ग्रन्थ पढ़ने के कारण हमारे घरों के निकट जो चमार, धीवर, कोरी, कुम्हार लोग रहते हैं उनके पूरे परिचय पाने के लिए हमारे हृदयों में जरा-सी भी उत्सुकता नहीं उत्पन्न होती, तब अच्छी तरह समझ में आ जाता है कि पुस्तकों के संबंध में हमें कितना अन्धविश्वास हो गया है, पुस्तकों को हम कितना बड़ा समझते हैं और पुस्तकें वस्तुतः जिनकी छाया हैं, उनको कितना तुच्छ मानते हैं। यह ढंग गलत है। इसमें सुधार होना चाहिए। विद्या के क्षेत्र में 'सेकण्ड हैण्ड' ज्ञान की प्रधानता स्थापित होना वांछनीय नहीं। दुर्भाग्यवश अपने देश में ऐसे ही ज्ञान की प्रधानता स्थापित हो गयी है। हमें यदि सचमुच कुछ नया करना है तो बड़े विकट प्रयास करने पड़ेंगे। समूचे देश के मस्तिष्क में जो जड़-संस्कार पैदा कर दिए गये उनसे जूझना पड़ेगा। इसका समर्थन तभी हो सकता है, जब हम दृढ़ प्रत्यक्ष ज्ञान

की ओर अग्रसर हों।

आपमें से अधिकांश का मार्ग शायद मातृभाषा और उसके साहित्य द्वारा देश की सेवा करना हो। यह बड़ा उत्तम मार्ग है; परन्तु हमें अच्छी तरह समझ लेने की आवश्यकता है कि साहित्य-सेवा या मातृभाषा की सेवा का क्या अर्थ है ? किसे सामने रखकर आप साहित्य लिखने जा रहे हैं ? आपके वक्तव्यों का लक्ष्यीभूत स्रोत कौन है ? हिन्दी भाषा कोई देवी-देवता की मूर्ति का नाम नहीं है। हिन्दी की सेवा करने का अर्थ हिन्दी की प्रतिमा बनाकर पूजना नहीं है। यह लाक्षणिक प्रयोग है। इसका अर्थ है—हिन्दी के माध्यम द्वारा समझनेवाली विशाल जनता की सेवा। कभी-कभी हम लोग इस भाषा के प्रति होने वाले अन्यायों से विक्षुब्ध होकर गलत ढंग के स्वभाषा-प्रेम का परिचय देते हैं। अपनी भाषा, अपनी संस्कृति और अपने साहित्य से प्रेम होना बुरी बात नहीं है, पर जो प्रेम ज्ञान द्वारा चालित और श्रद्धा द्वारा अनुगमित होता है, वही प्रेम अच्छा है। केवल ज्ञान बोझ है, केवल श्रद्धा अन्धा बना देती है। हिन्दी के प्रति जो हमारा प्रेम है, वह भी ज्ञान द्वारा चालित और श्रद्धा द्वारा अनुगमित होना चाहिए। हमें ठीक-ठीक समझना चाहिए कि हिन्दी की शक्ति कहाँ है। हिन्दी इसलिए बड़ी नहीं है कि हममें से कुछ लोग इस भाषा में कहानी या कविता लिख लेते हैं या सभा-मंचों पर बोल लेते हैं। नहीं, वह इसलिए बड़ी है क्योंकि कोटि-कोटि जनता के हृदय और मस्तिष्क की भूख मिटाने में यह भाषा इस देश में सबसे बड़ा साधन हो सकती है। हमारे पूर्वजों ने दीर्घकाल की तपस्या और मनन से जो ज्ञानराशि संचित की है, उसे सुरक्षित रखने का यह सबसे मजबूत पात्र है, अकारण और सकारण शोषित और पोषित, मूढ़, निर्वाक् जनता तक आशा और उत्साह का सन्देश इसी जीवन्त और समर्थ भाषा के द्वारा पहुँचाया जा सकता है। यदि देश में आधुनिक ज्ञान-विज्ञान को हमें जन-साधारण तक पहुँचाना है तो इसी भाषा का सहारा लेकर हम यह काम कर सकते हैं। हिन्दी इन्हीं सम्भावनाओं के कारण बड़ी है। यदि वह यह कार्य नहीं कर सकती तो 'हिन्दी-हिन्दी' चिल्लाना व्यर्थ है। यदि वह यह काम कर सकती है तो उसका भविष्य अत्यन्त उज्ज्वल है। यदि वह इन महान् उद्देश्यों के अनुकूल है तो फिर वह इस देश में हिमालय की भाँति अचल होकर रहेगी। हिमालय की ही भाँति उन्नत, उतनी ही महान् हिन्दी जनता की भाषा है। जनता के लिए ही उसका जन्म हुआ था और जब तक वह जनता के चित्त में आत्मबल संचारित करती रहेगी, उसके हृदय और मस्तिष्क की भूख मिटाती रहेगी, तब तक उसका जीनन सार्थक है। जो लोग इस भाषा और इसके साहित्य की सेवा करने का व्रत करने जा रहे हों, उन्हें ये बात कभी नहीं भूलनी चाहिए।

भारतवर्ष क्या है ? अनादिकाल से नाना जातियाँ अपने नाना भाँति के संस्कार, रीति-रस्म आदि लेकर इस देश में आती रही हैं। यहाँ भी अनेक प्रकार के मानवीय समूह विद्यमान रहे हैं। ये जातियाँ कुछ देर तक झगड़ती रही हैं और फिर रगड़-झगड़कर, ले-देकर पास-ही-पास बस गयी हैं—भाइयों की तरह ! इन्हीं नाना जातियों, नाना संस्कारों, नाना धर्मों, नाना रीति-रस्मों का जीवन्त समन्वय यह भारतवर्ष है। विदेशी पराधीनता ने इसके स्वाभाविक विकास में बाधा पहुँचायी है। उसका बाह्य रूप विचित्र-सा दिखायी दे रहा है। इसी वैचित्र्यपूर्ण जन-समूह को आशा और उत्साह

का सन्देश देना साहित्य-सेवा का लक्ष्य है । हजारों गाँवों और शहरों में फैली हुई, शताधिक जातियों और उप-जातियों में विभक्त सभ्यता के नाना स्तरों पर ठिठकी हुई यह जनता ही हमारे समस्त प्रयत्नों का लक्ष्य है । इसका कल्याण ही साध्य है । बाकी सब कुछ साधन है । आपने जो अपनी भाषा पर अधिकार प्राप्त किया है, वह अपने-आपमें अपना अन्त नहीं है । वह साधन है । इसे भाषा के सहारे आपको इस जनता तक पहुँचाना है । इसको निराशा और पस्त-हिम्मती से बचाना आपका कर्त्तव्य है; परन्तु यह कोई सरल काम नहीं है । केवल कुछ अच्छा करने की इच्छामात्र से यह काम नहीं होगा । आज की समस्याएँ बड़ी उलझनदार और जटिल हैं । बिजली की बत्ती मुँह से फूँककर नहीं बुझायी जाती है । यह समझने की जरूरत है कि जो दुर्गति आज हम प्रत्यक्ष देख रहे हैं, उसका वास्तविक कारण क्या है ? साहित्य का साधक केवल कल्पना की दुनिया में विचरण करके, केवल 'हाय-हाय' की या 'वाह-वाह' की पुकार करके अपने सामने की कुत्सित कुरूपता को नहीं बदल सकता । हमें उस समूची विद्या को सीखना पड़ेगा, जो विश्व-रहस्य के नये-नये द्वार खोल रही है, जो प्रकृति के समस्त गुप्त भंडार पर धावा बोलने के लिए बद्ध-परिकर है, जो मनुष्य को असीम सुख और समृद्धि तक ले जा सकती है । फिर हमें उस स्वार्थ-शक्ति को भी समझना है, जो इस विद्या का गलत प्रयोग करने वाले मनुष्य को सर्वत्र लांछित और अपमानित कर रही है । साहित्य का कारबार मनुष्य के समूचे जीवन को लेकर है । जो लोग आज भी यह सोचते हैं कि साहित्य के लिए कुछ खास-खास विषय ही पढ़ने के हैं, वे बड़ी गलती करते हैं । आज की जनता की दुर्दशा को यदि आप सचमुच ही उखाड़ फेंकना चाहते हैं तो आप चाहे जो भी मार्ग लें, राजनीति से अलग होकर नहीं रह सकते, अर्थनीति की उपेक्षा नहीं कर सकते और विज्ञान की नयी प्रवृत्तियों से अपरिचित रहकर कुछ नहीं कर सकते । साहित्य केवल बुद्धि-विलास नहीं है । वह जीवन की वास्तविकता की उपेक्षा करके सजीव नहीं रह सकता ।

साहित्य के उपासक अपने पैर के नीचे की मिट्टी की उपेक्षा नहीं कर सकते । हम सारे बाह्य जगत् को असुन्दर छोड़कर सौन्दर्य की सृष्टि नहीं कर सकते । सुन्दरता सामंजस्य का नाम है । जिस दुनिया में छोटाई और बड़ाई में, धनी और निर्धन में, ज्ञानी और अज्ञानी में आकाश-पाताल का अन्तर हो, वह दुनिया बाह्य सामंजस्यमय नहीं कही जा सकती और इसीलिए वह सुन्दर भी नहीं है । इस बाह्य असुन्दरता के 'ढूह' में खड़े होकर आन्तरिक सौन्दर्य की उपासना नहीं हो सकती । हमें उस बाह्य असौन्दर्य को देखना ही पड़ेगा । निरन्न, निर्वसन जनता के बीच खड़े होकर आप परियों के सौन्दर्य-लोक की कल्पना नहीं कर सकते । साहित्य सुन्दर का उपासक है, इसलिए साहित्यिक को असामंजस्य को दूर करने का प्रयत्न पहले करना होगा, अशिक्षा और कुशिक्षा से लड़ना होगा, भय और ग्लानि से लड़ना होगा । सौन्दर्य और असौन्दर्य का कोई समझौता नहीं हो सकता । सत्य अपना पूरा मूल्य चाहता है । उसे पाने का सीधा और एकमात्र रास्ता उसकी कीमत चुका देना ही है । इसके अतिरिक्त कोई दूसरा रास्ता नहीं है । हमारे देश का बाह्य रूप न तो आँखों को प्रीति देने लायक है, न कानों को, न मन को, न बुद्धि को । यह सचाई है ।

यदि किसी देश का बांह्य रूप सम्मान योग्य और सुन्दर नहीं बन सका है, तो समझना चाहिए

कि उस राष्ट्र की आत्मा में एक उच्च जगत् का निर्माण किया जाना शुरू नहीं हुआ है । अर्थात् वहाँ सच्चे साहित्य के निर्माण का श्रीगणेश नहीं हुआ है । साहित्य ही मनुष्य को भीतर से सुसंस्कृत और उन्नत बनाता है और तभी उसका बाह्य रूप भी साफ और स्वस्थ दिखायी देता है । और साथ ही बाह्य रूप के साफ और स्वस्थ होने से आन्तरिक स्वास्थ्य का भी आरम्भ होता है । दोनों ही बातें अन्योन्याश्रित हैं । जबकि हमारे देश में नाना भाँति के कुसंस्कार और गन्दगी वर्तमान हैं, जबकि हमारे समाज का आधा अंग परदे में ढका हुआ है, जबकि हमारी नब्बे फीसदी जनता अज्ञान के मलबे के नीचे दबी हुई है, तब हमें मानना चाहिए कि अभी दिल्ली बहुत दूर है । हम साहित्य के नाम पर जो कुछ कर रहे हैं और जो कुछ दे रहे हैं, उसमें कहीं बड़ी भारी कमी रह गयी है । हमारा भीतर और बाहर अब भी साफ और स्वस्थ नहीं है । साहित्य की साधना तब तक बन्ध्य ही रहेगी जब तक हम पाठकों में एक ऐसी अदमनीय आकांक्षा जाग्रत न कर दें, जो सारे मानव-समाज को भीतर से और बाहर से सुन्दर तथा सम्मान-योग्य देखने के लिए सदा व्याकुल रखे । अगर यह आकांक्षा जाग्रत हो सकी तो हममें से प्रत्येक अपनी-अपनी शक्ति के अनुसार उन सामग्रियों को जरूर संग्रह कर लेगा, जो उक्त इच्छा की पूर्ति की सहायक हैं । अगर यह आकांक्षा जाग्रत नहीं हुई तो कितनी भी विद्या क्यों न पढ़ी हो, वह एक जंजाल मात्र सिद्ध होगी और दुनियादारी और चालाकी का ढकोसला ही बनी रहेगी । जो साहित्यिक निष्ठा के साथ इच्छा को लेकर रास्ते पर निकल पड़ेगा, वह स्वयं अपना रास्ता खोज निकालेगा । साधन की अल्पता से कोई महती इच्छा आज तक नहीं रुकी है । भूख होनी चाहिए । एक बार भूख के होने पर खाद्य-सामग्री जुट जाती है, पर खाद्य-सामग्री के भरे रहने पर भूख नहीं लगती है । गरुड़ ने उत्पन्न होते ही कहा, "माँ, बहुत भूख लगती है ।" माता विनता घबड़ाकर विलाप करने लगी कि इस प्रचण्ड क्षुधाशाली पुत्र को अन्न कहाँ से दें ! पिता कश्यप ने आश्वासन देकर कहा था, "कोई चिन्ता की बात नहीं । महान् पुत्र उत्पन्न हुआ है; क्योंकि उसकी भूख महान् है !" हमारी भाषा को भी इस समय प्रचण्ड साहित्यिक क्षुधावाले महान् पुत्र की आवश्यकता है । जब तक हमारी मातारूपी भाषा के गर्भ से ऐसे कृती पुत्र पैदा नहीं होते, तभी तक वह विनता की तरह कष्ट पा रही है । जिस दिन ऐसे पुत्र पैदा होंगे, उस दिन मातृभाषा धन्य हो जायेगी ।

इस देश में हिन्दू हैं, मुसलमान हैं, ब्राह्मण हैं, चाण्डाल हैं, धनी हैं, गरीब हैं—विरुद्ध संस्कारों और विरोधी स्वार्थों की विराट् वाहिनी है । इसमें पद-पद पर गलत समझे जाने का अन्देशा है, प्रतिक्षण विरोधी स्वार्थों के संघर्ष में पिस जाने का डर है, संस्कारों और भावावेशों का शिकार हो जाने का अन्देशा है; परन्तु इन समस्त विरोधों और संघातों से बड़ा और सबको छापकर विराज रहा है मनुष्य । इस मनुष्य की भलाई के लिए आप अपने-आपको निःशेष भाव से देकर ही सार्थक हो सकते हैं । सारा देश आपका है । भेद और विरोध ऊपरी हैं । भीतर मनुष्य एक है । इस एक को दृढ़ता के साथ पहचानने का यत्न कीजिए । जो लोग भेद-भाव को पकड़कर ही अपना रास्ता निकालना चाहते हैं, वे गलती करते हैं । विरोधी रहे हैं तो उन्हें आगे भी बने ही रहना चाहिए, यह कोई काम की बात नहीं हुई । हमें नये सिरे से सब कुछ गढ़ना है, तोड़ना नहीं है, टूटे को जोड़ना

है । भेद-भाव की जयमाला से हम पार नहीं उतर सकते । कबीर ने हैरान होकर कहा था :

कबीर इस संसार को समझाऊँ कै बार ।
पूँछ जु पकड़े भेद का, उतरा चाहै पार ॥

मनुष्य एक है । उसके सुख-दुःख को समझना, उसे मनुष्यता के पवित्र आसन पर बैठाना ही हमारा कर्त्तव्य है ।

साहित्य की सम्प्रेषणीयता

आज हमारा राष्ट्र परिवर्तन के मोड़ पर है, हम सब प्रकार के सामाजिक, आर्थिक और वैज्ञानिक विकास के लिए कृतसंकल्प हैं । हम एक ऐसे समाज की रचना में संलग्न हैं जिसमें गरीबी और विषमताएँ नहीं रहेंगी और प्रत्येक व्यक्ति को अपनी योग्यता के अनुसार आगे बढ़ने के अवसर समान रूप से प्राप्त होंगे । यह एक महान् संकल्प है, इसके लिए बहुत बड़े पैमाने पर विचारगत क्रान्ति की आवश्यकता है । हमारे देश की समस्याएँ बहुत जटिल हैं और उनकी जड़ें दीर्घकाल से गहराई में पैठी हुई हैं, उनके व्यापक होने में हमारे इतिहास ने और हमारी सामाजिक व्यवस्थाओं ने अपना योगदान किया है ।

इनके स्वरूप की ठीक-ठीक जानकारी साहित्य के माध्यम से ही हो सकती है । उत्तम साहित्य के द्वारा ही हम उन बाधाओं का यथार्थ स्वरूप समझ सकते हैं जो नये युग में हमारे लिए अवरोधक सिद्ध हो रही हैं । साहित्य उस मानसिक भूमिका को तैयार करता है, जो नये वैज्ञानिक युग के प्रकाश ग्रहण करने में अत्यन्त आवश्यक है ।

परन्तु हम साहित्य को ही इसके लिए अत्यधिक प्रभावशाली साधन क्यों स्वीकार करते हैं ? क्या भाषा का ही उद्देश्य सम्प्रेषणीयता नहीं है ? एक मन के भाव को दूसरे तक सम्प्रेषित करना वस्तुतः भाषा का उद्देश्य है । इसलिए भाषा में हम जो कुछ कहेंगे या लिखेंगे वह सभी किसी-न-किसी विचार के सम्प्रेषण के उद्देश्य से ही होगा । ऐसी स्थिति में साहित्य पर ही विशेष बल देने की क्या आवश्यकता है ? आज सैकड़ों समाचारपत्र और सूचना देनेवाली पुस्तकें क्या सम्प्रेषण का कार्य नहीं कर रही हैं ?

यह ठीक है कि भाषा का मुख्य काम विचारों का सम्प्रेषण ही है और ऐसे सूचनात्मक ग्रन्थों को भी सामान्य रूप में साहित्य कह देने की प्रवृत्ति भी पायी जाती है; परन्तु भाषा द्वारा दो प्रकार के सम्प्रेषण होते हैंः एक तो सूचनात्मक सम्प्रेषण है जिसमें हम श्रोता के चित्त में किसी बात की सूचना का संचार करते हैं और दूसरा रचनात्मक सम्प्रेषण होता है जो श्रोता के चित्त में गाढ़ अनुभूति द्वारा जगायी गयी संवेदनाओं को मूर्त्त और अनुभव योग्य बनाता है । वस्तुतः इस दूसरी श्रेणी के सम्प्रेषण को ही सही अर्थों में सम्प्रेषण कहा जाता है । इसी का नाम रचनात्मक सम्प्रेषण है । जब हम साहित्य की सम्प्रेषणीयता पर विचार करते हैं तब हम इस दूसरी श्रेणी के सम्प्रेषण पर ही बल देते हैं ।

सूचनात्मक सम्प्रेषण उतना प्रभावशाली नहीं होता जितना रचनात्मक सम्प्रेषण । ऐसा क्यों होता है ? ऐसा इसलिए होता है कि भाषा साधारणतः शब्दों के सामान्य अर्थ का ही कारबार करती है । प्रत्येक शब्द जिस अर्थ को अभिव्यक्त करता है, वह सामान्य अर्थ होता है । परन्तु

संवेदनशील रचनात्मक साहित्यकार, सामान्य अर्थों से सन्तुष्ट नहीं होता है। वह सामान्य अर्थों को व्यक्त करनेवाली भाषा के माध्यम से ही अपनी विशिष्ट अनुभूतियों को लोकचित्त में सम्प्रेषित करने के लिए व्याकुल रहता है। स्रष्टा और संवेदनशील साहित्यकार के मन में प्रत्येक युग में नयी विशिष्ट चेतना उत्पन्न होती है, जिसे सामान्य भाषा व्यक्त नहीं कर पाती। इसके लिए साहित्यकार को नये शब्द और नयी प्रकाशन-भंगिमा का सहारा लेना पड़ता है। नयी प्रकाशन-भंगिमा में भाषा का स्वरूप बदल जाता है और पुराने शब्दों में भी नये अर्थ आरोपित होने लगते हैं। अपनी विशिष्ट अनुभूति को लोकचित्त की सामान्य अनुभूति बना देना ही वह कौशल है जिसे काव्यशास्त्र में 'साधारणीकरण' कहते हैं। रचनात्मक साहित्य लोकचित्त को नये सन्दर्भ में नयी ग्राहिका शक्ति देता है, इसलिए वह सामान्य भाषा की अपेक्षा अधिक शक्तिशाली साधन होता है। वह नये सन्दर्भ में उपलब्ध विशिष्ट संवेदनशील चित्त की विशिष्ट अनुभूतियों को सर्वसाधारण के चित्त की अनुभूति बना सके—साहित्य के नाम पर चलनेवाली रचनाएँ यदि इस उद्देश्य को पूरा नहीं करतीं तो वे साहित्य कहलाने के योग्य नहीं हैं।

सच्चा साहित्य चित्तगत उन्मुक्तता को जन्म देता है। वह सहृदय के चित्त को रूढ़ और निर्जीव संस्कारों से मुक्त करके नये सन्दर्भ में नयी ग्राहिका शक्ति से सम्पन्न करता है।

साहित्य में सम्प्रेषणीयता किसी-न-किसी मानवीय विश्वास के आधार पर होती है। आधुनिक साहित्यकार का मानवीय विश्वास अनेक ऐतिहासिक कारणों से प्राचीनतर विश्वासों से भिन्न कोटि का है। परन्तु सच पूछिए तो किसी भी दो युगों के मानवीय विश्वास हू-ब-हू एक ही तरह के नहीं होते। नये सन्दर्भों में वे नया रूप धारण करते रहते हैं।

चित्तगत उन्मुक्तता का अर्थ यह नहीं होता कि मनुष्य अपने पूर्वजों की विशाल अनुभव-सम्पद की उपेक्षा करे। यह बिल्कुल गलत धारणा है। जिन दिनों यूरोप में मानवतावाद की नयी लहर आयी थी, उन दिनों देश-विदेश के शास्त्रों का जैसा गहरा और गम्भीर अध्ययन हुआ वैसा पहले कभी नहीं हुआ। उससे नुकसान तो हुआ ही नहीं, वरन् लाभ ही हुआ।

प्रकृत यह है कि नये सन्दर्भ में नये संकल्पों और आदर्शों को लोकचित्त में सम्प्रेषित करने के लिए नये साहित्यकार को पुरानी भाषा में बहुत-कुछ परिवर्तन करना पड़ रहा है। बहुत-से पुराने शब्द नये अर्थों में प्रयुक्त होने लगे हैं। नये शब्द भी गढ़े जा रहे हैं। पुराने-से-पुराने शब्द अब अपने पुराने अर्थों को छोड़ नया बाना धारण कर रहे हैं। यद्यपि राजा, सेठ, मन्त्री आदि शब्द बहुत पुराने हैं, परन्तु नयी परिस्थिति में उनके अर्थों में और उनके प्रयोग में बहुत अन्तर आ गया है। इसी प्रकार जाति, कुल, सम्पत्ति, विद्वत्ता आदि शब्दों के अर्थों में सूक्ष्म अन्तर आ गया है। अनेक प्रकार की साहित्यिक रचनाओं के—जिनमें उपन्यास, कहानी, कविता, नाटक, व्यंग्य, हास्य आदि हैं—पुराने शब्दों को नये अर्थ में संस्कृत करने का कार्य निरन्तर चल रहा है। आधुनिक हिन्दी साहित्य इस विषय में काफी जागरूक है। देखते-देखते सम्प्रेषण के मुख्य साधन—शब्द, छन्द, अलंकरण, लय आदि—में भारी परिवर्तन हुआ है और आधुनिक युग की समस्याओं के विषय में साहित्यकारों की प्रतिक्रियाओं में भी जबरदस्त अन्तर आ गया है।

इन दिनों देश नये परिवर्तन के दौर से गुजर रहा है । सरकारी तौर पर अनेक प्रकार के समाधान सोचे और सुझाये जा रहे हैं । आर्थिक-सामाजिक पक्षों पर अनेक प्रकार के नये विचार प्रस्तुत किये जा रहे हैं और ऐसा समझा जा रहा है कि इन विचारों को कार्यरूप में परिणत करने से देश में समृद्धि का नया युग उत्पन्न हो सकेगा । यह विशेष रूप से उल्लेख्य है कि हिन्दी का नया साहित्यकार इन सभी सुझावों का स्वागत नहीं करता । कई बार तो वह व्यंग्यों और कटाक्षों के द्वारा उनकी उपादेयता पर सन्देह प्रकट करता है और कभी-कभी उनकी खिल्ली भी उड़ाता है । जो लोग सरकार के द्वारा प्रचारित समाधानों को ज्यों-का-त्यों स्वीकार कर उसे अपने साहित्य का विषय बनाते हैं, उन्हें सब समय अच्छा साहित्यकार भी नहीं माना जाता; क्योंकि हिन्दी के नये साहित्यिकों के मन में साहित्य को प्रोपेगैण्डा की मशीन बनाने के विचार के प्रति ही विद्रोह की भावना जड़ जमा चुकी है ।

नयी कहानी, कविता, अकविता, चुटकले आदि को देखने से भी लगता है कि हिन्दी का नया साहित्यकार विद्रोही हो गया है, जो विद्रोही नहीं है उसके प्रति वह निष्ठुर भी है । इसीलिए स्वभावतः यह प्रश्न उठता है कि आज के युग में वैज्ञानिक या सामाजिक प्रगति के प्रति उत्साह और उल्लास का भाव सम्प्रेषित करने में हमारे साहित्यकार अपने उत्तरदायित्व का अनुभव कर रहे हैं या नहीं । मैं समझता हूँ कि नये साहित्यकार विशेष सामाजिक प्रगति और वैज्ञानिक उपलब्धियों के प्रति आस्थावान हैं । वे केवल उसे अमल करने के लिए जिम्मेदार व्यक्तियों और उनके तौर-तरीकों के प्रति आस्थावान नहीं हैं । सारे व्यंग्य और कटूक्तियों के मूल में उस जड़-निर्जीव यन्त्र के प्रति क्षोभ का भाव है, जो नयी प्रगतिमूलक नीतियाँ कुण्ठित मनोवृत्ति और जीर्ण-शीर्ण विधानों द्वारा लागू करने का प्रयास करता है ।

आज भिन्न-भिन्न विचारों वाले समाचारपत्र प्रतिदिन कुछ-न-कुछ विचारों का सम्प्रेषण अपने पाठकों के चित्त में अवश्य करते हैं । परन्तु चूँकि वे ऐसी भाषा का सहारा लेते हैं जो सामान्य अर्थों को वहन करने वाली भाषा है, इसलिए उनका सम्प्रेषण प्रभावशाली नहीं होता । हम गोष्ठियों में बैठे-बैठे चाय पीते-पीते इस खबर पर चर्चा कर सकते हैं कि बांग्ला देश में 10 लाख आदमी मारे गए और 90 लाख आदमी शरणार्थी के रूप में हमारे देश में भाग आये हैं । यह सामान्य अर्थ देनेवाली भाषा द्वारा सम्प्रेषित सूचनामात्र है, जो हमारे चित्त के उपरले सतह को छूकर विगत हो जाती है । उसमें गाढ़ अनुभूति संचरित करने की क्षमता बहुत कम होती है । परन्तु यदि इसको विशिष्ट बनाकर कहना है तो किसी एक विशिष्ट परिवार के कष्टों का; निर्वसन, निरन्न भागते हुए रुग्ण वृद्धों तथा बच्चों और अपमानित बहुओं के भारी कष्टों का मार्मिक चित्रण करना होगा । कष्ट भोगते समय उन्हें जो अनुभव हुआ उसको यदि कोई संवेदनशील कथाकार या कवि प्रत्यक्ष करके रख दे तो संवेदनशील मनुष्य का हृदय मथित हो जायेगा और उसके चित्त में इन अभागों का दुःख कहीं अधिक गाढ़ भाव से अनुभवगम्य हो सकेगा । भूखा बालक मरी हुई माँ का स्तनपान करने के लिए व्यर्थ प्रयास कर रहा है और चारों ओर स्यारों और गिद्धों की जमातें उसे घेरे हुए हैं—इस एक दृश्य से ही कोई कलाकार जिस भयंकर कष्ट और दुःख की अनुभूति दे सकता है वह

लम्बी-चौड़ी संख्याओं से कदापि सम्प्रेषित नहीं हो सकता ।

इस प्रसंग में यह प्रश्न उठता है कि सम्प्रेषणीयता की क्षमता किन लोगों में होती है । आज के महान् युग में प्रत्येक देश सैकड़ों पत्र-पत्रिकाएँ निकाल रहा है । उन्हें पढ़ पाने के लिए सैकड़ों लोग प्रतिदिन ही लिखा करते हैं । क्या ये सारी रचनाएँ सम्प्रेषणीयता की क्षमता रखती हैं ? स्पष्ट ही है कि सबमें न तो समान रूप से संवेदनशीलता ही होती है, न ही समान रूप से सबसे यह आशा की जा सकती है कि वे किसी गाढ़ अनुभूति को सबके चित्त में प्रविष्ट करा सकेंगी । परन्तु सभी किसी-न-किसी रूप में और किसी-न-किसी मात्रा में थोड़ी-बहुत नयी संवेदना तो सम्प्रेषित करती ही रहती हैं । इसी प्रकार जितने लोग व्यंग्य और विद्रूषों का सहारा लेते हैं, वे सब सही अर्थ में ही आलोचना कर रहे हैं यह नहीं कहा जा सकता, परन्तु ऐसी भाषा में वह तीक्ष्णता अवश्य वे ले आते हैं जो किसी समर्थ कलाकार का साधन बनकर अधिक तेजी से भोथे हृदयों में चुभ सकने की शक्ति रखते हैं । हिन्दी के आधुनिक साहित्य के नये कवियों और लेखकों के हृदयों में एक ऐसी धारणा बहुत अधिक बद्धमूल जान पड़ती है कि जो कुछ हो रहा है वह सन्तोषजनक नहीं । मानवीय धरातल पर मनुष्य के दुःख-दर्द को सहलाने के लिए जैसी व्यवस्था होनी चाहिए वैसी व्यवस्था हो नहीं रही है । विज्ञान के साधनों के सदुपयोग को जिस सन्दर्भ की आवश्यकता है वैसा प्राप्त नहीं हो रहा है । सारा देश गरीबी, रोग, अशिक्षा, कुसंस्कार से मुक्त हो, इस बात के लिए जैसा प्रयत्न होना चाहिए वैसा हो नहीं रहा है । इसलिए हमारे नये साहित्य में बड़े जबर्दस्त व्यंग्य और भर्त्सना का आधिक्य है ।

यह और भी शक्तिशाली होता यदि साहित्यकार इस विषय में भी सजग होते कि जो बाधाएँ हैं वे कितनी मनुष्य की शक्ति के वश में हैं और कितनी ऐसी हैं जो दीर्घकाल तक धैर्य और सतत प्रयत्न द्वारा साध्य हैं । मुझे कभी-कभी लगता है कि हमारे नये साहित्यकार के मन में देश की दुर्गतियों के बारे में तीव्र अनुभूति तो है, पर उनकी विशालता और व्यापकता का पूरा चित्र नहीं है । इसीलिए उनके व्यंग्य अधूरे और एकांगी हो जाते हैं । मुझे इस बात से खुशी होती है कि नये साहित्यकार मनुष्य के दुःख के प्रति जागरूक हैं और इस बात से व्याकुल हैं कि कहीं-न-कहीं ऐसी कोई गलती अवश्य है जो इसको दूर करने की हमारी सारी आकांक्षाओं के बावजूद सारे प्रयत्नों को विफल बना रही है । बाधा मुख्य रूप से हमारे सामाजिक संघटन में है, और जिस व्यवस्था के ऊपर इसको दूर करने की जिम्मेदारी है उस व्यवस्था के ढाँचे की संरचना में है । यह एकदम असम्भव है कि सारी बातें रातों-रात जादू की छड़ी से ठीक कर दी जायँ । हमारी गरीबी और हमारे कुसंस्कार कुछ एक दिन में तो पैदा नहीं हुए हैं । वे इतिहास की देन हैं और उनके समूल उत्पाटन के लिए प्रयत्न करना पड़ेगा । फिर भी यह सन्तोष की बात है कि नये साहित्यकार लक्ष्य के प्रति सचेत हैं, हालाँकि वे बाधक तत्त्वों के बारे में कुछ उदासीन भी लगते हैं । जो हो, साहित्यिक सम्प्रेषणीयता तभी जाकर पूर्ण रूप से सफल होगी जब हम अपने लक्ष्य और उसके बाधक तत्त्वों की ठीक-ठीक जानकारी रखकर सर्वसाधारण के चित्त में वैज्ञानिक, सामाजिक और मानवीय आदर्श को सम्प्रेषित करने में समर्थ हों ।

क्या निराश हुआ जाय ?

मेरा मन कभी-कभी बैठ जाता है । समाचारपत्रों में ठगी, डकैती, चोरी, तस्करी और भ्रष्टाचार के समाचार भरे रहते हैं । आरोप-प्रत्यारोप का कुछ ऐसा वातावरण बन गया है कि लगता है, देश में कोई ईमानदार आदमी रह ही नहीं गया है । हर व्यक्ति सन्देह की दृष्टि से देखा जा रहा है । जो जितने ही ऊँचे पद पर है, उसमें उतने ही अधिक दोष दिखाये जाते हैं । एक बहुत बड़े आदमी ने मुझसे एक बार कहा था कि इस समय सुखी वही है जो कुछ नहीं करता, जो भी कुछ करेगा उसमें लोग दोष खोजने लगेंगे । उसके सारे गुण भुला दिये जायेंगे और दोषों को बढ़ा-चढ़ाकर दिखाया जाने लगेगा । दोष किसमें नहीं होते ? यही कारण है कि हर आदमी दोषी अधिक दिख रहा है, गुणी कम या बिल्कुल नहीं । स्थिति अगर ऐसी है तो निश्चय ही चिन्ता का विषय है ।

यही क्या भारतवर्ष है जिसका सपना तिलक और गांधी ने देखा था ? विवेकानन्द और रामतीर्थ का आध्यात्मिक ऊँचाई वाला भारतवर्ष कहाँ है ? रवीन्द्रनाथ ठाकुर और मदनमोहन मालवीय का महान् संस्कृति-सभ्यता वाला भारतवर्ष किस अतीत के गह्वर में डूब गया ? आर्य और द्रविड़, हिन्दू और मुसलमान, यूरोपीय और भारतीय आदर्शों की मिलनभूमि 'महामानव- समुद्र' क्या सूख ही गया ? मेरा मन कहता है, ऐसा नहीं हो सकता । हमारे महान् मनीषियों के सपने का भारत है और रहेगा । ऊपर की सतह पर जितना भी कोलाहल और उथल-पुथल क्यों न दिखाई दे रही हो, नीचे शान्त, अचंचल गाम्भीर्य में अब भी भारत महान् है, अनुकरणीय है । यह सही है कि इन दिनों कुछ ऐसा माहौल बना है कि ईमानदारी से मेहनत करके जीविका चलाने वाले निरीह और भोले-भाले श्रमजीवी पिस रहे हैं, झूठ और फरेब का रोजगार करने वाले फल-फूल रहे हैं । ईमानदारी को मूर्खता का पयार्य समझा जाने लगा है, सच्चाई केवल भीरु और बेबस लोगों के हिस्से पड़ी है । ऐसी स्थिति में जीवन के महान् मूल्यों के बारे में लोगों की आस्था ही हिलने लगी है ।

बात नयी नहीं है । पर इसकी बीभत्सता शायद पहले कभी इतनी विकराल होकर नहीं प्रकट हुई थी । आज से चार सौ साल पहले बाबा तुलसीदास ने कुछ ऐसा ही माहौल देखा था । वे व्याकुल भाव से कह गए हैं :

सीदत साधु, साधुता सोचति,
खल बिलसत, हुलसति खलई है ।

परन्तु आधुनिक साधनों और सुविधाओं के विकास के साथ-साथ धन-संग्रह की प्रवृत्ति को जैसा

बढ़ावा इस समय मिला है, वैसा उन दिनों नहीं था। 'खलई का हुलास' बेहिसाब बढ़ गया है और उसी अनुपात में, बल्कि कुछ अधिक मात्रा में ही, 'साधुता का सोच' भी बढ़ा है। तुलसीदास ने महान् जीवन-मूल्यों में आस्था नहीं छोड़ी थी। लगता है, उनके समकालीन अधिकांश लोगों ने भी नहीं छोड़ी थी, पर आज ? आज भी छोड़ने की जरूरत नहीं है।

ऊपर-ऊपर जो कुछ दिखायी दे रहा है, वह बहुत हाल की मनुष्य-निर्मित नीतियों की त्रुटियों की देन है। सदा मनुष्य-बुद्धि नयी परिस्थितियों का सामना करने के लिए नये सामाजिक विधि-निषेधों को बनाती है, उनके ठीक साबित न होने पर उन्हें बदलती है। ऊहापोह, ग्रहण-त्याग, संशोधन-परिवर्धन का सिलसिला चलता ही रहता है। उथल-पुथल भी होती है, कई बार दुर्व्यवस्था के कारण निरीह व्यक्तियों का कष्ट भी बढ़ता है, बहुधा सुविधाभोगी वर्ग की स्थिति में परिवर्तन के कारण व्यक्ति-विशेष बुरी तरह ध्वंस हो जाता है। नियम-कानून सबके लिए बनाये जाते हैं, पर मनुष्य-समाज बहुत जटिल प्रक्रियाओं से होकर, गुजरकर और भी जटिल हो जाता है, सबके लिए कभी भी एक ही नियम सुखकर नहीं होते। मनुष्य की वृद्धि से निर्मित व्यवस्था हमेशा त्रुटि-युक्त ही होती है। सामयिक कायदे-कानून कभी युग-युग से परीक्षित आदर्शों से टकराते भी हैं, इससे ऊपरी सतह आलोड़ित भी होती है। पहले भी हुआ है, आगे भी होगा। उसे देखकर हताश हो जाना ठीक नहीं है।

भारतवर्ष ने कभी भी भौतिक वस्तुओं के संग्रह को महत्त्व नहीं दिया। उसकी दृष्टि में मनुष्य के भीतर जो महान् आन्तरिक तत्त्व स्थिर भाव से बैठा हुआ है, वही चरम और परम है। लोभ-मोह, काम-क्रोध आदि विकार मनुष्य में स्वाभाविक रूप से विद्यमान रहते हैं, पर उनको प्रधान शक्ति मान लेना और अपने मन और बुद्धि को उन्हीं के इशारे पर छोड़ देना बहुत निकृष्ट आचरण है। भारतवर्ष ने कभी भी इनको महत्त्व नहीं दिया, इन्हें सदा संयम के बन्धन से बाँधकर रखने का प्रयत्न किया है। परन्तु, भूख की उपेक्षा नहीं की जा सकती, बीमार के लिए दवा की उपेक्षा नहीं की जा सकती। हुआ यह है कि इस देश के कोटि-कोटि दरिद्रजनों की हीन अवस्था को दूर करने के लिए ऐसे अनेक कायदे-कानून बनाये गये हैं जो कृषि, उद्योग, वाणिज्य, शिक्षा और स्वास्थ्य की स्थिति को अधिक उन्नत और सुचारु बनाने के लक्ष्य से प्रेरित हैं। अपने-आपमें यह लक्ष्य बहुत ही उत्तम है, परन्तु जिन लोगों को इन कार्यों में लगना है उनका मन सब समय पवित्र नहीं होता। प्रायः ही वे लक्ष्य को भूल जाते हैं और अपनी ही सुख-सुविधा की ओर ज्यादा ध्यान देने लगते हैं। व्यक्तिचित्त सब समय आदर्शों द्वारा चालित नहीं होता। जितने बड़े पैमाने पर इन क्षेत्रों में मनुष्य की उन्नति के विधान बनाये गये, उतनी ही मात्रा में लोभ-मोह जैसे विकार भी विस्तृत होते गये। लक्ष्य की बात भूल गयी। आदर्शों को मजाक का विषय बनाया गया और संयम को दकियानूसी मान लिया गया। परिणाम जो होना था वह हो रहा है। यह कुछ थोड़े-से लोगों के बढ़ते हुए लोभ का नतीजा है, किन्तु इससे भारतवर्ष के पुराने आदर्श और भी अधिक स्पष्ट रूप से महान् और उपयोगी दिखायी देने लगे हैं।

भारतवर्ष सदा कानून को धर्म के रूप में देखता आ रहा है। आज एकाएक कानून और धर्म

में अन्तर कर दिया गया है । धर्म को धोखा नहीं दिया जा सकता, कानून को दिया जा सकता है । यही कारण है कि जो लोग धर्म-भीरु रूढ़िग्रस्त हैं, वे कानून की त्रुटियों से लाभ उठाने में संकोच नहीं करते ।

इस बात के पर्याप्त प्रमाण खोजे जा सकते हैं कि समाज के उपरले स्तर में चाहे जो भी हो रहा हो, भीतर-भीतर भारतवर्ष अब भी यह अनुभव कर रहा है कि धर्म कानून से बड़ी चीज है । अब भी सेवा, ईमानदारी, सच्चाई और आध्यात्मिकता के मूल्य बने हुए हैं । वे दब अवश्य गए हैं, लेकिन नष्ट नहीं हुए । मनुष्य आज भी मनुष्य से प्रेम करता है, महिलाओं का सम्मान करता है, झूठ और चोरी को गलत समझता है, दूसरे को पीड़ा पहुँचाने को पाप समझता है और कठिनाई में पड़े हुए बेबस लोगों की सहायता करने में अपने को कृतकृत्य अनुभव करता है । हर आदमी अपने व्यक्तिगत जीवन में इस बात का अनुभव करता है । समाचारपत्रों में जो भ्रष्टाचार के प्रति इतना आक्रोश है, वह यही साबित करता है कि हम ऐसी चीजों को गलत समझते हैं और समाज के उन तत्त्वों की प्रतिष्ठा कम करना चाहते हैं जो गलत तरीके से धन या मान संग्रह करते हैं । दोषों का पर्दाफाश करना बुरी बात नहीं है । बुराई यह मालूम होती है कि किसी के आचरण के गलत पक्ष को उद्‌घाटित करते समय उसमें रस लिया जाता है और दोषोद्‌घाटन को एकमात्र कर्तव्य ही मान लिया जाता है । बुराई में रस लेना बुरी बात है, अच्छाई को उतना ही रस लेकर उजागर नहीं करना और भी बुरी बात है । सैकड़ों घटनाएँ ऐसी घटती हैं जिन्हें उजागर करने से लोकचित्त में अच्छाई के प्रति अच्छी भावना जागती है ।

मैं एक बार रेलवे स्टेशन पर टिकट लेने गया । गलती से मैंने दस रुपये के बदले सौ रुपये का नोट दे दिया । टिकट बाबू ने उस समय वह रुपया रख लिया । मुझे पता भी नहीं चला कि मैंने कितनी बड़ी गलती की है । मैं जल्दी-जल्दी गाड़ी में आकर बैठ गया । थोड़ी देर में टिकट बाबू उन दिनों के सैकेंड क्लास के डब्बे में हर आदमी का चेहरा पहचानता हुआ उपस्थित हुआ । उसने मुझे पहचान लिया और बड़ी विनम्रता के साथ मेरे हाथ में नब्बे रुपये रख दिये और कहा, "यह बहुत बड़ी गलती हो गयी थी । आपने भी नहीं देखा और मैंने भी नहीं देखा ।" उसके चेहरे पर विशेष सन्तोष की गरिमा थी । मैं चकित रह गया । कैसे कहूँ कि दुनिया से सच्चाई और ईमानदारी लुप्त हो गयी है ? ऐसी अनेक घटनाएँ हुई हैं, परन्तु यही एक घटना ठगी और वंचना की अनेक घटनाओं से अधिक शक्तिशाली है ।

एक बार मैं बस में यात्रा कर रहा था । मेरे साथ मेरी पत्नी और तीन बच्चे भी थे । बस में कुछ खराबी थी, रुक-रुककर चलती थी । गन्तव्य से कोई पाँच मील पहले ही एक निर्जन सुनसान स्थान में बस ने जवाब दे दिया । रात के कोई दस बजे होंगे । बस के यात्री घबड़ा गए । कण्डक्टर ऊपर गया और एक साइकिल लेकर चलता बना । लोगों को सन्देह हो गया कि हमको धोखा दिया जा रहा है । बस में बैठे लोग तरह-तरह की बातें शुरू करने लगे । किसी ने कहा, "यहाँ डकैती होती है । दो दिन पहले इसी तरह एक बस को लूट लिया गया ।" परिवार सहित मैं अकेला था । बच्चे 'पानी-पानी' चिल्ला रहे थे । पानी का कहीं ठिकाना नहीं था । ऊपर से आदमियों में

डर समा गया था। कुछ नौजवान लोगों ने ड्राइवर को पकड़कर मारने-पीटने का हिसाब बनाया। ड्राइवर के चेहरे पर हवाइयाँ उड़ने लगीं। लोगों ने उसे पकड़ लिया। वह बड़े कातर ढंग से मेरी ओर देखने लगा और बोला, "हम लोग बस का कोई उपाय कर रहे हैं, बचाइए, ये लोग मारेंगे।" डर तो मेरे मन में भी था, पर उसकी कातर मुद्रा देखकर मैंने और यात्रियों को समझाया कि मारना ठीक नहीं है। परन्तु यात्री इतना घबड़ा गए थे कि वे मेरी बात सुनने को तैयार नहीं हुए। वे लोग कहने लगे, "इसकी बातों में मत आइए, धोखा दे रहा है। कण्डक्टर को पहले ही डाकुओं के यहाँ भेज दिया है।" मैं भी भयभीत था, पर ड्राइवर को किसी तरह मारपीट से बचाया। डेढ़-दो घण्टे बीत गये। मेरे बच्चे खाना और पानी के लिए व्याकुल थे। मैं और मेरी पत्नी की हालत बुरी थी। लोगों ने ड्राइवर को मारा तो नहीं, पर उसे बस से उतारकर एक जगह घेरकर रखा। कोई दुर्घटना होती है तो पहले ड्राइवर को समाप्त कर देना उन्हें उचित जान पड़ा। मेरे गिड़गिड़ाने का कोई विशेष असर नहीं पड़ा। इसी समय क्या देखता हूँ कि एक खाली बस चली आ रही है और उस पर हमारी बस का कण्डक्टर भी बैठा हुआ है। उसने आते ही कहा, "अड्डे से नयी बस लाया हूँ, इस पर बैठिए। यह बस चलने लायक नहीं है।" फिर मेरे पास एक लोटे में पानी और थोड़ा दूध लेकर आया और बोला, "पण्डितजी ! बच्चों का रोना मुझसे देखा नहीं गया। वहीं दूध मिल गया, थोड़ा लेता आया।" यात्रियों को फिर जान आयी। सबों ने उसे धन्यवाद दिया। ड्राइवर से माफी माँगी और बारह बजे से पहले ही सब लोग बस अड्डे पहुँच गये। कैसे कहूँ कि मनुष्यता एकदम समाप्त हो गयी ? कैसे कहूँ कि लोगों में दया-माया रही ही नहीं ? जीवन में न जाने कितनी ऐसी घटनाएँ हुई हैं जिन्हें मैं कभी भूल नहीं सकता।

ठगा भी गया हूँ, धोखा भी खाया है, परन्तु बहुत कम स्थलों पर विश्वासघात नाम की चीज मिली है। केवल उन्हीं बातों का हिसाब रखूँ जिनमें धोखा खाया है तो जीवन कष्टकर हो जायेगा। परन्तु ऐसी घटनाएँ बहुत कम नहीं हैं जहाँ लोगों ने अकारण सहायता की है, निराश मन को ढाँढस दिया है और हिम्मत बँधायी है। कविवर रवीन्द्रनाथ ठाकुर ने अपने एक प्रार्थनागीत में भगवान् से प्रार्थना की थी कि 'संसार में केवल नुकसान ही उठाना पड़े, धोखा खाना ही पड़े तो ऐसे अवसरों पर भी है प्रभो ! ऐसी शक्ति दो कि मैं तुम्हारे ऊपर सन्देह न करूँ !'

संसारेते लभिले क्षति, पाइले सुधु वंचना
तोमाके जेन ना करि संशय।

मनुष्य की बनायी विधियाँ गलत नतीजे तक पहुँच रही हैं तो उन्हें बदलना होगा। वस्तुतः आये दिन इन्हें बदला ही जा रहा है। लेकिन अब भी आशा की ज्योति बुझी नहीं है। महान् भारतवर्ष को पाने की सम्भावना बनी हुई है, बनी रहेगी।

मेरे मन ! निराश होने की जरूरत नहीं है।

कबीर के मूल वचन

कबीर के मूल वचनों का अनुसंधान करते समय सबसे पहले बीजक पर ध्यान जाता है । बीजक कबीर सम्प्रदाय का सर्वमान्य ग्रन्थ है । नाना दृष्टियों से यह एक महत्त्वपूर्ण कृति है । यद्यपि पिछले पचास वर्षों में इसकी चर्चा बहुत हुई है तथापि इसका अध्ययन अभी अपूर्ण ही है । साधारणतः कबीरदास के अपने प्रतिपादित सिद्धान्तों के लिए ही इस पुस्तक का उपयोग किया जाता रहा है । परन्तु प्रस्तुत लेखक का विश्वास है कि बीजक से और भी अनेक महत्त्वपूर्ण बातों का पता चल सकता है । बीजक हमारे साधना-साहित्य के इतिहास में एक अपूर्व ग्रन्थ है । इससे हमें एक भुला दिये हुए विशाल धर्ममत की सूचना मिलती है जिसका प्रभाव लोकचित्त पर बहुत अधिक था । इस पुस्तक पर जितनी टीकाएँ लिखी गई हैं उतनी किसी भी अन्य कबीरपंथी पुस्तक पर नहीं लिखी गईं । इस पुस्तक को कबीर-मत का वेद (श्रुति) कहा जाता है । परन्तु फिर भी आँख मूँदकर इस पुस्तक के सभी पद्य कबीर-कृत नहीं माने जा सकते । कारण नीचे दिया जा रहा है ।

अब तक बीजक के सिवा दो और ऐसे प्राचीन संग्रह उपलब्ध हुए हैं जिनकी प्रामाणिकता का दावा उपस्थित किया गया है । इनमें प्रथम है नागरी-प्रचारिणी सभा द्वारा प्रकाशित स्व० डॉ० श्यामसुन्दर दास द्वारा संपादित कबीर ग्रन्थावली और दूसरा सिखों के आदि ग्रन्थ में संगृहीत कबीर-वचन । इस प्रकार से तीन संग्रह कबीरदास के मूल वचनों की अनुसंधित्सा के लिए विचार्य हैं । नागरी-प्रचारिणी सभा वाली पुस्तक के विषय में यह दावा उपस्थित किया गया है कि वह कबीरदास की मृत्यु से 15 वर्ष पहले लिखी जा चुकी थी, इसलिए बहुत प्रामाणिक है । मैंने अपनी 'कबीर' नामक पुस्तक में यह सिद्ध किया था कि यह दावा गलत है (पृ० 19-20) क्योंकि इस पुस्तक की पुष्पिका में दिया हुआ संवत् बाद में जोड़ा है । मेरे इस वक्तव्य का समर्थन डॉ० रामकुमार वर्मा ने अपनी 'सन्त कबीर' नामक पुस्तक में किया है (पृ० 5-6) । वर्माजी ने और भी अनेक प्रमाणों के बल पर उस पुष्पिका की अप्रामाणिकता सिद्ध की है ।

कबीर ग्रन्थावली का संपादन डॉ० श्यामसुन्दर दास ने दो प्रतियों के आधार पर किया है । इन प्रतियों का नाम उन्होंने (क) और (ख) प्रति दिया है । इसमें पहली अर्थात् (क) प्रति को अधिक प्रामाणिक समझा गया है । इस पर सं० 1561 संवत् दिया हुआ है जो निक्षिप्त सिद्ध हो चुका है । दूसरी प्रति सं० 1881 की लिखी हुई बताई गई है । दोनों प्रतियों में पाठभेद बहुत कम है । (ख) प्रति में (क) प्रति की अपेक्षा 131 दोहे और 5 पद अधिक हैं । ऐसा जान पड़ता है कि दोनों प्रतियों के लेखन-काल में बहुत अधिक का अन्तर नहीं है । कुछ पाठ (ख) प्रति में अधिक हैं सही परन्तु इससे इतना ही अनुमान किया जा सकता है कि यह प्रति कुछ बाद की लिखी हुई

होगी। यह विश्वास करने का पर्याप्त कारण है कि (क) प्रति अधिक-से-अधिक (ख) से 50 वर्ष पुरानी होगी। रमैनियों के प्रकरण में हम इस बात पर विचार करेंगे। (ख) प्रति संवत् 1881 अर्थात् सन् 1824 ई० की लिखी है इसलिए (क) प्रति अट्ठारहवीं शताब्दी के अन्त्यभाग की लिखी होगी या फिर उन्नीसवीं शताब्दी के आरम्भिक वर्षों में लिखी गई होगी। पुस्तक की लिखावट से भी यही अनुमान होता है। यह ध्यान देने की बात है कि (ख) प्रति में जो पाँच पद अधिक हैं उनमें एक वस्तुतः बीजक का 'ज्ञानचौंतीसा' है जो इस प्रति में रमैणी नाम से संगृहीत है। इसका पाठ आदिग्रन्थ में संगृहीत बावन आखरी के अधिक निकट और बीजक के 'ज्ञानचौंतीसा' से काफी दूर है।

यह प्रसिद्ध है कि सं० 1661 में गुरु ग्रन्थ साहब का संकलन किया गया था। इस प्रकार यह आदि ग्रन्थ वाला संग्रह भी पुराना है। सन् ईसवी की सोलहवीं शताब्दी में वह संगृहीत हो चुका था। हाल ही में डॉ० रामकुमार वर्मा ने इस संग्रह का एक बहुत सुन्दर संपादित संस्करण प्रकाशित किया है। परन्तु स्वयं कबीरपंथी लोग बीजक को ही प्रामाणिक समझते हैं। कहते हैं, अमृतसर के गुरुद्वारे के कबीर-फाटक पर रहने वाले कबीरपंथी भगत भी बीजक का ही पाठ करते हैं। इसलिए जहाँ तक कबीरपंथ का संबंध है वहाँ तक निस्संदेह बीजक की प्रामाणिकता सर्वोपरि है।

अब तक बीजक के कई संस्करण निकल चुके हैं। उनका विवरण इस प्रकार है :

(1) सन् 1868 में रीवाँ के महाराजा विश्वनाथ सिंह जू देव की टीका के साथ बीजक प्रथम बार बनारस में छपा था। यह संस्करण मेरे देखने में नहीं आया। परन्तु इस टीका के साथ बीजक और भी कई बार छप चुका है। लखनऊ के नवलकिशोर प्रेस से सन् 1915 ई० में, बम्बई के वेंकटेश्वर प्रेस से सं० 1961 (सन् 1904 ई०) में, और कानपुर से पादरी अहमदशाह द्वारा संपादित संस्करण सन् 1911 ई० में छपा था। अहमदशाह वाले संस्करण में ऐसे भी बहुत-से पद हैं जो इस टीका में व्याख्यात नहीं हैं और अन्य संस्करणों से संगृहीत हैं। इस प्रकार विश्वनाथ सिंह जू की टीका (जिसे हम आगे संक्षेप में विश्व० लिखेंगे) के अब तक पाँच संस्करण हो चुके हैं। बीजक की टीकाओं में यह सर्वाधिक पाण्डित्यपूर्ण है यद्यपि इसमें साकेतवासी राम का प्रतिपादन होने के कारण पंथ में इसका आदर नहीं है।

(2) सन् 1890 ई० में मुंगेर के वैपटिस्ट मिशन की ओर से पादरी प्रेमचन्द ने 'पूरा बीजक' प्रकाशित कराया था जो कलकत्ते में मैक्लियड स्ट्रीट में छपा था। कबीरपंथियों के संस्करणों से यह कुछ भिन्न था।

(3) कबीरपंथियों में सर्वाधिक मान्य टीका पूरनदास की लिखी हुई तृत्या या त्रिज्या टीका है।[1] सबसे पहले यह टीका बाबा देवीदास ने सन् 1892 में लखनऊ से छपाई थी। फिर सन् 1905 ई० में बम्बई के वेंकटेश्वर प्रेस से और उसी साल जाम्बूसहर से गोवर्धनदास गुरु गणपति साहेब ने छपवाई। कटरा, इलाहाबाद के श्री बालगोविन्द मिस्त्री ने भी सन् 1905 ई० में इसका

1. ई०एफ० के : पृ० 58-59

एक संस्करण प्रकाशित कराया था । बनारस के कबीरचौरा वाले सम्प्रदाय को भी यह टीका मान्य है । आगे संक्षेप में हम इसे 'त्रिज्या' या 'तृज्या' कहेंगे । पूर्णदासजी (पूरनदासजी) का एक और ग्रन्थ निर्णयसार है । इस पुस्तक में एक जगह लिखा है कि 'पारख गुरु कबीर कहावै । पारख धर्मदास बतलावै ।'[1] इससे जान पड़ता है कि ये धर्मदासी सम्प्रदाय के हैं । फिर भी इनकी टीका सर्वमान्य हो चुकी है ।

(4) सं० 1983 (सन् 1924 ई०) में साधु विचारदासजी की टिप्पणियों के साथ बीजक का एक संस्करण बनारस से छपा था । यह पुस्तक कबीरचौरा के 'कबीरपथिकाचार्य श्री रामविलास दास जी साहब की आज्ञा से' छपी थी इसलिए इसका पाठ कबीरचौरा को मान्य होगा, ऐसा माना जा सकता है । सन् 1931 में कबीरचौरा से मूल बीजक भी ग्यारह प्रतियों के आधार पर शोधकर प्रकाशित किया गया था । सन् 1936 ई० में काशी के बाबू बैजनाथ प्रसाद बुकसेलर ने महाराज राघवदास विचरित 'सर्वांग-पद-प्रकाशिका' टीका सहित बीजक का एक अच्छा संस्करण छपाया है । यह संस्करण भी कबीरचौरा को मान्य होगा, क्योंकि मेरे पूछने पर वर्तमान कबीरचौरा गुरुद्वारा के आचार्य श्री रामविलास साहबजी ने अपने 30-2-45 के कृपापत्र में लिखा था कि गुरुद्वारा की पुस्तकें बाबू बैजनाथ प्रसादजी ने छापी हैं ।

(5) मूल बीजक के छिटपुट अनेक संस्करण छपे हैं । सन् 1883 ई० में नवलकिशोर प्रेस लखनऊ से, 1898 ई० में गंगाप्रसाद वर्मा ब्रादर्स लखनऊ से, और सं० 1964 (सन् 1907) में वेंकटेश्वर प्रेस से छपे हुए संस्करण मेरे जानने में आए हैं ।

बीजक उस लेख को कहते हैं जो गड़े हुए धन का सन्धान बतावे । स्वयं बीजक में ही इस शब्द की यही व्याख्या दी हुई है । इस प्रकार बीजक उस ग्रन्थ को कहा जाता है जो अन्तरालस्थित परम सत्य से भक्तजन का साक्षात्कार करावे ।

साधारणतः बीजक में निम्नलिखित अध्याय होते हैं—

(1) आदि मंगल—अर्थात् कबीर-सम्मत सृष्टि-प्रक्रिया बताने वाली पुस्तक । कबीरचौरा को जो पाठ मान्य है उसमें आदि मंगल का स्थान नहीं है । हमारा अनुमान है कि यह मूल बीजक का अंग कभी नहीं गिना गया । आगे हम अपने अनुमान के पोषक प्रमाण दे रहे हैं ।

(2) रमैनी—चौपाई-दोहों में लिखित ज्ञान-परक अंश । विशेष विचार आगे दिये जा रहे हैं ।

(3) शब्द—अर्थात् सद्‌गुरु के प्रामाणिक वचन । ये गेय पद हैं ।

(4) ज्ञान चौंतीसा या चौंतीसी में वर्णमाला के प्रत्येक अक्षर से आरम्भ करके चौपाई छन्द में सिद्धान्त की बातें हैं ।

(5) विभ्रमतोसी—में ब्राह्मणों की कड़ी आलोचना है ।

(6) कहरा—कहरा राग में दुःख-निवृत्ति के उपदेश हैं ।

(7) पसन्त—में नित्य वसन्त और मायिक वसन्त का वर्णन है ।

(8) चाचर—में माया के चाचर (खेल) का वर्णन है ।

---

1. निर्णयसार 129वीं चौपाई, पृ०67

(9) बेलि—में माया रूपी बेल का वर्णन है ।
(10) विरहुली—में साँप का विष उतारने वाली विद्या का रूपक है ।
(11) हिंडोला—में भ्रम-हिंडोले का वर्णन है ।
(12) साखी—दोहा-छन्द में साक्षी रूप से सद्गुरु ने भवफन्द का रहस्य बतलाया है ।
(13) सायर बीजक को पद—यह भी कबीरचौरा वाले संस्करणों में नहीं है ।

'आदि मंगल' वस्तुतः एक छोटी-सी स्वतन्त्र रचना है । यह सतगुरु (=कबीर) और सुकृत (=धर्मदास) के संवाद के रूप में लिखा गया है । सुकृत सत्य पुरुष के एक पुत्र थे जो कलिकाल में धर्मदास के रूप में अवतरित हुए थे । यह पुस्तक इतने संक्षिप्त ढंग से लिखी गई है, बिना किसी टीका की सहायता से इसे नहीं समझा जा सकता । रीवाँ के महाराजा विश्वनाथ सिंह जू देव ने इसकी व्याख्या लिखकर बीजक के आरम्भ में छपाई थी, तब से भ्रमवश कभी-कभी यह बीजक का अंग मान लिया गया है । आदि मंगल की व्याख्या कर लेने के बाद विश्वनाथ सिंह ने षट्लिंग (उपक्रम-उपसंहार आदि) का वर्णन किया है । षट्लिंग परम्परा से ग्रन्थ-व्याख्या के आरम्भ में ही बताए जाते हैं । इसलिए वस्तुतः विश्वनाथ सिंह जू ने आदि मंगल के बाद ही वस्तुतः ग्रन्थारम्भ माना है । षट्लिंग वर्णन ही वस्तुतः टीका की प्रस्तावना है । उसमें उन्होंने स्पष्ट रूप से कहा है कि बीजक का आदि प्रकरण रमैनी है, आदि मंगल अलग पुस्तक है ।[1] इसलिए बीजक के कुछ संस्करणों में आदि मंगल के छपने मात्र से यह नहीं समझना चाहिए कि आदि मंगल बीजक का अंग है । वस्तुतः वह स्वतन्त्र पुस्तक है और उस पर अलग से ही विचार होना चाहिए ।

जैसाकि ऊपर बताया गया है, कबीरपन्थी लोग बीजक को सबसे अधिक प्रामाणिक ग्रन्थ मानते हैं । वैसे तो कहा जाता है कि कबीरपन्थ की बारह शाखाएँ हैं और प्रत्येक की कई उपशाखाएँ हैं, परन्तु वस्तुतः दो ही सम्प्रदाय प्रबल और प्रतिष्ठित हैं । अन्यान्य कबीरपंथी प्रायः इनमें से किसी एक से संबद्ध हैं । ऐसे भी पन्थ हैं जो अपना संबंध इन पन्थों में से किसी से भी नहीं बताते, परन्तु वे अप्रधान हैं । ये दोनों पन्थ ही अन्य पन्थों के जनक हैं । एक है महात्मा सुरतगोपाल द्वारा स्थापित कबीरचौरा (काशी) और दूसरा महात्मा धर्मदास द्वारा स्थापित दामाखेड़ा (जिला छत्तीसगढ़) वाला । ये क्रमशः बाप और माई सम्प्रदाय कहे जाते हैं । ये संज्ञाएँ ही सूचित करती हैं कि असल में ये दो सम्प्रदाय ही मुख्य हैं, बाकी गौण हैं । इन दोनों में भी 'बाप' अर्थात् कबीरचौरा वाला सम्प्रदाय प्रधान है । सुना है, छतीसगढ़ वाले लोग कबीरचौरा के सभी तीर्थों में जाते हैं, पर कबीरचौरा वाले उनके तीर्थों में नहीं जाते । जो हो, ये दोनों ही सम्प्रदाय बीजक को प्रमाण मानते हैं । परन्तु दोनों सम्प्रदायों में परस्पर विरोधी कुछ ऐसी अनुश्रुतियाँ प्राप्त हैं जो बीजक के विषय में कुछ सन्देह उत्पन्न कर देती हैं । बीजक की अन्तरंग परीक्षा करने के पहले इन अनुश्रुतियों के संबंध में कुछ चर्चा कर लेना उचित होगा ।

---

1. "इहाँ कबीरजी के बीजक प्रकरण के आदि में, औ आदि-मंगल में कहा है कि शुद्ध जीव साहब के लोक के प्रकाश में पूर्ण रहे हैं, जब साहब सुरति देह हैं तब जीव उत्पन्न होय है ।" विश्व०, पृ०20

त्रिज्या और विश्व० इन दोनों के पाठों में थोड़ा फर्क है। दोनों में प्रथम दो रमैनियों का क्रम उलटा है। त्रिज्या टीका में जो पहली है वह विश्व० में दूसरी तथा विश्व० में जो पहली है वह त्रिज्या में दूसरी। प्रसिद्धि है कि दो भाई कबीरदास के भक्त थे—जग्गोदास और भग्गोदास। मृत्यु के समय कबीरदास ने इनकी माता को बीजक दिया था। बाद में वे बीजक पाने के लिए लड़ने लगे। तब माता ने दोनों को ही बीजक का अधिकार दे दिया। केवल अन्तर इतना कर दिया कि एक का बीजक 'जीवरूप एक अन्तरवासा' रमैनी से शुरू होगा और दूसरे का 'अन्तरज्योति सब्द एक नारो'—रमैनी से। किन्तु यह प्रसिद्धि कुछ तर्कसंगत नहीं लगती, क्योंकि इसमें यह नहीं बताया गया है कि ऐसा करने से क्या लाभ हुआ और भाइयों के झगड़े का निपटारा इस ढंग से क्यों सोचा गया। फिर दोनों बीजकों में यही भर भेद नहीं है। त्रिज्या टीका वाले 'शब्द' 115 हैं, जबकि विश्व० में 113 ही। फिर साखियों के क्रम में भी अन्तर है। इस प्रसिद्धि से ये अन्तर समझ में नहीं आते।

एक दूसरी प्रसिद्धि यह है कि कबीरदास के एक शिष्य भगवानदास बीजक की प्रति धनौती ले गए थे। वहाँ वह बहुत दिनों तक धनौती के महन्तों के अधिकार में रहा। बाद में वह हस्तलिखित पुस्तकों के रूप में वितरित किया गया। कहते हैं कि जब भगवानदास हिमालय की किसी गुहा में बीजक को हाथ में लेकर समाधिमग्न थे उस समय किसी 'सिद्ध' ने बीजक उड़ा लेना चाहा था। परन्तु सद्गुरु की कृपा से वह दूर नहीं ले जा सका, यद्यपि उसका कुछ अंश उसने नष्ट कर दिया था। भगवानदास बुन्देलखंड के पिथौराबाद में रहते थे। इनके एक शिष्य ने चम्पारन जिले के लरहिया गाँव में गद्दी स्थापित की थी। लरहिया वाले शिष्य के शिष्य (और भगवानदास के प्रशिष्य) बनवारीदास थे। बनवारीदास के एक शिष्य भीखमदास ने धनौती (जिला छपरा) में गद्दी स्थापित की। इस प्रकार इस प्रसिद्धि के अनुसार कबीरदास का बीजक पिथौराबाद (बुन्देलखंड) से लरहिया (चम्पारन, बिहार) और वहाँ से धनौती (छपरा, बिहार) पहुँचा, जहाँ वह दीर्घकाल तक बन्द रहा और बाद में प्रकट किया गया। एक तीसरी प्रसिद्धि यह भी बताई जाती है कि कबीरदास ने स्वयं अपना बीजक रीवाँ के राजा को दिया था और वहाँ धर्मदास के हाथ की लिखी हुई सन् 1464 की प्रति अब भी विद्यमान है। खोज करने पर श्री एफ०ई० के महाशय को इसकी कुछ खबर नहीं लग सकी[1] परन्तु श्री विश्वनाथ सिंह जू की टीका में इस संबंध में जो उल्लेख है वह बहुत महत्त्वपूर्ण है।

विश्वनाथ सिंह ने लिखा है कि उन्होंने अपनी टीका में जो अर्थ किया है, वही वस्तुतः कीबर-सम्मत अर्थ है। और लोग जो अर्थ करते हैं वे बीजक का अर्थ नहीं समझते क्योंकि भागूदास नामक कबीर के कोई शिष्य बीजक ले भागे थे। बघेलवंश-विस्तार में कबीरदास ने स्वयं श्रीमुख से कह दिया है कि ये लोग बीजक का अर्थ नहीं जानते। सो, और कबीरहा लोग जो अर्थ करते हैं वह भागूदास (=भगवानदास) का चलाया हुआ वितण्डावाद है। वे लोग बीजक के मूल रामपरक अर्थ को भूलकर मन-मुख अर्थ करते हैं। भगवानदास यद्यपि भक्त थे पर बीजक चुराकर

1. कबीर एण्ड हिज फालवर्स, पृ०55

कालिंजर से भागने के कारण कबीरदास ने उन्हें भागूदास कहा था। बघेलवंश-विस्तार में ही स्पष्ट कहा है कि इसी वंश में बीजक का ठीक-ठीक अर्थ समझने वाला व्यक्ति पैदा होगा। कबीरदास की इस आज्ञा को शिरोधार्य करके ही महाराज विश्वनाथ सिंह जू ने बीजक की टीका लिखने का भार स्वीकार किया था। संयोगवश, जब वे बान्धवगढ़ आए तो वहाँ उन्हें सं० 1521 (अर्थात् सन् 1568 ई०) की धर्मदास के हाथ की लिखी एक पोथी मिली जिसका नाम 'बयालिस-वंश-विस्तार' था। इस पुस्तक के अनुसार कबीरदास ने श्रीमुख से विश्वनाथ सिंह के पूर्वपुरुष से कहा था कि तुम्हारी दसवीं पीढ़ी में जो सन्तान होगी वह बीजक की टीका लिखेगी। विश्वनाथ सिंह वही सन्तान थे। सो इन्हीं कारणों से उन्होंने अपनी टीका लिखी।[1] ऐसा जान पड़ता है कि इसी घटना को किसी ने के साहब को बताया था और उन्होंने भ्रमवश 'बयालिस-वंश-विस्तार' को बीजक समझ लिया।

अब, इन प्रसिद्धियों से इतना तो निश्चित है कि भगवानदास नामक कबीर के किसी शिष्य ने बीजक की प्रति उनसे पाई थी। वह दीर्घकाल तक छिपाकर रखी गई थी। बघेलवंश-विस्तार के अनुसार वह गुफा में छिपाकर रखी गई थी। यह स्मरण करने की बात है कि एक प्रसिद्धि के अनुसार हिमालय की किसी गुहा में जब भगवानदास समाधिस्थ थे उसी समय किसी 'सिद्ध' ने बीजक चुरा लेना चाहा था। 'सिद्ध' से अभिप्राय किसी नाथपन्थी योगी का भी हो सकता है। जो हो, गुफा में बीजक के कुछ दिन रहने का अनुमान होता है। हो सकता है कि किसी 'सिद्ध' के साथ छीना-झपटी में बीजक के कुछ पद नष्ट हो गए हों और बाद में स्मृति के बल पर उन पदों को फिर से याद करके उसमें जोड़ दिया गया हो। अन्य परम्पराओं के अनुसार बीजक धनौती के मठ में दीर्घकाल तक सुरक्षित रखा गया था। यह कहना कि भगवानदास उसे चुरा ले गए थे, और उनके शिष्य-प्रशिष्यों ने उसका गलत अर्थ प्रचारित किया, साम्प्रदायिक प्रतिद्वंद्विता का परिणाम हो सकता है। पर इतना ऐतिहासिक तथ्य जान पड़ता है कि भगवानदास के शिष्य-प्रशिष्यों ने कबीरदास की मृत्यु के दीर्घकाल के पश्चात् उसे प्रचारित किया। उसमें कुछ परवर्ती बातों का मिल जाना नितान्त असम्भव नहीं है।

सौभाग्यवश धनौती के महन्तों की परम्परा लुप्त नहीं हो गई है। अब तक भगवानदास, उनके अज्ञात नामा शिष्य, और प्रशिष्य बनवारीदास को लेकर कुल तेरह पीढ़ियाँ बीती हैं। एक पीढ़ी के

---

1. भागूदास की खबरि जनाई, लै चरनामृत साधु पियाई।
कोउ आय कह कालिंजर गयऊ, बीजक ग्रन्थ चोराय लै गयऊ।
सतगुरु कह वह निगुरा पन्थी, काह भयो लै बीजक ग्रन्थी।
चोरी करी वह चोर कहाई, काह भयो बड़ भक्त कहाई।
बीजमूल हम प्रगट चिन्हाई, बीज न चीन्ह्यो दुर्मतिल्बाई।
बघेलबंस में प्रगटी हंसा, बीजक ज्ञान की करी प्रसंसा।
सब सों पूँछी प्रेम हिताई, आप सुरति आपै में ल्याई।
बीजक लाय गुफा मैं राखो, सत्यै कहौं बचन मैं भाखो।

–विश्व०पृ० 24

लिए अधिक-से-अधिक बीस वर्ष का औसत समय मान लिया जाय तो भी भगवानदास कबीर के समसामयिक नहीं ठहरते। यहाँ तक कि यदि 25 वर्ष भी औसत मान लिया जाये तो भी वे सत्रहवीं शताब्दी के आरम्भ में हुए होंगे। एक प्रसिद्धि तो यह भी है कि वे धर्मदास के 175 वर्ष बाद प्रादुर्भूत हुए थे[1] और एक दूसरी प्रसिद्धि यह है कि भागोदास या भगवानदास ने ही बीजक लिखा था।[2] जो हो, इतना तो निश्चित जान पड़ता है कि भगवानदास कबीरदास के साक्षात् शिष्य नहीं थे और इन दिनों जो बीजक प्राप्त है वह कबीरदास के बहुत वर्षों के बाद प्रचारित हुआ है। और उसमें ऐसी बहुत-सी बातों का मिलना असम्भव नहीं है जो भगवानदास की या उनके शिष्यों की लिखी हुई हों। 'सिद्ध' की चोरी वाली अनुश्रुति से ही अनुमान किया जा सकता है कि कुछ पद उसमें बाद में जोड़े गए होंगे। बीजक की अन्तरंग परीक्षा से ही इसका निर्णय किया जा सकता है।

बीजक के दोनों संस्करणों में कुछ अन्तर है, यह पहले ही कहा जा चुका है। समूचे बीजक में 51 पद ऐसे हैं जिनमें कबीर का नाम नहीं है। आदि ग्रन्थ का संग्रह भी काफी पुराना है, परन्तु यह आश्चर्य की बात है कि दोनों में बहुत कम समान पद हैं। जो हैं, उनमें भी पाठभेद बहुत अधिक है। मिलान करने से जान पड़ता है कि आदि ग्रन्थ और कबीर ग्रन्थावली एक-दूसरे के जितने निकट हैं उतना बीजक नहीं है। स्वभावतः ही प्रश्न उठता है कि क्या बीजक प्रामाणिक संग्रह नहीं है ?

परवर्ती कबीरपन्थी ग्रन्थों में वाणी चार प्रकार की बताई गई है : (1) काल, (2) संधि, (3) झाँई और (4) सार। इनमें सार गुरुमुख शब्द को कहते हैं। यही एकमात्र भ्रम का फंदा दूर कर सकता है।[3] बीजक के टीकाकारों ने, यह आश्चर्य की बात कही जानी चाहिए कि समूचे बीजक को सार शब्द या गुरुमुख शब्द नहीं माना। उसमें अधिकांश वाणियाँ निश्चय ही गुरुमुख बानी हैं, अर्थात् (जैसाकि कबीरपन्थी साधु काशीदास जी द्वारा शोधित बीजक की भूमिका में बताया गया है।) 'जड़तत्त्व और चैतन्य जीव की पहचान और चैतन्य पद मुक्तस्थिति की बानी' है। परन्तु लगभग तीन दर्जन ऐसे स्थल हैं जो या तो जीव मुख बानी हैं अर्थात् जीवों की स्तुति-प्रार्थना रूप बानी हैं, या मायामुख अर्थात् ईश्वर-प्राप्ति के सब कर्मों की बानी हैं, या फिर ब्रह्ममुख अर्थात् अद्वैत-अनिवार्य सिद्धान्त की बानी हैं। ऐसा भेद क्यों किया गया है यह प्रश्न महत्त्वपूर्ण और मनोरंजक है।

विश्वभारती पत्रिका (त्रैमासिक) अंक 2
(अप्रैल-जून, 1947 ई०)

---

1. ई०एफ०के : कबीर एण्ड हिज फालवर्स, पृ० 106
2. एच०एच० बिलसन : हिन्दू रिलिजियन्स, पृ० 43
3. अनवनि बानी चारि प्रकार।
काल संधि झाँई और सार ॥
हेतु सब्द बूझिए जोय।
जानिय यथारथ द्वारा सोय ॥
भ्रमिक झाँई सन्धिक और काल।
सार शब्द काटे भ्रमजाल ॥ **–अक्षर खण्ड की रमैनी २**

भीष्म को क्षमा नहीं किया गया !

मेरे एक मित्र हैं, बड़े विद्वान्, स्पष्टवादी और नीतिमान। वह इस राज्य के बहुत प्रतिष्ठित नागरिक हैं। उनसे मिलने से सदा नयी स्फूर्ति मिलती है। यद्यपि वह अवस्था में मुझसे छोटे हैं, तथापि मुझे सदा सम्मान देते हैं। इस देश में यह एक अच्छी बात है कि सब प्रकार से हीन होकर भी यदि कोई उम्र में बड़ा हो तो थोड़ा-सा आदर पा ही जाता है। मैं भी पा जाता हूँ। मेरे इस मित्र की शिकायत थी कि देश की दुर्दशा देखते हुए भी मैं कुछ कह नहीं रहा हूँ, अर्थात् इस दुर्दशा के लिए जो लोग जिम्मेदार हैं उनकी भर्त्सना नहीं कर रहा हूँ। यह एक भयंकर अपराध है। कौरवों की सभा में भीष्म ने द्रौपदी का भयंकर अपमान देखकर भी जिस प्रकार मौन धारण किया था, वैसे ही कुछ मैं और मेरे जैसे कुछ अन्य साहित्यकार चुप्पी साधे हैं। भविष्य इसे उसी तरह क्षमा नहीं करेगा जिस प्रकार भीष्म पितामह को क्षमा नहीं किया गया। मैं थोड़ी देर तक अभिभूत होकर सुनता रहा और मन में पापबोध का भी अहसास हुआ। सोचता रहा, कुछ करना चाहिए, नहीं तो भविष्य क्षमा नहीं करेगा। वर्तमान ही कौन क्षमा कर रहा है ? काफी देर तक मैं परेशान रहा—चुप रहना ठीक नहीं है, कम्बख्त भविष्य कभी माफ नहीं करेगा। उसकी सीमा भी तो कोई नहीं है। पाँच हजार वर्ष बीत गए और अब तक बिचारे भीष्म पितामह को क्षमा नहीं किया गया। भविष्य विकट असहिष्णु है।

काफी देर बाद भ्रम दूर हुआ। मैं भीष्म नहीं हूँ। अगर हिन्दी में लिखने वाला कोई भीष्म हो जाता हो, तो भी मुझे कौन पूछता है ? बहुत ज्ञानी-गुणी भरे पड़े हैं। मुझसे अवस्था में, ज्ञान में, प्रतिभा में बहुत आगे। मुझे कोई डर नहीं है। 'भविष्य' नामक महादुरन्त अज्ञात मुझे किसी गिनती में लेने वाला नहीं है। डरना हो तो वे ही लोग डरें, जिनकी गिनती हो सकती है। तुम क्यों घबराते हो, मनसाराम, तुम तो न तीन में, न तेरह में ! बड़ी राहत मिली इस यथार्थबोध से।

मगर यह स्वीकार कर लेना चाहिए कि थोड़ी देर के लिए ही सही, भीष्म मुझ पर छाये रहे। प्राचीनकाल में भीष्म-जैसा धर्मज्ञ और ज्ञानी खोजना कठिन है। महाभारत का शान्तिपर्व इसका गवाह है। कोई समस्या तो भले आदमी ने छोड़ी ही नहीं। प्राचीनकाल के ज्ञानियों में भीष्म मुझे सबसे अधिक प्रभावित करते हैं, अपने अगाध इतिहासबोध के कारण। युधिष्ठिर के हर प्रश्न के उत्तर में वह प्रायः यह कहकर शुरू करते हैं—'अत्राप्युदाहरन्तीमितिहासं पुरातनम्'। (यहाँ भी लोग इस पुराने इतिहास की नजीर देते हैं।)

किस प्रकार पुराने इतिहास से वह वर्तमान समस्या के सही स्वरूप का उद्‌घाटन करते हैं और उसका विकासक्रम समझा देते हैं, वह चकित कर देता है। हर प्रश्न की तह में जाने की उनकी पद्धति आधुनिक युग में भी उपयोगी है। ज्ञान और धर्म के सच्चे स्वरूप को पहचानने में उन्हें कमाल की सफलता मिली थी। यह कहना गलत होगा कि भीष्म के प्रति भारतवर्ष ने कृतज्ञता नहीं

दिखायी । आज भी श्रद्धावान लोग भीष्माष्टमी को अपनी श्रद्धा उनके प्रति निवेदन करते ही हैं; परन्तु जिस समय मेरे मित्र अत्यन्त प्रभावशाली शैली में भीष्म को मेरे ऊपर आरोपित कर रहे थे, उस समय थोड़ी देर के लिए भीष्म का आवेश सचमुच मेरे ऊपर आ गया था । प्रभावशाली भाषा में जादुई शक्ति होती है । उसी से कवि पाठक को अभिभूत करता है, वक्ता उसी के बल पर श्रोता पर छा जाता है । मैं भी कुछ आविष्ट हुआ । भीष्म की ही शैली में बोलने की प्रेरणा जाग्रत हुई थी····'अत्राप्युदाहरन्तीमितिहासं पुरातनम्' ।

एक पुराना इतिहास मुझे भी स्मरण हो आया था ।

वह इतिहास यह है । बात सन् 35-36 की है । उन दिनों मैं शान्तिनिकेतन में था । एक दिन प्रातःभ्रमण के लिए निकला था । मैं साधारणतः प्रातःभ्रमण के लिए तभी निकलता हूँ, जब किसी ऐसे उत्साही घुमक्कड़ से, जो श्रद्धेय कोटि के होते हैं, प्रेरणा मिलती है । उन दिनों श्रद्धेय आचार्य क्षितिमोहन सेन की प्रेरणा से प्रातःभ्रमण के लिए निकलता था । सही बात तो यह है कि निकलते वह थे, मैं पीछे हो लेता था । तो उस दिन भी मैं उनके साथ ही निकला । भाग्य उस दिन प्रसन्न था । देखा, गुरुदेव धीरे-धीरे अपने बगीचे में टहल रहे थे । कुछ गम्भीर मुद्रा में थे । आचार्य सेन ने कहा, "चलो प्रणाम कर लें ।" वह आगे चले, मैं पीछे-पीछे । धीरे-धीरे दबे पाँव हम लोग उनके पास पहुँच गये । चरण छूकर प्रणाम निवेदन किया । उनका ध्यान भंग हुआ । देखकर प्रसन्न हुए । उन्होंने उस दिन मुझे सम्बोधित करके कहा—"तुमने कभी सोचा है कि भीष्म को अवतार क्यों नहीं माना गया और श्रीकृष्ण को ही क्यों अवताररूप में सम्मान दिया गया ?"

मैंने कभी ऐसा सोचा ही नहीं था । क्या जवाब देता ? मैं मन-ही-मन अपने सोचने की शक्ति की दरिद्रता पर लज्जित हो रहा था । आचार्य सेन ने रक्षा की । वह बोले—"हम लोग तो ऐसे प्रश्नों का उत्तर आपसे ही सुनने की आशा रखते हैं ।" गुरुदेव ने हँसते हुए कहा—"आपने भी तो कुछ सोचा ही होगा । मगर मैं इस पण्डित को ही छेड़ना चाहता था । अभी नौजवान है, नया खून है, मार खाने की अभी शक्ति है, मेरी पीठ तो जर्जर हो चुकी है ।" कहकर गुरुदेव खूब प्रसन्न भाव से हँसे । मैंने विनीत भाव से कहा—"ऐसा प्रश्न तो मेरे मन में कभी उठा ही नहीं, परन्तु आप कहते हैं तो सोचूँगा । परन्तु क्या सोचूँ, यह बता दें ।" गुरुदेव के शब्द याद नहीं हैं, पर उनके कथन की मेरे मन पर जो छाप रह गयी है, वह यह है कि शर-शय्या पर पड़े भीष्म ने जब भयंकर नरसंहार देखा होगा, उनके जैसे ज्ञानी के मन में अपनी प्रतिज्ञा, उसके परिवर्ती परिणाम आदि बातें क्या उठी नहीं होंगी ? मैंने सोचना शुरू किया था । कई प्रतिभाशाली मित्रों से भी सोचने को कहा था, पर सोचता ही रह गया । जिन्होंने सोचने को उकसाया था वह चले गये । आज मेरे मित्र ने कहा कि भीष्म को क्षमा नहीं किया गया तो बात फिर उमड़कर नये रूप में मानसपटल पर हहरा उठी । लहरायी तो क्या होगी !

भीष्म शर-शय्या पर सोये उपयुक्त काल की प्रतीक्षा कर रहे थे—मरने के लिए । जैसे-तैसे, जब-तब, जहाँ-तहाँ मरना भी ठीक नहीं होता । उचित मुहूर्त्त में मरना चाहिए । साधारण मनुष्य मुहूर्त्त का विचार किये बिना ही मर जाते हैं । भीष्म ऐसे नहीं थे । उन्हें इच्छा-मृत्यु का वरदान प्राप्त था । जब तक उत्तम मुहूर्त्त न आ जाये तब तक वह मृत्यु नहीं चाहते थे । इसका फायदा उठाया

युधिष्ठिर ने । सारी शंकाएँ उनसे कह डालीं और उत्तर भी वसूल कर लिये । मेरे एक आदिगुरु ने शर-शय्या वाली कहानी सुनायी थी । उनके कहने का मतलब था कि भीष्म पितामह अनेक बाणों की नोक पर सोये हुए थे । उनका तकिया भी बाणों की नोक का ही बना था । मेरा बालक-मन बहुत व्याकुल हो गया था । वह हजार ब्रह्मचारी रहे होंगे, उन्हें बाणों की नोक चुभती ही होगी ! बिचारे वृद्ध करवट भी नहीं बदल पाते होंगे । जब बदलते होंगे तब बाण बुरी तरह चुभ जाते होंगे । और उसी में युधिष्ठिर प्रश्नों की बौछार कर रहे होंगे । यद्यपि वह (युधिष्ठिर) तो दयालु थे, तथापि उस समय थोड़ी और दया दिखाते, तो क्या बिगड़ जाता ? मैं जब उस दृश्य की कल्पना करता था, तब मुझे बड़ी पीड़ा होती थी, पर दूसरे बच्चे ब्रह्मचर्य की महिमा का अनुभव करते थे और प्रसन्न होते थे । उनकी दृष्टि में ब्रह्मचारी के लिए यह कोई कष्ट की बात ही नहीं थी । मैं भी उसकी महिमा तो समझता था, पर न जाने क्यों मेरा मन दुखी हो उठता था । बाद में मेरे एक विद्वान बुजुर्ग ने बताया कि 'शर' सरकण्डे को कहते थे । उसी से बाण बनते थे, इसलिए 'शर' का अर्थ बाण हो गया । भीष्म वस्तुतः बाणों की नोक पर नहीं, सरकण्डों की चटाई पर लेटे थे । यह व्याख्या ठीक है या नहीं, पर मेरे बालक-मन को इससे बड़ी राहत मिली थी । सो, भीष्म शर-शय्या पर थे अर्थात् सरकण्डों की चटाई पर लेटे हुए थे । वैसे,जर्जर वृद्ध के लिए यह भी कम कठोर शय्या नहीं थी, पर चुभने वाली नहीं होगी । समर्थ पौत्रों ने उसे कुछ तो तरीके से बनवाया ही होगा । युधिष्ठिर ने अच्छा ही किया जो उनका मन बातचीत में उलझाये रखा, परन्तु जब युधिष्ठिर और अन्य लोग उन्हें विश्राम करने के लिए छोड़कर चले जाते होंगे तो एकान्त में इस बूढ़े के मन में क्या चिन्ता रहती होगी ? कुछ तो सोचते ही होंगे । श्रद्धालु लोग तो कहेंगे कि वह तुरन्त ब्राह्मी स्थिति में चले जाते होंगे । भगवान् श्रीकृष्ण ने तो कहा ही है कि ब्राह्मी स्थिति प्राप्त हो जाने पर कोई मोह होता ही नहीं । पर जिन्हें श्रद्धा का इतना सम्बल प्राप्त नहीं है, वे क्या करें ? उन्हें लगता है कि भीष्म- जैसा ज्ञानी भी कुछ सोचता जरूर होगा ।

गुरुदेव पूछते हैं कि भीष्म को अवतार क्यों नहीं माना गया, मेरे यह मित्र कहते हैं कि भीष्म को क्षमा नहीं किया गया । क्या दोनों बातों का अर्थ एक ही है ? शायद भीष्म को क्षमा नहीं किया गया, इसीलिए उन्हें अवतार नहीं माना गया ? कुछ बात है अवश्य । भारतवर्ष किसी बात पर मौन भी रह जाता है, तो उसका कुछ अर्थ होता है । किसी ने नहीं कहा कि भीष्म को अमुक-अमुक कारणों से अवतार नहीं माना गया और श्रीकृष्ण को अमुक-अमुक कारणों से अवतार माना गया । एक को विष्णु का अवतार नहीं कहा गया, क्योंकि वह नहीं थे, एक को मान लिया गया क्योंकि वस्तुतः थे । हमारे मनीषियों ने इसी ढंग से सोचा है ।

दिनकरजी महामना और उदार कवि थे । उनसे क्षमा मिल जाने की आशा से इतना तो कहा ही जा सकता है कि भीष्म अपने बम-भोलानाथ गुरु परशुराम से अधिक सन्तुलित, विचारवान् और ज्ञानी थे । पुराने रिकार्ड कुछ ऐसा सोचने पर मजबूर करते हैं । फिर भी परशुराम को दस अवतारों में गिन लिया गया और बिचारे भीष्म को ऐसा कोई गौरव नहीं दिया गया । क्या कारण हो सकता है ?

एकान्त में भीष्म सरकण्डों की चटाई पर लेटे-लेटे क्या अपने बारे में सोचते नहीं होंगे ? मेरा मन कहता है कि जरूर सोचते होंगे । भीष्म ने कभी बचपन में पिता की गलत आकांक्षाओं की तृप्ति

के लिए भीषण प्रतिज्ञा की थी—वह आजीवन विवाह नहीं करेंगे । अर्थात् इस सम्भावना को ही नष्ट कर देंगे कि उनके पुत्र होगा और वह या उसकी सन्तान कुरुवंश के सिंहासन का दावा करेगी । प्रतिज्ञा सचमुच भीषण थी । कहते हैं कि इस भीषण प्रतिज्ञा के कारण ही वह देवदत्त से 'भीष्म' बने । यद्यपि चित्रवीर्य और विचित्रवीर्य तक तो कौरव रक्त रह गया था तथापि बाद में वास्तविक कौरव रक्त समाप्त हो गया, केवल कानूनी कौरव वंश चलता रहा ! जीवन के अन्तिम दिनों में इतिहास-मर्मज्ञ भीष्म को यह बात क्या खली नहीं होगी ?

भीष्म को अगर यह बात नहीं खली तो और भी बुरा हुआ । परशुराम चाहे ज्ञान-विज्ञान की जानकारी का बोझ ढोने में भीष्म के समकक्ष न रहे हों, पर सीधी बात को सीधे समझने में निश्चय ही वह उनसे बहुत आगे थे । वह भी ब्रह्मचारी थे—बालब्रह्मचारी । पर भीष्म जब अपने निर्वीर्य भाइयों के लिए कन्याहरण कर लाये और एक कन्या को अविवाहित रहने को बाध्य किया, तब उन्होंने भीष्म के इस अशोभन कार्य को क्षमा नहीं किया । समझाने-बुझाने तक ही नहीं रुके, लड़ाई भी की । पर भीष्म अपनी प्रतिज्ञा के शब्दों से चिपटे रहे । वह भविष्य नहीं देख सके, वह लोक-कल्याण को नहीं समझ सके । फलतः अपहृता अपमानित कन्या जल मरी !

नारदजी भी ब्रह्मचारी थे । उन्होंने सत्य के बारे में शब्दों पर चिपटने को नहीं, सबके हित या कल्याण को अधिक जरूरी समझा था—सत्यस्य वचनं श्रेयः सत्यादपि हितं वदेत् ।

भीष्म ने दूसरे पक्ष की उपेक्षा की थी । वह 'सत्यस्य वचनं' को 'हित' से अधिक महत्त्व दे गए । श्रीकृष्ण ने ठीक इससे उलटा आचरण किया । प्रतिज्ञा में 'सत्यस्य वचनं की अपेक्षा 'हितम्' को अधिक महत्त्व दिया । क्या भारतीय सामूहिक चित्त ने भी उन्हें पूर्णावतार मानकर इस पक्ष को अपना मौन समर्थन दिया है ? एक बार गलती-सही जो कह दिया, उसी से चिपट जाना 'भीषण' हो सकता है, हितकर नहीं ! भीष्म ने 'भीषण' को ही चुना था ।

भीष्म और द्रोण भी, द्रौपदी का अपमान देखकर चुप क्यों रह गए ? द्रोण गरीब अध्यापक थे, बाल-बच्चे वाले थे । गरीब ऐसे कि गाय भी नहीं पाल सकते थे । बिचारी ब्राह्मणी को चावल का पानी देकर दूध माँगने वाले बच्चे को फुसलाना पड़ा था । उसी अवस्था में फिर लौट जाने का साहस कम लोगों में होता है । पर भीष्म तो पितामह थे । उन्हें बाल-बच्चों की फिक्र भी नहीं थी, भीष्म को क्या परवा थी ? एक कल्पना यह की जा सकती है कि महाभारत की कहानी जिस रूप में प्राप्त है, वह उसका बाद का परिवर्तित रूप है । शायद पूरी कहानी जैसी थी, वैसी नहीं मिली है । लेकिन आजकल के लोगों को आप जो चाहें कह लें, पुराने इतिहासकार इतने गिरे हुए नहीं होंगे कि पूरा इतिहास ही उलट दें ! सो, इस कल्पना से भी भीष्म की चुप्पी समझ में नहीं आती । इतना सच जान पड़ता है कि भीष्म में कर्त्तव्य-अकर्त्तव्य के निर्णय में कहीं कोई कमजोरी थी । वह उचित अवसर पर उचित निर्णय नहीं ले पाते थे । यद्यपि वह जानते बहुत थे, तथापि कुछ निर्णय नहीं ले पाते थे । उन्हें अवतार न मानना ठीक ही हुआ । आजकल भी ऐसे विद्वान् मिल जायेंगे, जो जानते बहुत हैं, करते कुछ भी नहीं । करने वाला इतिहासनिर्माता होता है, सिर्फ सोचते रहने वाला इतिहास के भयंकर रथचक्र के नीचे पिस जाता है । इतिहास का रथ वह हाँकता है, जो सोचता है और सोचे को करता भी है ।

रामचरितमानस

(दिव्य प्रेरणा की अप्रतिम कृति)

रामचरितमानस मध्यकाल का सर्वश्रेष्ठ ग्रन्थ है । आज से लगभग 400 वर्ष पहले गोस्वामी तुलसीदासजी ने इसे लिखना प्रारम्भ किया था । इस चार सौ वर्षों में यह ग्रन्थ देश और काल की सीमा का अतिक्रमण करके संसार में समादृत हुआ । यह सच्चे अर्थों में कालजयी ग्रन्थ है । प्रत्येक ग्रन्थ भाषा और अभिव्यक्ति में अपने काल से प्रभावित होता है । रामचरितमानस भी है । परन्तु बहुत थोड़े-से ग्रन्थ इस सीमा को अतिक्रम करके सर्वकाल के सहृदयों को प्रभावित करने में समर्थ होते हैं । यह लोकोत्तर तेज संसार के गिने-चुने ग्रन्थों में ही उपलब्ध होता है । यही कारण है कि वह देश और काल-सीमा पार करके समस्त संसार के सहृदयों को प्रभावित करने में समर्थ हुआ है ।

रामचरितमानस के लेखक कविवर तुलसीदास जिस काल, समाज और देश में पैदा हुए, वे उससे प्रभावित थे । उनका व्यक्तिगत जीवन भी किसी-न-किसी रूप में उनमें स्वीकृत विचारों को दे रहा था । इसलिए वे अपने देश, काल और समाज से संस्कारों और व्यक्तिगत रुचि, कुण्ठा और झिझक आदि से प्रभावित थे । रामचरितमानस और उनके ग्रन्थों के आलोचकों ने इन बातों पर बहुत विचार किया है और भविष्य में भी करते रहेंगे । परन्तु इन सब सीमाओं के भीतर रहकर भी उनमें एक अलौकिक दीप्ति थी जो सीमा में नहीं बँध सकती । जिस प्रकार दीपक की लौ दीया, तेल, बाती और हवा के कम्पन से प्रभावित होते हुए भी इन सीमाओं से बाहर दूर तक अपनी दीप्ति बिखेर सकती है, कुछ उसी प्रकार व्यक्ति कवि के भीतर जलनेवाली दिव्य लौ भी अपनी दीप्ति देश, काल और सीमा का अतिक्रम करके प्रकाशित करती रही है ।

ऐसा लगता है कि तुलसीदास के सामने तत्कालीन समाज में प्रचलित एक बड़ा भारी सन्देह मुख्य रूप से उनके चित्त को आन्दोलित किये हुए था । उनका प्रयत्न मुख्य रूप से लोकचित्त के सन्देहों को उखाड़ फेंकना था । वस्तुतः सन्देह के कारण ही विषाद उत्पन्न होता है । रामचरितमानस के भरद्वाज, पार्वती, गरुड़ आदि मुख्य श्रोताओं के मन में संशयजनित विषाद उत्पन्न हुआ था । यह सन्देह था कि जो ब्रह्म सब प्रकार की धारणाओं से ऊपर है, व्यापक है, निर्गुण है, अजन्मा है, जिसे श्रुति नेति-नेति कहकर बखानती है, वह क्या मनुष्य के रूप में अवतार धारण कर सकता है ? इस सन्देह का उन्मूलन तुलसीदास का एक लक्ष्य था । जब तक यह सन्देह उन्मूलित नहीं होता तब तक विषाद का शमन भी नहीं होता । यह एक सामयिक प्रश्न था । तुलसीदास के पूर्ववर्ती महान् निर्गुणवादी सन्तों ने सगुण राम का प्रत्याख्यान किया था और लोकचित्त में ऐसा

संशय उत्पन्न किया था। यह एक निश्चित देशकाल में उत्पन्न स्थिति थी, इस संशय का उच्छेद ऊपर से देखने में एक सामयिक प्रश्न था। तुलसीदास के चित्त में कुछ ऐसे संस्कार थे जो इस संशय को मनुष्य के लिए हानिकारक मानते थे। यह एक प्रकार का द्वन्द्व था जो बाह्य समाज में बहु-प्रचारित सिद्धान्त और तुलसीदास के व्यक्तित्व चित्त में प्रतिष्ठित रुचि और संस्कार के संघर्ष से उत्पन्न हुआ था। रामचरितमानस के निर्माण में इस द्वन्द्व का महत्त्वपूर्ण स्थान था। परन्तु यह सामाजिक तथ्य ही सब कुछ होता तो रामचरितमानस खण्डन-मण्डन के रूप में लिखे हुए ग्रन्थों के समान अल्पकालीन प्रभाव ही छोड़ जाता। परन्तु ऐसा नहीं हुआ। इस द्वन्द्व ने तुलसीदास के संवेदनशील चित्त को केवल खण्डन-मण्डन की ओर प्रवृत्त नहीं किया, बल्कि उनकी रचनात्मक प्रतिभा को झंकृत कर दिया, जिससे शाश्वत मानवीय मूल्यों का अद्‌भुत रागात्मक सृजन हुआ। शतवार वीणा को यद्यपि छेड़नेवाली चीज बहुत मामूली-सी होती है, परन्तु उसके एक तार के झंकृत होने से अन्य अनेक तार झनझना उठते हैं, और उस मोहक संगीत का प्रादुर्भाव होता है जो छेड़नेवाली वस्तु को एकदम अभिभूत करके अपूर्व रागात्मक संगीत की सृष्टि करता है। उस युग के इस मामूली-से प्रश्न ने तुलसीदास के चित्त को झकझोर दिया कि उसकी सम्पूर्ण सत्ता ही उमड़ पड़ी। वह मनुष्यमात्र के रागात्मक चित्त के साथ एकमेव होकर उन चिन्मय मूल्यों की रचना कर सकी जो अपूर्व कहे जा सकते हैं। भारतवर्ष की साधना का जो सर्वोत्तम है, जो महान् है, जो कुछ सरल है और जो कुछ भव्य है, वह इस बहाने अभिव्यक्ति पाने को व्याकुल हो उठा। इस उदात्त भव्य अभिव्यक्ति में ही रामचरितमानस की महिमा है। देश और काल की सीमा में बँधा हुआ तुलसीदास का व्यक्ति रूप भी उसमें जहाँ-तहाँ प्रकट अवश्य हुआ और कई बार उस सीमित अभिव्यक्ति ने भिन्न श्रेणी के लोगों को क्षुब्ध और उत्तेजित भी किया है। परन्तु रामचरितमानस की दिव्य ज्योति में ये छोटे-छोटे धब्बे कोई बाधा नहीं उत्पन्न कर सके। वे हैं, क्योंकि उनका होना रोका नहीं जा सकता था। परन्तु रामचरितमानस का निर्माण उनसे अलग दिव्य अलौकिक तेज से हुआ है। कभी-कभी लोग उन छोटी-छोटी बातों को लेकर ही झगड़ते हैं। वे भूल ही जाते हैं कि रामचरितमानस का लक्ष्य उन बातों से कहीं अधिक ऊँचा है। वह मनुष्य को उस लक्ष्य तक ले जाता है जिससे बड़ा लक्ष्य और कुछ हो ही नहीं सकता।

सामंजस्य एवं अविरोध

तुलसीदास केवल ज्ञान का ग्रन्थ नहीं लिख रहे थे। मनुष्य के नित्य जीवन में घटने वाले ईर्ष्या, द्वेष, सुख-दुख और लोभ-मोह के विकारों के भीतर से उन्होंने परम लक्ष्य की प्राप्ति की ओर अपने पाठक को ले जाना चाहा। इसलिए उनका यह ग्रन्थ शुष्क आचारसंहिता या थोथे उपदेशों की पोथी नहीं है, वह मनुष्य-जीवन की गहरायी में उतरा है और अत्यन्त सहज भाव से उसे रामोन्मुख करता रहा है। राम, जो मनुष्य की समस्त आशा आकांक्षाओं का सर्वोतम केन्द्र है, वहाँ काम, क्रोध, द्वेष, मोह-रूपी अन्धकार की कल्पना नहीं की जा सकती। परन्तु यह राम हमारे दैनन्दिन जीवन के अनुभवों के भीतर से उजागर हुआ है। वह मनुष्य-रूप में अवतरित हुआ है और मनुष्य की सारी कमजोरियों और विकारों के भीतर उज्ज्वल आलोक के रूप में निकलता चला

गया है । वह ज्ञेय बनकर नहीं, बल्कि अनुभव योग्य होकर हमें आकर्षित करता है । वह केवल अनादि, अनन्त और व्यापक सच्चिदानन्द मात्र नहीं है बल्कि शील, सौजन्य और मर्यादा का अधिष्ठाता भी है । वह केवल ज्ञान और उपासना का विषय नहीं है, बल्कि प्रेम और भक्ति का आश्रय भी है । वह केवल संसार की अपवित्रताओं के वैराग्य की भावना का उत्पादयिता नहीं है, बल्कि सब प्रकार की मानवीय दुर्बलताएँ भी उसे समर्पित होकर धन्य हो जाती हैं । यह राम सब प्रकार से मनुष्य होकर भी परब्रह्म है ।

रामचरितमानस के राम शोभा और सौन्दर्य के आगार हैं, प्रेम के वश्य हैं, शौर्य और पराक्रम के निधान हैं । वे आरतिहरण और सरण-सुखद हैं । नर भूपाल रूप में दिखायी देने पर भी वे साक्षात् परब्रह्म हैं और समस्त देवताओं द्वारा सेवित हैं । इन विविध रूपों में तुलसीदास ने अद्‌भुत सामंजस्य और अविरोध दिखाया है । ऐसा चमत्कार कोई अलौकिक शक्तिसम्पन्न कवि ही कर सकता था ।

जन-मन-मानस हंस

सारे संसार में भक्तों में भगवान दो रूप में स्वीकार किये जाते हैं । एक तो गुणातीत और समस्त शक्तियों के उत्स और दूसरी ओर भगवान भक्तों के स्वभाव के अनुसार उनके हृदय में अवतीर्ण होते हैं । वे माता, पिता, पुत्र, स्वामी, सखा, प्रिय आदि के रूप में भक्ति भावना के अनुरूप रहा करते हैं और प्रत्येक स्वामी के स्वभाव और आकांक्षाओं के अनुसार उसके हृदय में आविर्भूत होते हैं । कभी-कभी इसे व्यक्तिगत भगवान् भी कहा जाता है । तुलसीदास इन दोनों रूपों को अच्छी तरह स्वीकार करते हैं परन्तु उनके सामने एक तीसरा मार्ग भी है । भगवान लोकचित्त में किसी-न-किसी रूप में विद्यमान रहते हैं । तुलसीकालीन भारतवर्ष में समष्टि चित्त में वह दशरथ के पुत्र के रूप में प्रतिष्ठित थे । यह परम्परा-क्रम से समष्टि चित्त में प्रतिष्ठित राम हैं । तुलसीदास इस जन-मन-मानस हंस रूप की उपेक्षा नहीं करते बल्कि पूरा बल देकर उसे व्यक्तिगत भगवान और निरपेक्ष भगवान के समान ही आदर देते हैं । समष्टि चित्त में बसे हुए इस राम का विविध लीलाओं के रूप में उदात्तीकरण तुलसीदासजी का प्रिय कार्य था । जो राम जन-मानस में अनादिकाल से प्रतिष्ठित है, उसे तुलसीजी ने अपने रामचरितमानस में पूर्ण वैभव के साथ निखारा है । रामचरितमानस इसलिए भगवत् स्वरूप को पूर्ण रूप में दिखानेवाला महान् ग्रन्थ है क्योंकि वह लोकचित्त के साथ ताल मिलाकर चलता है और भगवत् स्वरूप के उत्तम और वैभवशाली पक्ष को उजागर करता है । लोकचित्त में प्रतिष्ठित इस राम को जनता के दैनन्दिन संघर्षों और विषम परिस्थितियों के भीतर से पूर्ण ब्रह्म के रूप में प्रकाशित करना तुलसीदास की कठिन साधना थी । एक ओर जहाँ राम परात्पर ब्रह्म हैं, वहीं दूसरी ओर वे सहजभाव से जनता के अपने प्रतिनिधि भी हैं । रामचरित उस भक्ति को श्रेष्ठ समझता है जिससे भक्त के मन में यह बुद्धि कभी नहीं टलती कि भगवान सचराचर रूपराशि ही है और मैं (भक्त) इस सचराचर रूप का सेवक हूँ । लोकमानस के साथ राम के घनिष्ठ रूप से जुड़े हुए होने के कारण तुलसीदास के मन में सेवक-सेव्य भाव ही श्रेष्ठ है ।

लोकसुलभ लक्ष्य

जीवन में मनुष्य को अनेक प्रकार के सुख-दुख और आशा-आकांक्षा के भीतर से गुजरना पड़ता है। प्रत्येक मनुष्य किसी-न-किसी दुर्बलता का शिकार है। इन दुर्बलताओं से पार पाना कठिन है। एक मात्र उपाय यह है कि अपनी सारी कमजोरियाँ भगवान को समर्पित करके मनुष्य उनसे मुक्ति पा ले। जो कोई भी राम के सम्मुख हो जाता है, उसके सारे पाप नष्ट हो जाते हैं, परन्तु जो राम-विमुख है उसके सारे वैभव व्यर्थ हो जाते हैं। राम का सामुख्य प्राप्त करना रामचरितमानस का लक्ष्य है। कोई भी व्यक्ति, चाहे वह ऊँचे कुल में ही जन्मा हो या नीच कुल में, उत्तम योनि में पैदा हुआ हो या अधम योनि में, सात्त्विक शरीर का अधिकारी हो या तामस शरीर का, सभी राम के सम्मुख होकर कृतार्थ हो जाते हैं। जो सम्मुख नहीं आ पाते उनका जन्म अकारथ सिद्ध होता है, रामचरितमानस ने इस महान् लक्ष्य को लोक-सुलभ करने में आश्चर्यजनक ढंग से पूर्ण सफलता प्राप्त की है।

यह मानस ग्रन्थ पिछले कई सौ वर्षों से मनुष्य के चित्त में उदात्त मानवीय मूल्यों को प्रतिष्ठित करता रहा। इसकी भाषा-अभिव्यक्ति और भाव-प्रेषण-क्षमता अपूर्व है। रामचरितमानस एक सुनिश्चित योजना से लिखा हुआ काव्य है, इसके प्रत्येक शब्द को कवि ने अच्छी प्रकार से तौलकर प्रयोग किया है। यदि आरम्भ में कोई शब्द किसी निश्चित अर्थ में प्रयुक्त हुआ है तो अन्त तक उसका निर्वाह हुआ है। परन्तु यह 'सचेत भाव' अभ्यास से नहीं, बल्कि व्यक्ति के सम्पूर्ण विसर्जन से आया है। सत्य यह है कि रामचरितमानस का कवि पूर्ण रूप से अपने व्यक्तित्व को अपने लक्ष्य में निमज्जित कर सका है। वह उस श्रेणी का काव्य है जिसकी प्रत्येक उक्ति किसी दिव्य प्रेरणा से निकली है। जैसा कि आरम्भ में कहा गया है, जहाँ तक व्यक्ति तुलसीदास का संबंध है, वे अपने युग और समाज से प्रभावित हैं। परन्तु उनका व्यक्तित्व और लक्ष्य अद्‌भुत है। उस महान् लक्ष्य की कल्पना नहीं की जा सकती। यही कारण है कि रामचरितमानस उस दिव्य कोटि का ग्रन्थ बना है जो एक ही साथ काव्य और शास्त्र दोनों ही होते हैं।

बरसो भी

आज जुलाई की दसवीं तारीख है। आषाढ़ समाप्त होने में भी सिर्फ पाँच दिन रह गये हैं। पानी नहीं बरसा। पिछले सप्ताह पुरवैया हवा का जोर रहा, पानी से भरे बादल सिर के ऊपर उड़ते रहे। दिन-भर उड़ते थे, लगता था अब बरसेगा, यह मेघ व्यर्थ नहीं जायेंगे, पर शाम होते ही आसमान साफ (सवेरा होते ही फिर बादलों की दौड़—मगर पानी नहीं बरसा)। पुराने कवि की एक पंक्ति मन में मँडराती रही—'गुनगाहक यार बलाहक जू परे नाहक मौन की बातनि में!' मगर गुनगाहक यार बलाहक के कानों तक गुहार नहीं पहुँची। नहीं बरसे तो नहीं बरसे! तृषित चातक की भाँति आसमान में पानी का भण्डार बहता देखता रहा। पानी उड़ रहा है। कमी नहीं है, पर मिल नहीं रहा है!

धरती और आसमान में कुछ साँठ-गाँठ है। शायद हमेशा ही रही है। यहाँ भी लोग कहते हैं कि अन्न की कमी नहीं है, पर मिल नहीं रहा है। राशन की दुकानें खाली हैं। चोरबाजार भरे हैं—सब है, सिर पर से उड़ रहा है—केवल मिलता नहीं है। अखबारों में पढ़ता हूँ, अच्छी व्यवस्था होने जा रही है; आँखें देखती हैं, हो नहीं पा रही है। आसमान के ग्रह और धरती के ग्रह एक ही समान चुप्पी साधे हैं। क्या होने वाला है? अकाल की डरावनी छाया बादलों की मादक छाया के समान ही 'घनघोर' है। लोगों का कहना है कि किसान 'त्राहि-त्राहि' कर रहे हैं। कौन त्राण करेगा!

बादल उड़ रहे हैं। गरज नहीं रहे। कहते हैं, जो गरजता है वह बरसता नहीं; पर न गरजने वाले कहाँ बरस रहे हैं! पुराने अनुभव सब बेकार ही लगते हैं। तालचंचु पक्षियों के उड़ान को कभी भी व्यर्थ जाते नहीं देखा। लेकिन इन दिनों वह भी बेकार ही साबित हो रहा है। कम्बख्त रोज उड़ते हैं, घण्टों वायु की उलटी दिशा में तैरते हैं, पर बेकार। जमाना सचमुच बदल रहा है। जैसे गरजने वाले, वैसे न गरजने वाले। धरती पर कुछ पार्टियाँ गरज रही हैं, बरस नहीं पायेंगी; कुछ नहीं गरज रही हैं, वे भी नहीं बरसेंगी। जनता के लिए दोनों बराबर हैं। जैसे नागनाथ वैसे साँपनाथ!

मगर इन नीर-भरी बदलियों को क्या हो गया है? कहाँ जा रही हैं ये? मुँह तो दिल्ली की ओर है।

सब दिल्ली की ओर भाग रहे हैं। बादल भी, आदमी भी! स्वराज के पच्चीस वर्ष बाद यही भाग्य में लिखा था! सोचता था, यहाँ न सही, दिल्ली में बरस जाय तो क्या बुरा है! पर सुना है, वहाँ हालत और भी बुरी है। जितने कजरारे मेघ वहाँ गये, बिना बरसे ही सूख गये। अब

क्या होगा। यहाँ भम्भ लोट रहा है, वहाँ खेह उड़ रही है।

जानकार लोगों से पूछने पर दो कारण मालूम हुए। एक ने बताया कि 'प्रैशर' कम हो गया है। प्रैशर माने दबाव। सारी दुनिया की तो मालूम नहीं, पर इस देश में बिना प्रैशर कोई काम नहीं होता। आसमान में जो घट रहा है, वह धरती पर काफी अरसे से घट रहा है। आसमान क्या धरती से नयी हिकमतें सीख रहा है, या वहाँ की भी यही चाल है ? मुझे सन्देह नहीं कि इस विशेषज्ञ की बात ही ठीक है। पर आसमान पर कैसे प्रैशर डाला जाय ! एक दूसरे विशेषज्ञ ने बताया कि मानसून का बैल्ट अफ्रीका महाद्वीप की ओर खिसक गया है। उसका दबाव अब केवल दक्षिण भारत तक ही आकर खत्म हो जाता है। बड़ी बुरी खबर है। बैल्ट ही खिसक गया। तो क्या अब ईरान पर ही बरसेगा ? कौन जाने !

इधर की आशा क्या छोड़ ही देनी चाहिए ?

विशेषज्ञ की बात का सम्मान होना चाहिए, पर मन नहीं मानता कि इन्द्र-देवता इस देश से नाराज हो गये हैं कि घुड़दौड़ का मैदान ही दूसरी ओर उठा ले जायेंगे। इतना नाराज तो नहीं होना चाहिए। क्या बिगाड़ा है हमने उनका ! उनकी हजार आँखों में से एक पर भी हमने चोट नहीं पहुँचायी है। अगर किसी ने पहुँचायी होगी तो क़ोई परमाणु बम वाला देश ही होगा। हमने तो भुजा उठाकर घोषणा की है कि हम परमाणु बम नहीं बनायेंगे। कुछ भी क्यों न हो जाये !

अवर्षण इस देश में कोई नयी बात नहीं है। बारह-बारह वर्ष तक के लगातार अवर्षण के दस्तावेज मिले हैं। एक बार तो महायोगी मत्स्येन्द्रनाथ कुछ ऐसे नाराज हुए कि सारे बादलों को मृगछाला बनाकर उसी पर बैठ गये और फिर समाधि लगा ली। बड़ी मुश्किल से उन्हें मनाया जा सका। योगी का क्रोध विकट होता है।

इस बार ऐसा नहीं हुआ है। यह निश्चित है, क्योंकि बादल मृगछाला नहीं बने हैं, साफ दिखाई दे रहे हैं। मगर कुछ-न-कुछ कहीं हुआ अवश्य है। योगी तो इस देश में कम नहीं हैं और कई तो सचमुच ही नाराज हैं। स्वतंत्र भारत के योगी अब धन्धा भी तो करने लगे हैं।

इधर स्वाधीनता-प्राप्ति के बाद योग-विद्या का प्रचार काफी गति से बढ़ा है। ऐसे भी योगेश्वर हुए हैं जो अभिमन्यु की भाँति कुक्षि से ही योग-विद्या के ज्ञाता होकर पैदा हुए हैं ! इन लोगों के नाराज होने से समुद्र तक के सूख जाने की आशंका उत्पन्न हो गयी है। मेघ तो मेघ हैं—धूम ज्योति सलिलमरुतां सन्निपातः क्व मेघ !

लोगों के मन में आशंका है कि किसी धार्मिक या आध्यात्मिक अपराध से ही यह अवर्षण का प्रकोप है। लोग यज्ञ-याग करने लगे हैं। आदिम कहे जाने योग्य टोटके भी शुरू हो गये हैं। सुना है, अनावृत-शरीरा महिलाओं ने हल चलाए हैं। गोबर के पुतले दीवारों पर लगाये गये हैं—पानी बरसना चाहिए, चाहे जैसे भी हो !

आसमान में नीर-भरे बादल दौड़ रहे हैं। दिङ्मण्डल पानी से भर गया है, पर पानी बरस नहीं रहा है, ठीक उसी तरह जैसे अनाज-भरे वैगन दौड़ रहे हैं, एक भी दाना मिल नहीं रहा है।

बरसो आसमान के बादलो, बरसो ! दया नहीं कर सकते तो अकल से तो काम लो— 'बिगरी

जो बयार जो दैहैं उड़ाय सबै कन रेत पहारन में' । सो, समझ से काम लो !

मगर समझ है कहाँ ? न धरती पर है, न आसमान पर है । जिन लोगों के पास समझ है, वह सब कुछ बटोरकर उस पर कुण्डली मारकर बैठ रहने में उसका उपयोग कर रहे हैं । पर कब तक वे ऐसा कर सकेंगे ? स्वाधीन भारत की बुभुक्षु जनता ज्यादा देर तक यह सब नहीं बर्दाश्त करेगी । इसीलिए कहता हूँ—आसमान वालो, बरसो, जमके बरसो; और धरती वालो, प्रेम से बरसो, मोह-माया छोड़कर बरसो । जमाना बुरा आ गया है । बरसो भी !

□□